ज्ञान गरिमा के
65 वर्ष

भारतीय ज्ञानपीठ

णाणं पयासयं

वीर नि.सं. 2470

ई.सन् 1944

भारतीय ज्ञानपीठ

कठपुतलियाँ

(कहानी-संग्रह)

कठपुतलियाँ

मनीषा कुलश्रेष्ठ

भारतीय ज्ञानपीठ

लोकोदय ग्रन्थमाला : ग्रन्थांक 940

ग्रन्थमाला सम्पादक

रवीन्द्र कालिया

सह-सम्पादक

गुलाबचन्द्र जैन

पहला संस्करण : 2008
दूसरा संस्करण : 2009
तीसरा संस्करण : 2010

ISBN : 978-81-263-1888-9

प्रकाशक :
भारतीय ज्ञानपीठ
18, इन्स्टीट्यूशनल एरिया, लोदी रोड
नयी दिल्ली-110 003

मुद्रक : विकास कम्प्यूटर ऐण्ड प्रिण्टर्स, दिल्ली-110 032

आवरण चित्र : राधेश्याम अग्रवाल
आवरण सज्जा : ज्ञानपीठ कला प्रभाग

तीसरा संस्करण : 2010
मूल्य : 120 रुपये

KATHPUTALIYAN
(Hindi Short-stories)
by Manisha Kulshresth

Published by
Bharatiya Jnanpith
18, Institutional Area, Lodi Road
New Delhi-110 003

Website : www.jnanpith.net
e-mail : Jnanpith@satyam.net.in, sales@jnanpith.net

Third Edition : 2010
Price : Rs. 120

अनुक्रम

कठपुतलियाँ

सुगना जब-जब कोठरी के अन्दर-बाहर जाती, दरवाजे के पीछे लटकी कठपुतलियाँ उससे टकरा जातीं...उसे रोकतीं अपनी कजरारी, तीखी, फटी-फटी आँखों से। चमाचम गोटे के लहँगोंवाली रानियाँ, नर्तकियाँ और अँगरखे-साफे वाले, आँके-बाँके, राजा-महाराजा और घोड़े पर सवार सेनापति। ढोलकी वाला विदूषक और सारंगीवाली उसकी साथिन। दीवाना मजनूँ और नकाबवाली उसकी लैला। कभी सुगना उदास होती तो...इन कठपुतलियों को एक साथ ढेर बनाकर ताक पर रख देती और साँकल लगाकर गुदड़ी पर ढह जाती। कभी गुस्सा होती तो जोर से झिंझोड़ देती सबके धागे। कुछ मटक जातीं, एक-दूसरे में अटक जातीं। किसी नर्तकी की गर्दन उसी के हाथों में उलझ जाती। कोई राजा डोर से टूट मुँह के बल गिरा होता। ढीठ मालिन टोकरी समेत उसके ऊपर। प्यार आता तो...उनके धागे सुलझाती, टूटे जेवर ठीक करती, उधड़े गोटे-झालर सीती या नये कपड़े बनाती।

कभी-कभी वह अपने हाथ-पैर देखती तो उसे लगता उनमें भी एक अदृश्य डोर बँधी है। उसे महसूस होता कि—ये जो वक्त है न, नौ से चार बजे का। वह दो प्रस्तुतियों के बीच परदा डालकर मंच के पीछे लटका दी गयी कठपुतली के आराम का समय है। अब होती हैं ना, कुछ दीवानी कठपुतलियाँ, देह के साथ-साथ मन भी पसारने वाली। वह भी वैसी ही एक बावरी कठपुतली है...जो डोरों से मन को विलग कर...नया खेल रचती है। सूत्रधार की समझ से परे का खेल। कुछ मौलिक...कुछ अलग जो जीवन को विस्तार दे...जिसमें उसकी अलग भूमिका हो...इन्तजार करती बीवी, बच्चे पालती माँ से एकदम अलग। अपनी देहगन्ध से बौराती, अपने मन में संसर्ग का साथी चुनती एक आदिम औरत की-सी भूमिका। वह इन अनचाहे रिश्तों के डोरों से उलझकर थक गयी है। ये रिश्ते जो उसके खून तक के नहीं हैं। उसके खून के रिश्ते तो कहीं दूर छिटक गर गिर गये हैं। छोटका भाई याद आता...किसी और की ड्योढ़ी नाते बैठी माँ याद आती। ऐसी ढ्योढ़ी जहाँ से उसे कभी कोई बुलावा नहीं आनेवाला । बापू होता तो...उसकी कोई तीज यूँ सासरे में बीतती?

कितनी हँसी थीं उसकी सहेलियाँ, जब उन्हें पता चला था कि उसका ब्याह गाँव-गाँव जाकर, स्कूलों, मेलों और त्यौहारों, शादी-ब्याह में कठपुतली का खेल दिखाने वाले के साथ तय हुआ है। "तुझे भी नचाएगा वो लँगड़ा कठपुतली बनाकर।" कहकर उसकी पक्की सहेली रुनकी हँसते-हँसते रो पड़ी थी।

'धाक धिना धिन धा...चीं...चीं...चीं...अब आ रही है तुर्क के तैमूरलंग की सवारी...चूँऽऽच्यूँऽऽधिन धिन धा...'

बापू तो कहीं और बात तय कर गये थे, वो जोगेन्दर था...दसवीं फेल था। जीन्स की पैंट और लाल कमीज पहनता और धूप का चश्मा लगाता। सब जोगी कहते। पर उनके आँखें मूँदते ही लेन-देन की बात पर बाई ने तीन साल पुराना रिश्ता तोड़ दिया। रिश्ता टूट गया तो जेहन में गूँजता नाम भी पीछे छूट गया। तेरह साल की सुगनाबाई का ब्याह तीस बरस के अपाहिज और विधुर कठपुतली वाले रामकिशन से हो गया। सुगना के सपने में पैर कटी कठपुतलियाँ आने लगीं। बापू के मरने के दो साल के अन्दर ही उसकी बाई खुद जाके, पास के गाँव के एक खेती-किसानी वाले दूसरी जात के आदमी के घर नाते बैठ गयी थी और अपने सम्बन्ध की जल्दी में सुगना का गौना पन्द्रह साल की होने से पहले ही कर दिया, बिना सगुन-सात, लगभग खाली हाथ भेज दिया सासरे। जमीन-घर सब बेच के छोटके को लेकर वह चली गयी।

घूँघट में से उसने ऊँटगाड़ी से उतर कर चलते हुए रामकिसन को देखा था...बलिष्ठ देह के होते हुए भी एक पैर पोलियो की मार ने पतला कर दिया था सो एक हाथ गोड़े पै टिका के हचक-हचककर चलता था। यूँ साइकिल भी चला लेता था...एक पैर से तेज-तेज पैडल मारता, दूसरा पैर सहारे के लिए दूसरे पैडल पर बस जरा-जरा टिकाता...यह छोटा पैर पहुँचता भी नहीं था दूसरे पैडल तक। पर साइकिल की गति में कमी नहीं आती।

पन्द्रह बरस की सुगना, सात और चार बरस के बंसी और नन्दू, जिनकी वो माँ बन गयी थी। तोते की तरह 'माँऽ', 'बाईऽऽ' रटते नन्दू-बंसी। वह सोचती कि वह और उसका छोटका भाई तो बाई के सगे बालक थे...जब वे बाई के आगे पीछे 'माँ ए' या 'बाई ऽएऽ' कहते हुए घूमते तो बाई कितना रीस जाती...चिल्लाती... "चोऽऽप!" सुगना खीजती नहीं थी, पर सुनती भी नहीं थी। वह सोचती कि यह मुझे नहीं, बादलों के पार जा के बसी अपनी माँ को पुकारते हैं अभागे।

सहज और अनुभवी रामकिसन ने कोई जल्दबाजी नहीं की...इस उन्मुक्त आत्मा को बाँधने में। रामकिसन कठपुतलियों के डोरे कसने में माहिर था पर यह कठपुतली तो अद्‌भुत ही थी। दिन भर तो सोती, रात में भी आठ बजे ही सो जाती...रीति के चलते सात-आठ दिन तो सास ने घर का काम सँभाला...नौवें दिन मेहँदी फीकी होते ही...सास चली गयी अपनी ढाणी पै। सुगना पर पूरी गृहस्थी का

भार आ पड़ा। किसी तरह वह कच्चा-पक्का खाना बनाती, हाथ जलाती...छाछ ढोलती, साबुन दो दिन में खतम कर डालती। टाबरों को देर में चाय मिलती तो स्कूल छूट जाता। रामकिसन ने धैर्य नहीं खोया। खुद जल्दी उठकर आधे काम निपटा देता... दोनों टाबरों को स्कूल छोड़कर अपना खाना बाँधके नयी कठपुतलियों के सुलझे डोर साइकिल में लटकाता और लँगड़ाते हुए साइकिल पर उचक के बैठता और नौ बजे किसी गाँव, मेले या फिर सम की ढाणी में टूरिस्टों के डेरों की राह लेता।

सुगना की हँसी बहुत मोहक थी। उसकी हँसी को डँस लिया था, शतरंज के घोड़े की तरह टेढ़ी चाल चलने वाले सर्प ने। सुगना अपने आप में एक प्राकृतिक मरुस्थलीय सौन्दर्य से भरा-पूरा दृश्य थी। रेतीले धोरों से उठती-ढहती देह की लहरें। लम्बी कद-काठी, सुता हुआ पेट। उस पर गहरे कुएँ-सी नाभि। मीलों दूर से, सिर पर एक के ऊपर एक तीन गगरियाँ उठाकर लाने के अभ्यास से चाल की धज देखते बनती थी। लम्बी, पतली आँखों में काजल की खिंची हुई लकीर जहाँ जाकर खत्म होती थी, वहीं टिके थे गोदने के तीन नीले बिन्दु...रूखे भूरे केशों में लगी चमकीली रंगीन चिमटियाँ। आगे के बालों में चोटी में गूँथा गया लाख का बोरला। पीछे चोटी में गिलट की चेन और घुँघरू वाली चोटी पिन। कस के बँधे बालों को भी उड़ा लिये जाती थी मरुधरा की बावरी हवा। चेहरे पर आ जाते बाल...वह खीज जाती।

बात देह की ही तो नहीं थी। मन भी उसका हरा-भरा नखलिस्तान था। कम बोलती, हँसती ज्यादा। अतिरिक्त संवेदना उसके मन को आर्द्र करती थी...इसलिए बात-बात पर आँसू की झड़ी लग जाती। इसी अतिरिक्त संवेदना के चलते वह रूखड़ों, पंछियों और डाँगरों से बातें करती। उसे चिड़ियों की आवाज पार्श्व का स्वर नहीं लगती थी...दृश्य का मुख्य स्वर लगती थी और वह जब-तब इस लोक से कट जाती। आकाश के रंग देख भूल जाती कि वह धरती पर खड़ी है। घर उसे काटने को दौड़ता। वह हर दो मिनट में खुले की ओर भागती, कोठरी और रसोई से निकलकर। घर की रसोई से भला उसे घर के आँगन में लगा इकलौता खेजड़े का पेड़ लगता। वह आटे की परात, कचरियों-फलियों और हरे साग की टोकरी और दराँती लेकर पेड़ के नीचे बने इस चौंतरे पर आ बैठती और खाना बनाने की पूरी तैयारी यहीं करती। लगन के तुरन्त बाद, मेहँदी छूटते ही, पहला जो काम उसने किया, वह यही था कि एक पक्की, एक कच्ची कोठरी वाले घर के आँगन में लगे इस खेजड़े के पेड़ की चारों तरफ भाटे लगाकर, चूना-गारा थोपकर, ऊपर से लीपकर उसने गोल सुघड़ चौंतरा बना लिया था। खेजड़े पर पंछी आते तो वह खुश हो जाती। मटके के टूटे पेंदे में पानी भरकर टाँग दिया था, खेजड़े की एक डाल पर प्यासे पंछियों के लिए। मुट्ठी भर बाजरा आँगन में बिखेर देती तो वे चहचहाते हुए नीचे उतर आते।

बंसी का बापू हँस दिया था, उसकी इस हरकत पर। तब उसने उसकी तरफ

पहली बार घूँघट हटाकर, देखकर, हँसकर कहा था, ''इस घर को अपना बना रही हूँ।'' उसी रात उसने अपने आपको... बिना नखरों के उस तीस बरस के मनख को सौंप दिया था। सुगना बहुत डरपोक थी...वह माँ बनने से डरती थी...उसकी चिन्ता का समाधान रामकिशन ने कर दिया था...''बंसी की पहली माँ के सामने ही ढाणी में जैसलमेर के डाकदर-नरस आये थे...कैम्प लगा था...जिस-जिस के दो-दो टाबर थे सबकी नसबन्दी...कर दी जोर जबर करके, पुलिस का डर दिखाके।''

''और आप... ?''

''हाँ...पर डाकदर साब कहते थे कि आप्रेसन उलट भी सकता है।''

''ना...मत उलटवाना, बंसी-नन्दू हैं तो। बच्चे दो ही अच्छे।'' सुगना हँसी तो उसकी नाभि में एक गहरा भँवर पड़ गया।

सुगना और रामकिसन की गृहस्थी पटरी पर आ गयी थी। रामकिसन गाँव-गाँव भटकता तब कहीं गिरस्थी का और बालकों के स्कूल का खर्चा चलता। उसे ऐसा लगता जैसे वह काठ की पुतली बन गयी है। और अदृश्य डोरे रामकिसन ने सुघड़ता से, बिना उसे महसूस करवाये बाँध ही दिये हैं...गृहस्थी के कामों को अब वह एक लय में कर डालती है। वह अब छाछ कम ढोलती...हाथ कम जलाती। साबुन बचा-बचाकर इस्तेमाल करती। धरती की बहुमूल्य देन से विहीन इस गाँव में आकर पानी के छपाकों से मुँह धोने की आदत छोड़ दी, बूँद-बूँद पानी बचाती। टाबर 'माँ ए' बुलाते तो बिना चिहुँक, यन्त्रवत समझ लेती। टाबरों को समय पर बाजरे के रोट और गुड़ का नाश्ता करा...दिन का खाना कागज में लपेटकर, स्कूल का बस्ता थमाकर वह घर से भेजती और किवाड़ मूँदती तो ऐसा लगता कि अब जाके उसके डोरे ढीले हो गये हैं...अब सुगना नाम की कठपुतली के शान्त लटके रहने का समय है...दो प्रस्तुतियों के बीच का समय।

वह धम्म से गुदड़ी पर सुन्न होकर पड़ जाती। अपने वज़ूद को, अपनी देह को हाथ से टटोलती। सोचती-उलझती लेकिन समझ नहीं आता—रात किस मुहाने पर जाकर उफन पड़ी थी वह कि रामकिसन कुंठित हो गया और छिटक गया उससे दूर। पहले देह जब शान्त नदी-सी पड़ी रहती थी तो वह मीलों तैर जाता था। अब जब वह नैसर्गिक आकांक्षाओं से भरपूर नदी में बदल जाती है और इन्हीं आकांक्षाओं की पूर्ति हेतु प्रसन्न-प्रच्छन्न क्षमताओं से परिपूर्ण होकर बहती है—प्रबल-प्रगल्भ, तो रामकिसन के लिए मुश्किल हो जाता है इस उफनती नदी को बाँहों में भरकर तैरना। बहुत डरपोक थी सुगना, इस बात से भी डर गयी। उसने खुद को काठ कर लिया। अब रामकिसन चाहे जैसे नचाए। वह जब तृप्ति की डकार लेता...तो वह जूठन के

इधर-उधर गिरे टुकड़े समेट...भूखी ही उठ जाती। फिर भी जिन्दगी तो चल ही रही थी। रामकिसन अपने कर्तव्यों से कहीं पीछे न हटा। न सुगना ही ने हार मानी। बंसी-नन्दू उसे सगी माँ से ज्यादा चाहने लगे थे।

सब कुछ ठीक ही चलता तो कठपुतली वाले रामकिसन की लुगाई सुगना की कहानी चार दिशाओं में क्यों भागती? धणी-धोरे, टाबरों और सासरे वालों के चलते...सुगना यूँ अकेली पड़ जाती? वो गयी ही क्यों कुलधरा के उन खँडहर मकानों और मन्दिरों की तरफ? उस दिन भी टाबरों को स्कूल भेजकर, सुगना धम्म से कठपुतलियों वाले कोने में गुदड़ियों के ढेर पर ढह गयी थी। ऊपर कठपुतलियाँ हिलती-डुलती, लटकती रहीं...इन कठपुतलियों का पहरा नहीं मानती वह। बाकी वक्त तो एक पहरा-सा वह स्वयं पर महसूस करती ही थी, उसे लगता कि उसकी आत्मा तक पर कुछ जोड़ी आँखें गड़ी हैं। लेकिन यहाँ इस कोने में कठपुतलियों की फटी-फटी कई जोड़ी आँखों से स्वयं को ढककर वह अपनी काँचली ढीली करती और देह के इस स्वस्थ मरुस्थल के बियावान धोरों की लहरों पर आँख मूँदकर भटकती...अजीब-अजीब सपने देखती...जब आँख खुलती तो धूप आँगन के बीचों-बीच खड़ी...उसे पुकार रही होती।

''बींदणीऽऽ पाणी!''
धापू री बाई! उस दिन उसे देर लग गयी किवाड़ खोलने में, काँचली की उलझी डोरी सुलझा कर कसते...कसते।

''आँख लग गयी थी माँ सा। आज तो पाणी खत्म...''

''गैला हो गया रामकिसन...जो इस जोबन की मारी को ब्याह लाया। दिन चढ़े...कोठरी बन्द कर पता नहीं क्या करती है। एक वो थी, कोसल्या...पाँच बजे ही तीन कोस दूर पानी के लिए निकल जाती...''

बुढ़िया की गालियाँ खाती, वह इडोणी, चरू-चरी, मटका लेकर अकेली भागी...पानी मिलने के अनजान लक्ष्य की तरफ...अपनी ढाणी का कुआँ और ट्यूबवेल तो पिछले बरस ही सूख चुके थे...पास की ढाणी...में लगा सरकारी नल कब से बन्द हो गया होगा। वह भागी पिछले दिन जहाँ धापू उसे साथ लेकर पानी लेने ले गयी थी...कुलधरा के खँडहरों की तरफ, उस सूनी बावड़ी की दिशा में...पानी से छलछल करती उस चार मील दूर की बावड़ी की तरफ तो गुरीबत आने पर ही गाँव की कोई ही लुगाई जाती है। वो भी इतनी धूप चढ़े तो कोई नहीं।

जल्दी-जल्दी पैर बढ़ा, वह हड़बड़ाती हुई बावड़ी पर पहुँची। दोनों चरू-चरी, मटका भर लिये। ठंडा पानी देख नहा लेने का मन हो आया। तीन दिन हो गये थे, नहाये। रामकिसन तो बहुत कहा-सुनी होने पर सात दिन में एक बार रात के बचे दो लोटे पानी से नहाता है। कहता है—'सुगनी, पानी मत ढोलजे...ज्यादा। यहाँ हमारी ढाणी में रेत से ही स्नान का रिवाज है।'

बताया न, सुगनी बहुत डरपोक है, बात-बात पर ठंडा पसीना बहाती है, सर पर साँय-साँय करते बड़ के पेड़ और उसकी लटकती जटाओं से डर गयी। जैसे-तैसे...लुगड़ा हटाकर, लहँगा और कुर्ती पहने-पहने, एक चरू अपने ऊपर उलटा और नहा ली...पानी पर पड़ते, अपने हिलते-डुलते प्रतिबिम्ब को देखकर उसे मालन कठपुतली याद आयी...मेरा नाम है चमेली...मैं हूँ मालन अलबेली चली आयी हूँ अकेली बीकानेर से...रामचन्दर उस शोख कठपुतली को नचाता हुआ बड़ी सुरीली तान में गाता है। वह भी गुनगुनाने लगी। प्रतिबिम्ब फिर हिला। उजाले में अपनी देह देखे बरसों-बरस हो गये। घाघरा ऊँचा कर पैर देखे, गेहुँआ पैर, सुनहरे रोओं वाली पिंडलियाँ। पानी की धाराओं से टपकती देह को सुखाने पेड़ के नीचे रखे पत्थर पर बैठ गयी। पल भी तो न बीता था कि धप्प से पीठ पीछे कोई गिरा...सुगनी की चीख हलक में...अर् र् र...डाकी बन्दर है कि कोई भूत? उसका कलेजा छाती फाड़कर बाहर ही आने को था।

"ओळखे कोनी कई? (पहचानती नहीं है क्या?)"

मनख-माणस की भारी आवाज सुन सुगना ने झट गीला घूँघट काढ़ लिया।

"कुण?"

"ऐ सुगना...भूलगी कै? जोगी, जोगीन्दर।"

अब वह उठ खड़ी हुई। हठात् घूँघट हटा दिया। वही जीनस की पैंट। गोरा चेहरा। बलिष्ठ बाजू।

"यहाँ?"

"अँग्रेजों को कुलधरा दिखाने लाना था न। गाइड की लाइन पकड़ ली है...जैसलमेर किल्ला में अपणा ओफिस है। दूर से पैचाण लिया था मैंने...पर तू ने नईं पैचाणा। हैं!"

सुगना ने मुंडी हिला दी। भीगी हुई देह पर चिपके लुगड़े को बार-बार खींच रही थी।

"और घर में सब ठीक...टाबर-टूबर?" उसकी देह पर बार-बार तितली-सी जा बैठती नजर को हटाकर, मुँह फेरकर औपचारिक हो गया जोगी।

"हाँ!"

"तू नहीं बदली...वैसी च है...। मैं...?"

सुगना ने ध्यान से जोगी को देखा। गबरू! एक ही शब्द निकलकर आत्मा पर जा बिंधा। वह उठ गयी और चरू-मटका उठाने के लिए हल्का घूँघट खींच सर पर ईडोणी रखकर जोगी को उठवाने के लिए इशारा किया। जोगी ने मटका, कलसी और चरू सुगना के सिर पर रखी इडोनी पर आहिस्ता से एक-एक कर रखे, वह नाक तक घूँघट निकाले, पलकें झुकाये, एक सुनिश्चित ताल में लहराती हुई-सी सीढ़ियाँ चढ़ गयी। जोगी हतप्रभ देखता रह गया। रेतीले टीबों वाला छोटा रास्ता पकड़ने को उसके पैर जितना जल्दी चलना चाहते मन उतना पीछे को लौटता।

बाई गाली-गलौज के साथ झगड़ी न होती...लेन-देन की बात पर जोगी का बाप न अटका होता तो जोगी...उसका पति होता। उसकी पक्की सहेली रुनकी ने कहा तो था...'सुगनी मैंने सुना...रामकिसन ने दो हजार उलटे तेरी बाई के ही हाथ पै रखे हैं।' तभी तो जोगी जैसा बाँका जवान छुड़ाके लँगड़ा रामकिसन... उसे स्वयं पर गुस्सा आया। विरोध क्यों नहीं किया माँ का? काठ की पुतली ही रही रे तू सुगनी।

"अँग्रेजों को बस में बिठाके मिलता हूँ।" वह पीछे दौड़कर आया।

सुगना का चेहरा तटस्थता से पथरीला हो रहा था। वह कुछ नहीं बोली तो नहीं ही बोली, बस एक नजर भर उसे और देखा...और गहरी साँस ली। जोगी की आँखों की परिधियों से कोई जंगल शुरू हो रहा था। एक छवि उभरी, मौड़ बाँधे, किराये की तलवार लटकाये घोड़े पै बैठा जोगी। या फिर दूध-हल्दी भरी परात में अँगूठी खोजते...दो जोड़ी हाथ, उसके घूँघट पर पड़ती उस उद्दाम पौरुष की छाँह। पुराने तेल पिये काले काठ के पलँग पर रेशमी बिछौना...आले में रखा दीया...बालों भरी छाती...जो उसकी सफेद कमीज के खुले बटन से झाँकती बस अभी देखी है। रेगिस्तान की जलती रेत पर तीन गागर उठाये चल रही थी वह और मन की केसरिया क्यारियों में अपूर्ण इच्छाओं के जामुनी फूल एक-एक कर खिले जा रहे थे। चाँदनी बिछ गयी थी पैरों में...सर पर जैसे बादल रखे थे।

उसकी गेहुँआ देह पसीने से लथपथ हो गयी थी...आधा कोस चलकर ही। अचानक पश्चिम की तरफ के आसमान का कोना धुँधलाया...उसी कोने की धरा से रेत ऊपर को उठी...मानो नीले आसमान ने जबरन धरा को बाजुओं में भरना चाहा हो और महज गुबार हाथ आये हों। जब वह बावड़ी से चली थी तो आँधी के कोई आसार नहीं थे। साफ आसमान से देह को झुलसाती धूप बरस रही थी। हवाओं की चीख से रेत में जाने कहाँ जड़ धँसाये खड़े-खेजड़े के पेड़ काँपे। कुलधरा गाँव के दूर तक फैले खँडहरों के पत्थर तक सहम गये। बौरा गयी थी हवा...बगूले ही बगूले गोल-गोल चक्कर काटते। धापू सही कहती थी, ये जगह भुतहा है। आँखें किरकिरी हुईं, फिर चेहरा...होठ, यहाँ तक कि साँसें और भीगी हुई जुबान तक किरकिरा गयी। सुगना एक ठूँठ-से खेजड़े के नीचे ठिठक गयी। चरू-कलशी उसने नीचे मोटे भाटे के सहारे

टिका दिये। सर से लुगड़ा उखड़कर फरफराने लगा। कुर्ती-काँचली में अटका छोर छूट गया...बस घाघरे में अटका छोर छुड़ा पाता तो यह लुगड़ा तेज हवाओं के साथ कहीं परदेस ही जा उड़ता। गुलाबी छींट का लुगड़ा। किसी मूमल का या किसी मारू का। उसने उसे खींचकर मुँह पर लपेट लिया और पेड़ से चिपककर खड़ी हो गयी। सामनेवाले धोरे से दो ऊँटवाले आनन-फानन में उतर रहे थे, सुगना ने मुँह फेर लिया। एक भेड़ चरानेवाला किशोर चरवाहा, उसी के पास आ खड़ा हुआ। उसकी भेड़ें पेड़ के पास गोल झुंड बनाकर, गोले के केन्द्र में...मेमनों को रख, मुँह छिपाकर अनुशासित हो बैठ गयीं। तेज चक्रवात से रेत की लहरों में हुई उथल-पुथल से न जाने कितने रेतीले रेंगनेवाले जानवर निकलकर लम्बी घास की तरफ भागे। एक टेढ़ा-टेढ़ा रेंगनेवाला...रेत का पीला सर्प लहराकर भेड़ों के झुंड की तरफ बढ़ा। भेड़ों का शान्त झुंड उठकर मिमियाने लगा। किशोर चरवाहा आँधी में ही अपनी भेड़ों को पुकारता इधर-उधर भागने लगा। वे दोनों ऊँटवाले न केवल उस मासूम पर हँसने लगे, उसके बारे में अश्लील बातें भी करने लगे। वह स्तब्ध खड़ी थी। बुरी तरह आशंकित।

अचानक दो बाजुओं ने उसे खींचकर उसे पेड़ से दूर किया। वह पीला सर्प खेजड़े की डाल पर अटका हुआ लटक रहा था। उसकी चीख निकल गयी।

''चलो यहाँ से।'' धुंधलके में उसने देखा, जोगी था।

''जोगी! पर कहाँ?''

''कहीं भी...''

''नहीं...आँधी थमते ही घर का रास्ता लेना है। पैले ही देर हो गयी।''

''अरे! गैली हुई है क्या? इन ऊँटवाले समगलरों के साथ, यहाँ अकेली तूफान में क्या करेगी?''

वह उसकी चरी-मटके उठाकर चलता गया। सुगना उसके पीछे-पीछे। अनजान पगडंडियों पर चलते-चलते, वे ढेर सारे नीम के पेड़ों से घिरे, सुनसान पड़े एक भैरूं बाव जी के मन्दिर के खँडहर तक पहुँचे।

''ये जगह ठीक है सुगना? चल यहीं इन्तजार करें आँधी थमने का।'' वह उसका हाथ थाम ऊँची-सीढ़ियाँ चढ़ने लगा। ''मैं अँग्रेजों को बस में बिठा ही रहा था कि आँधी सुरू...मैं समझ गया कि तू फँसी होगी इस पीली आँधी में।'' सुगना की साँस अब तक तेज चल रही थी। जोगी की आँखों का जंगल करवटें ले रहा था। जहाँ घनी लताएँ थीं, बहता पानी था...भागते कस्तूरी मृग थे। एक अपनी खुशबू थी जंगल की। भूख जग आयी थी...सुबह से खाया ही क्या... पास के झाड़ से टीमरू तोड़ने लगी। जोगी तूफान से नीचे गिर पड़े शहद के छत्ते की तरफ बढ़ा। मक्खियाँ अब तक भिनभिना रही थीं।

''ऐ मत खा ये जंगली फल...ले यह शहद...'' जोगी के हाथ में एक टूटे छत्ते

का खोखला था, जिसमें से शहद टपका रहा था। ''खा न, ये वनमाखी का काढ़ा हुआ नीम का शहद है। बनमाखी जितना तेज काटती है उतना मीठा शहद बनाती है। पर यह मीठा शहद पीछे से एक तीतापन छोड़ जाता है।''

आँधी तो रुक गयी थी मगर शहद और तुर्शी दोनों के मिश्रित स्वाद के लालच की एक ही डोर से दोनों बँधे रह गये। सुगना के अन्दर की कठपुतली साँस लेने लगी थी। जोगी ने वह छत्ते का टूटा खोखला हाथ से ऊँचा किया और सुगना के सूखे होठों पर शहद की टपकती धार डालने लगा। उसके होठ शहद से भीग गये थे। खोखल से शहद जगह-जगह से टपक रहा था। चेहरा, गर्दन, काँचली के गले की काट का एक छोर...जहाँ से फिर जंगल...। जोगी बेशर्मी से हँसने लगा। शहद का छत्ता...एक घना जंगल, गले में किरकिराती रेत...अनजानी पगडंडियाँ...घने जंगल में छिपा झरना। खुलकर भूख लगी थी। फिर टिमरू तोड़ के खा लिये सुगना ने पास के झाड़ से। जहरीले थे या नहीं वे जंगली फल, नशीले जरूर थे। सुगना का होश खोने लगा।

उसके बिवाई फटे पैर के अँगूठे को चूम ही रहा था जोगी कि उसे जोर की उबकाई आयी...जोगी ने घबराकर उसके गले में अपनी दो उँगलियाँ डाल उल्टी करवा दी—

''मना किया था न...टीमरू-जंगली टीमरू में फरक होता है।''

''तुझे सूग (घिन) नहीं आती कभी पैर का अँगूठा...कभी मेरी उल्टी...''

''तुझसे सूग? तू तो केवड़े का झाड़ है...कँटीला मगर महकता हुआ सुगन्ध से। एक बार सुगनी, बस गलती हो गयी कि तुझे भगा के नहीं ले जा सका...अब तुझे नहीं छोड़ना है।''

''क्यों तेरा भी तो ब्याव-गौना हुआ है, मैंने सुना।''

''वो अपनी जगह रहे...सासरे में...तुझे जैसलमेर रखूँगा।''

कसके, घने बालों वाली छाती से उसे चिपकाता रहा जोगी। जिसके छाती के बालों के डंक पूरी देह पर लेकर लौटी थी सुगना। शहद और डंक...दंश की एक तीक्ष्णता देह दुखा रही थी...वहीं शहद का तीतापन...दंश लगे हिस्सों पर जलन पैदा कर रहा था।

जब वह घर पहुँची, रास्ता ढूँढ़ती हुई और रेत से किरकिराता हुआ पानी मटकों में लेकर, तो बहुत देर हो चुकी थी...साँझ ढलने को आयी थी। दोनों टाबर बस्ता बाहर ही छोड़कर भूखे-प्यासे रेत में खेल रहे थे। उसे देखते ही 'बाई!' कहकर लिपट गये। साइकिल बाहर खड़ी थी, जिसके हैंडिल में उलझी हुई रेत भरी कठपुतलियाँ यूँ ही लटकी हुई थीं, उन्हें उतारकर कोठरी तक में नहीं रखा गया था। रामकिसन आँगन के चूल्हे से जूझता हुआ, हाँड़ी में बाजरे की राबड़ी पका रहा था। बहुत ठंडी आवाज

और लाल आँखों से उसने पूछा, "कहाँ रह गयी थी?"

"कुलधरा की तरफ पानी लेने गयी थी। रास्ते में तूफान आ गया फिर रास्ता भी भूल गयी।"

"सच में ही तूफान आ गया और रास्ता भूलगी? (उसके कहे में सच में व्यंग्य था या सुगना ही दूसरा व्यंजित अर्थ पकड़ रही थी।) कुलधरा! वो भुतैली बावड़ी? पागल हुई क्या? किसने बताया तुझे उधर का रास्ता?"

"धापू..."

"धापू! वाह री धापू की बहना! किस तूफान में फँसोगी जाके तू?" फिर व्यंग्य! सुगना का मन हल्के-हल्के काँप रहा था। किसी ने देखा क्या? इसको कुछ कहा क्या?

रामकिसन की अप्रत्याशित चुप्पी या फिर व्यंग्य से सने दो-एक वाक्य सुनते-सहते, स्वयं को भुलाकर उसने आँधी से बिखरा पूरा घर बुहारा-समेटा...। भीतर से वह अपने आप को भी समेटने का असफल यत्न कर रही थी। रात को टाबरों को खाट पे सुलाकर, हाथ-मुँह धोकर कपड़े बदलने को हुई तो देखा जहाँ-जहाँ शहद गिरा था, वहाँ-वहाँ कुर्ती का रंग उड़ गया था। काँख चिपचिपा रही थी, कान तक के अन्दर चिपचिप! तीन-चार लोटे...पानी के भी कम थे उस चिपचिपाहट के लिए।

"इतना पानी क्यों ढोल री है? रेत ही तो है...कीचड़-कादा थोड़े है।" अपनी सूखी ओढ़नी से अच्छी तरह से कान के अन्दर तक पोंछ कर आँगन की लालटेन धीमी कर...कोठरी के आले में रखा दीया बुझा कर, दरवाजों की दरारों में कपड़े ठूँस कर वह रामकिसन की बगल में जमीन पर बिछी गुदड़ी पर जा लेटी। तमाम व्यंग्य बाणों के बीच भी रामकिसन का नीचे बिस्तर बिछाना उसे समझ नहीं आया। जब टाबरों को ऊपर प्यार से सुला, रामकिसन नीचे उसकी गुदड़ी बिछाकर लेटता है तो उसका मन्तव्य सुगना तुरन्त समझ जाती है। उस रात रामकिसन उसके प्रति निर्मम था...उसी दौरान दो जोड़ी शहद के रंग की आँखें और मुड़ी हुई पलकों की वह अधखुली चिलमन उस पर बिना झँपे तारी न हो गयी होतीं...तो वह उस एक जंगल से कैसे गुजरती? न गुजरती उस जंगल से तो यह सरासर बलात्कार होता। सह गयी वह रामकिसन की सारी निर्ममता, अपने भीतर करवटें लेते जंगल के चलते। उसने कब देखा था घनेरा जंगल...बस मीलों-मील फैले मरुस्थल देखे थे...पीली और काली आँधियों में भी उन पर टिके पुराने खँडहर जैसे-तैसे साँस लेते थे। और इन खँडहरों में लटके वनमाखी के मीठे शहद भरे छत्ते..."मीठा होता है इसका शहद पर तीतापन

पीछे छोड़ जाता है।'' यही कहता था न जोगीड़ा!

रामकिसन का गाँव-गाँव जाकर कठपुतली का खेल दिखाना नहीं रुका, कुलधरा से उसका पानी लाना नहीं रुका। जोगी का विदेशी और देशी टूरिस्टों को कुलधरा रोज लाना कैसे रुकता? कुलधरा के रहस्यमय खँडहर...अँग्रेज हैरानी से देखते...कैसे पूरा का पूरा गाँव एक ही रात में गायब हो गया था। जलते चूल्हे...चलती चक्कियाँ छोड़, दरवाजे खुले छोड़...अनाज भरे कुठार यूँ के यूँ छोड़ गाँव का गाँव गायब हो गया।...कहाँ ? पता नहीं। बहुत रहस्यमय है जैसलमेर जिले का यह कुलधरा गाँव। जोगी टूटी-फूटी अँग्रेजी पर्यटन विभाग के छपे पन्नों से उन्हें बताता—सर...लुक हियर मैडम...दोज विलेजर्स वर पालीवाल ब्राहमिन्स...वन डे सडनली दे लेफ्ट द विलेज...इन सेम कंडीसन, सेम ऐज यू आर लुकिंग हियर...

जल्दी ही गर्भवती होने का अहसास...चींटियों-सा उसे काटने लगा था। रामकिसन के पार्श्व में लेटे हुए उसे लगता गर्म रेत पर लेटी है वह...देह के आकार का वाष्प और तरल भरा गड्ढा भर है वह। पंडित का फिकरा गूँजा—''विधवा, गाभण...रितुमती औरताँ, छोड़ी हुई लुगायाँ हवन सूँ आप ही उठ के चली जावो...बुरो मत मानजो सा...भगवान री बनायी रीत है...आरती में कोई भेदभाव नी...आरती के टेम वापस आ...सको...अपनी-अपनी श्रद्धा सूँ भेंट चढ़ा सको।'' अनवरत चल रही आहुतियों के यज्ञ में पति के वामांग बैठी सुगना ठिठकी, सगुना के पेट में चक्रवात उठा...रामकिसन ने मासूम मगर धारदार होने की हद तक ईमानदार बड़ी-बड़ी आँखों से प्रश्न किया और पैर के अँगूठे से उसकी जाँघों को कुरेदकर पूछा, ''क्या हुआ ?'' वह ढीठ बन गयी और रामकिसन के बलिष्ठ हाथ पर अपना हाथ रखकर, यज्ञ में आहुतियाँ दे आयी। बाबा रामदेव जी के मन्दिर की ही बात है, वह यज्ञ। बाबा रामदेवजी का मेला भरा था। मन्नत पूरी हुई थी रामकिसन की। रामकिसन को जयपुर के एक लोक कला केन्द्र में कठपुतली के खेल दिखाने वाले की स्थायी, सरकारी नौकरी मिल गयी थी। वह गाँव छोड़ के जाने का मन बना चुका था। सुगना की आत्मा कटघरे में खड़ी थी, अपने आप से दरियाफ्त करती हुई। सुन्न चेतना क्या उत्तर देती? हालात की क्या समीक्षा करती? जोगी का कई दिनों से कुछ पता नहीं था...वह कई बार कुलधरा जाकर खाली हाथ लौट आयी। चींटियों का कोई एक गहरा बिल खुल गया था...कहीं कच्ची, पोली निष्ठा में। वे दिन-रात उसकी आत्मा और देह पर रेंगा करतीं।

क्या उत्तर देगी पति को? तीसरा महीना चढ़ गया है। कैसा आलस घेरता है, आजकल उसे। जरा चलकर थक जाती है। मन कहीं गहरे गर्त में डूब गया है जाके पर देह यन्त्रवत लगी रहती है काम में...जो खाती वह तुरन्त उलट देती। पड़ोसन धापू कुछ-कुछ समझ रही थी...कुछ रामकिसन भी। दोनों के दोनों उसकी तुलना में

अनुभवी!

"तो ये तूफान था? ऐसी गैल भूलगी थी तूँ। धापू, अच्छा कुलधरा के खँडहरों वाली बावड़ी का रास्ता बताया तूने! अब तू ही इसे इसकी माँ के घर पटक आ। इस ढोलकी का अब मैं क्या करूँ?"

"वहाँ कौन बैठा है इसका? तेरा ही बच्चा है ये, कभी प्रेसन खराब हो जाते हैं। इसके मायके में कौन है अब? माँ तो खुद नाते बैठी है किसी के। कहाँ जाएगी रामकिसन ये?"

"इसे भी बिठा दे नाते किसी के कहना...रख ले बच्चे समेत। बोल दे इसे कि चली जाए उसके पास जिससे ये ढोल गले में बँधा के लायी है। ये कौवे और कोयल वाली कहानी खेलने को रामकिसन कठपुतली वाले का ही घर बचा था राँड़?" लँगड़ाकर वह घिसटा सुगना की तरफ, हाथ भी उठे रामकिसन के सुगना की पीठ पर बरसने को पर अगले पल ही गिर गये... "साले रामकिसन...लँगड़े...तू आग नहीं बुझा सका इस राँड़ की?" कहकर रामकिसन क्रोध में मेंड़ की झरती दीवार पर अपना हाथ मारने लगा, आँख से आँसू बहते थे...मुँह से लार।

बात छिपी नहीं। ससुराल की ढाणी तक पहुँची। वहाँ आकर बवंडर उठा दिया सास ने। सुगना कहती रही यह बच्चा रामकिसन का ही है...तो जाति के पंचों को इकट्ठा करके अग्निपरीक्षा की बात करने लगी सास। रामकिसन जितना चाहता था कि यह मामला तूल न पकड़े, उतनी ही बात घर से बाहर आग की तरह फैल गयी थी। किसी का भी हो चाहे सुगनी के गर्भ का बच्चा, वह सुगना को नहीं छोड़ सकता। यह निश्चित था कि बच्चा उसका नहीं है। लेकिन कठपुतली नचाते-नचाते रामकिसन जान गया था कि उसकी यह जो मायाविनी-जीवन्त कठपुतली है 'सुगना' वह मुक्त भी है, अनुरक्त भी। उसमें त्याग भी है, मोह भी। न सही सतीधर्म, लेकिन सेवा है, सहिष्णुता है। उसमें जीवन है, जीवन की हलचल है। मादकता है तो अथाह ममता भी।

वह अन्त तक कहता रहा, "बाई, रहने दे मेरा घर उजड़ जाएगा दूसरी बार।" पर सास अडिग थी अग्निपरीक्षा को लेकर। राजस्थान के मरुस्थलीय इलाकों के अन्दरूनी हिस्से में जहाँ जातिगत पंचायत ही समस्त कानून व्यवस्था का काम करती है, वहाँ पुलिस या घरेलू अदालत का क्या काम? समाज को इकट्ठा कर अग्निपरीक्षा का यह प्रपंच सास के इशारों पर था...रामकिसन कठपुतली वाला तो आज स्वयं कठपुतली था। सास चाहती थी कि फैसले के बाद ही रामकिसन नौकरी पर जाए। टाबरों की चिन्ता न करे...वह सँभाल लेगी। ऐसी कौन-सी रूपसी है सुगना...छोड़ देना। मरद है, नाते रख लेना किसी को। बस उस राँड़ के प्रेमी का पता चल जाए। उससे धरवाएँगे हरजाना...पूरे चार हज्जार! फैसला होने तक सुगना को पंचायत के

एक झोंपड़े में अकेले रहना था तीन दिन, शायद पश्चात् के लिए या ठंडे दिमाग से बिना किसी प्रभाव के अपने निर्णय पर सोचने के लिए। दिन में तो धापू खाना रख जाती...। रात को वह उपवास रखती। मटके का ठंडा पानी पीती। दिन भर जैसे वह सुन्न-सी, पालथी मारे बैठी रहती, वैसे ही गर्भ का पंछी भी शान्त रहता। लेकिन झोंपड़े में रात का अँधेरा जब गहरा और नीरव होता जाता और फूस के फर्श पर खेस बिछा कर लेटे हुए उसकी चेतना जाग उठती, तो गर्भ में वह नन्हा चूजा हल्के-हल्के पंख फड़फड़ाता। एक नन्ही बच्ची की तमन्ना हौले-से जागती...फिर उसे रामकिसन की नयी रची कहानी की कठपुतलियाँ याद आतीं...जो उसने बनायी थीं...जेल में पड़ी देवकी और जोगमाया की कठपुतलियाँ। कितना भोला चेहरा जोगमाया का।

रात की नीरवता में बाहर और भीतर के स्पन्दन और सजग हो जाते। कभी दूर कहीं झाड़ी में मादा गोडावण की चूजों को दी गयी पुचकार भरी झिड़की तक सुनाई देती तो कभी विषधर की सरसराहट स्पष्ट सुनाई पड़ती और रोंगटे खड़े हो जाते। दूर कहीं किस ढाणी में रात्रि उत्सव में बजती थालियाँ और अलगोजे की टेर यूँ लगती जैसे पास से आ रही हो। रात की सूक्ष्मग्राही निस्तब्धता से उसका यह पहला परिचय था। वह रात भर जागकर सब कुछ सुनती—शराब पीकर लौटे गाँव के छोरों का शोर, किसी आवारा बंजारन की कामुक हँसी, सियारों की हूक।

नवम्बर माह की फीकी-सी सुबह थी। झोंपड़े के बाहर सारा ढोली समाज इकट्ठा था, धापू उसके साथ थी। वह हैरान रह गयी जब धापू ने बताया कि जोगी भी भीड़ में खड़ा है। उसने एक छेद से झाँका...पति की आहत नजर...प्रेमी का भयभीत चेहरा। नन्दू-बंसी के कुम्हलाये बदन। ससुराल के लोगों की हिकारत भरी मुद्राएँ। कुतूहल से तमाशा देखते, कानाफूसियाँ करते, मजाक उड़ाते उसकी ही जात के लोग-लुगाई।

"धापूड़ी, जाके कह दे उस जोगी को, भग जाए यहाँ से। किसी को अन्दाज भी पड़ गया तो हरजाने की बात तो है ही...कूट भी डालेंगे उसे मेरे सासरे वाले।"

फैसला जो होना हो...हो। वह लगातार यही कहेगी कि बच्चा रामकिसन का ही है, और किसी का हो ही नहीं सकता। सुगना की आँख फिर एक छेद से होकर जोगी पर जा टिकी...वह ढीठ तो धापू के साथ इधर ही आ रहा था और रामकिसन आशंकित हो लगातार उस जोगी को घूरे जा रहा है...माजरा समझ रहा है क्या?

"यहाँ से चला जा...जोगीड़ा!" उसने जोगी के भारी पैरों की आहट सुनते ही, झोंपड़ी के अन्दर से ही, खड़े होने की कोशिश में, देह के बोझ तले डूबते हुए कहा।

"तू बैठ जा अभी। थक जाएगी। पंच मसवरा कर रहे हैं कि अग्निपरीक्षा कैसे लें। जोगी तू बाहर ही रुक।" धापू ने उसके साथ भीतर आते जोगी को हाथ से ठेल दिया। "सुगना! सुन, मैं हरजाने के चार हजार लाया हूँ...दो हजार में छीना था न तुझे,

मुझसे उसने...मैं दुगुना हरजाना भरूँगा। उसे बोल, छाती ठोक के कह दे कि बच्चा तेरा-मेरा है। कोई जरूरत नहीं...गरम तेल में हाथ डालने की...या गरम ईंट पकड़ने की। ये पंच अपना फायदा देखते हैं ऐसी चीजों में। औरत का चरित्तर खराब निकले तो भी पंचों की चाँदी, न निकले तो भी उनकी चाँदी। दोनों तरफ का पैसा उनको तो मिलता ही है।'' वह दरवाजे पर मुँह रख फुसफुसाया।

सुगना का मुँह कसैला हो गया। वह कुछ नहीं बोली, पर जोगी, वह तो तन-मन-धन का जोखिम उठाकर उसे लेने आया है...न सही धर्म पर उसका राग बँधा था सुगना से। वह फिर तड़फड़ाया—''बाहर फटफटी खड़ी है, रोड पे...चुपचाप बाहर आ जा...झोंपड़ी के पीछे लम्बी घास है...छिपकर पहुँच रोड पे। सुगना, ए सुगनीऽऽ क्या कहती है? क्या कहेगी पंचों से?''

''हाँ, जा-जा, जा के तू अपना काम देख। मुझे जो कहना होगा, कह दूँगी। अच्छा तो यह है कि रामकिसन और उसके घरवाले तुझे पैचानें, उससे पहले ही चला जा।''

''मैं नहीं डरता उस लँगड़े और उसके घरवालों से। अब भी कह रहा हूँ।''

''जोगी तू जा, देख पंच तैयार खड़े हैं, फैसले के लिए।''

''सुगनी, मत पकड़ना रे गरम ईंट...फफोले तो पड़ेंगे ही। चाहे तू सही हो के गल्त।'' चीखते जोगी को धापू ने दूर तक ठेल दिया।

''इतनी बड़ी बातें बना रहा है, अब तक कहाँ था रे तू?''

''अरे! गाइड हूँ, आज यहाँ तो कल टूरिस्ट जहाँ ले जावे उसके साथ।''

तभी बंसी भागता हुआ आया, ''बाई, तू हमारे साथ चल न। नन्दू तो खाना नहीं खाता तेरे बिना रोता रहता है। एक माँ भगवान ने छीनी अब दूसरी ये राँड़ दादी...इसी की करतूत है, बापू तो तुझे चाहता है बाई, रात को रोता था दादी के आगे।'' सुगना ने अपना चेहरा घुटनों में छिपा लिया।

''बाई देख न इधर...ये बापू ने भेजा है...तेल है ये...कब्रों पर उगने वाले ग्वारपाठे और रेत की छिपकली का तेल मल ले हाथ पे...हाथ नहीं जलेगा न फफोले होंगे। परसों चार घंटे साइकिल चलाकर सीमा पार के नजदीक डटे हुए गाड़िया लोहारों से लाया है, बापू।''

लम्बी शीशी के मुँह में ठूँसा कपड़ा खोल के ढेर सारा भूरा बदबूदार तेल सुगना की दोनों हथेलियों पर मलने लगा, बारह बरस का किशोर बंसी। आँधी में अपनी भेड़ें टेरता वो चरवाहा याद आ गया, यही कातरता थी स्वर में। सुगना की आँख भर आयी।

पंचों ने आवाज लगायी। गर्भ भार से क्लान्त, पीले चेहरे वाली सुगना को देख रामकिसन सिसक उठा। सास उसे लानत भेजती रही।

पंचों ने सुगना को गरम ईंट पकड़ाने से पहले दरियाफ्त की, ''सुगना

बाई...कठपुतली वाले रामकिसन के घरवालों का कहना है कि यह बच्चा उसका नहीं है...तुम क्या कहती हो?''

''यह बच्चा बंसी का ही भाई या बहन है! मुझे बंसी के बापू के साथ ही रहना है...और आप ही कहो क्या कहूँ?'' सुगना ने दम बटोर कर कहा। रामकिसन ने गहरी साँस ली। जोगी ने सिर को झटका दिया, और बड़बड़ाता हुआ बड़े-बड़े डग भरता हुआ पीछे को चला गया, जहाँ उसकी काली राजदूत फटफटी खड़ी थी...सुगना को ले जाने के लिए।

''कहो कि मैंने जो कहा वह सच है, मुझे मंजूर है अग्निपरीक्षा। सुगना बाई, यह अग्नि परीक्षा औरत की मर्जी से ही ली जाती है।'' एक पंच बोला।

''बाई, अब नहीं करनी अग्निपरीक्षा, मैं मानता हूँ, यह बच्चा मेरा ही होगा।'' रामकिसन बीच में आ खड़ा हुआ।

''चुपकर रे...रामकिसन...नसबन्दी के आप्रेसन के बाद कोई बच्चा होता है? अग्नि परीक्षा तो होने दे। हाथ पे फफोले पड़ें तो इसके मायके वाले या इसका प्रेमी या तो इसे ले जाएँ या चार हजार जुर्माना दें।'' सास ने रामकिसन को यूँ धकियाया कि वह गिरते-गिरते बचा।

''तो मंजूर है सुगना बाई?''

सुगना ने उत्तर में तेल मले हाथ आगे कर दिये। एक पंच ने पान का एक-एक पत्ता उन नाजुक हथेलियों पर रखा...और उन पर लाल, गरम ईंट रख दी गयी...एक दो तीन पूरे सात मिनट...आठवें मिनट पर ईंट जमीन पर फेंककर सुगना नीचे बैठ कर उलटियाँ करने लगी। पान का पत्ता जलकर काला हो गया था। पास पड़ी पानी की बाल्टी में पाँच मिनट डुबोकर हथेलियाँ ऊपर उठा दीं उसने...फफोले नहीं पड़े थे...पर हथेलियाँ ताजी रची मेहँदी की तरह लाल सुर्ख थीं।

रेत का गुबारा उड़ाती भीड़, शोर के साथ लौटने लगी। पंच फटकार रहे थे सास को। बाई-बाई करके नन्दू और बंसी आकर उसकी पीठ से चिपक गये। धीरे-धीरे हचककर चलता हुआ रामकिसन उसकी ओर बढ़ रहा था।

रोड पर रफ्तार से जाती फटफटी की आवाज सुगना के कानों में देर तक गूँजती रही।

□

प्रेत–कामना

यह वह एक पल था, जिसे यूँ तो सभी लोग एक साथ अपने–अपने तरीके से जी रहे थे पर यह वह पल था, जिसे तीन लोगों ने गहनता से महसूस कर जिया, यूँ यह वह पल भी था जो बीत रहा था रेंगता हुआ। यही वह पल था तेज़ रफ्तार गाड़ियों के बीच बचता–बचाता जिया जा रहा था। कहीं यह पल चौथाई चाँद की पीली मटमैली रात में पेड़ की फुनगी पर अटका बस टपकने को था। यह पल था...जो रेगिस्तान के कैक्टस में पानी की एक लसलसी बूँद बनकर एकत्र हो रहा था...आने वाले सूखे मौसमों की प्यास बुझाने को।

दरअसल सलिल के लिए इस अवाक् पल की भूमिका तब बनी, जब वह अपने मल्टीनेशनल कम्पनी के दफ्तर से, लिफ्ट से उतर रहा था और उसने लिफ्ट में एक खाँसते परेशान अस्थमैटिक बूढ़े को देखा था। अनायास उसे अपना जनक याद आ गया था। एक बड़े फ्लैट में तन्हा।

व्यस्तता की घनेरी परतों और नयी जिम्मेदारियों के भुलावों के बीच खोया हुआ, उसका कर्तव्यबोध किसी पुरानी पोस्टकार्ड पर लिखी चिट्ठी–सा निकल पड़ा था और उसे पापा बेतहाशा याद आये थे। हालाँकि वे इसी शहर में रहते थे। पर उनसे मिले हुए उसे आधा साल गुजर गया था। पिछली बार जब वह उनसे मिला था, तब तो वे स्वस्थ ही थे पर उदास थे। यूँ अभी एक साल ही हुआ है उन्हें रिटायर हुए। अब वे स्वतन्त्र लेखन करते हैं। आज उसे मम्मी भी याद आ रही हैं कि वे होतीं, तो शायद वह आज इतना परेशान नहीं हुआ होता। पर वे तो उनके रिटायरमेंट से करीब चार साल पहले ही नहीं रहीं। बड़े चाव से उन्होंने बड़ा–सा फ्लैट लिया था कि दिव्या की शादी इस फ्लैट से होगी, सलिल यहाँ बहू ब्याह कर लाएगा। दोनों चाव अधूरे छूट गये। दिव्या की शादी हांगकांग जाकर हुई...वह एयरहोस्टेस थी और उसने वहीं अपना दूल्हा ढूँढ़ लिया था...मम्मी–पापा बस रिसेप्शन अटैंड कर वापस लौट आये थे। सलिल की शादी तो इसी फ्लैट में हुई पर बहू को अपने दफ्तर से दूर मुम्बई के

इस पुराने सबर्ब में रहना पसन्द नहीं आया सो वह मम्मी की डेथ से पहले ही उसे लेकर अलग हो गयी। तब पापा ने कहा था मम्मी से—''जाने दो, कुछ कहने की जरूरत नहीं है। बनाने दो उन्हें अपना नीड़। हम दोनों हैं ना, फिर से अपनी प्राइवेसी एन्जॉय करेंगे।'' उसके चले आने के तीसरे सप्ताह ही, मम्मी की यूँ अचानक हुई मृत्यु का अपराधबोध ही सलिल से नहीं छूटता...अब बार-बार मन पापा की ओर भागता है।

पिछली बार ही फोन पर कह रहे थे, ''आते-जाते रहा करो। पता नहीं कब तक हूँ मैं...।''

वह काँप ही गया था, अभी कल-परसों ही तो एक मैगजीन में पढ़ा था कि एकाकी विधुर पुरुष कम ही जी पाते हैं, उनकी बनिस्बत जो अपने जीवनसाथी के साथ होते हैं या फिर अपने परिवार के साथ। इतनी लम्बी सोच के ब्रेक भी कार के साथ ही लगे...अभी तो बहुत दूर जाना है। वहाँ से अपने घर भी लौटना है। पैंतीस से ज्यादा किलोमीटर का चक्कर हो जाएगा। फिर कुछ देर तो ठहरेगा ही। क्यों न पापा के लिए और अपने लिए खाना पैक करा ले। विम्मी को सैलफोन पर कह दिया कि इन्तजार न करे।

पापा के फ्लैट में लिफ्ट नहीं थी। समुद्र की ओर मुख किये इन चार माले के पुराने फ्लैटों में किसी में शुरू ही से लिफ्ट नहीं थी। पापा तीसरी मंजिल पर रहते हैं। सलिल ने महसूस किया...यहाँ पीछे छूट आये समय के टुकड़े के साथ भी कुछ खास नहीं बदला। वैसी ही उमस से भरी नमकीन हवा, वही सोया-सा मोहल्ला। सीले-से मकानों की चौड़ी-चौड़ी बालकनी...जिनमें बैठकर उन मकानों के बूढ़े मालिकों को अपने स्वर्णिम अतीत की यादों की टीस को सहलाना अच्छा लगता है। पापा भी तो उसे वहीं बैठे मिलते हैं, वह जब भी आता है...दूर से उसकी कार पहचान जाते हैं। और बच्चे की तरह उत्साहित हो नीचे उतर आते हैं।

सामने वही खेल का मैदान...जिसमें आजकल कम बच्चे खेला करते हैं। उनका कितना बड़ा झुंड था...अब सब खो गये हैं...अपने आशियाने छोड़ उड़ गये हैं। उसने ऊपर देखा पापा के फ्लैट की बत्तियाँ कुछ जल रही थीं कुछ बुझी थीं। टेरेस पर लगा झूला हल्के से हिल रहा था...जैसे अभी ही कोई उठकर गया हो।

तेजी से खाने का पैकेट सँभाले वह सीढ़ियाँ चढ़ा। पापा की चिन्ता, पापा की अच्छी बातें जो आज भी उसे कठिनाई में उँगली पकड़ रास्ता दिखाती हैं, पापा की खामोश मगर बोलती सुन्दर आँखें, पापा की साफगोई, पापा के प्रति एक श्रद्धा व प्यार-भरा मोह लिये वह घर के सामने रुका। घर चुप था। न जाने क्यों उसे लगा कि अभी भी एक कोलाहल हो-होकर ठहरा है। और बहुत-बहुत सारी बातें कर चुका यह घर अचानक तन्द्रिल हो उठा है। उसने घंटी न बजाकर, अपनी चाभी से दरवाजा खोला,

पापा सो रहे होंगे...उसने खाना किचन में रखा...वहाँ चाय के दो प्याले रखे थे। पापा-मम्मी को अब भी बहुत याद करते हैं। सोचकर मन भीग गया। पापा अब वह पुराना कोने वाला, समुद्र के सामने लम्बी-सी खिड़की वाला बेडरूम कम इस्तेमाल करते हैं। वह स्टडी रूम की तरफ बढ़ा जहाँ पापा पढ़ते-लिखते वहीं सो जाया करते हैं। तीसरा बेडरूम दिव्या के लिए है। वह जब भी भारत आती है, पापा के पास रुकना पसन्द करती है। स्टडी रूम में पापा का ट्रेकसूट कुर्सी पर टँगा था, पर पापा नहीं थे। बाथरूम भी बाहर से लैच्ड था। वह पापा-मम्मी के पुराने बेडरूम की तरफ बढ़ा, जिसका दरवाजा आधा भिड़ा था...उसने झाँका और वह पल अब सामने था...जीना ही था, इस पल को उसके लम्बे तने खिंचाव के साथ...रबर की तरह खिंचा वह पल टूटने की हद तक...पापा!

...पापा की चौड़ी गोरी पीठ पर लिपटी दो नर्म-नाजुक बाँहें!...उसने तो कभी मम्मी के साथ भी पापा को यूँ नहीं...कनपटियाँ गर्म हो गयी थीं। अचानक सारा कमरा आउट ऑफ फोकस हो गया। गहरे सन्नाटे में बेसुध साँसें ही इतना शोर कर रही थीं, कि उन दोनों में से किसी को उसकी उपस्थिति का भान तक नहीं हुआ। वह पल टूटने को ही था—कि करवटें मुखर हुईं, एक सानुपातिक साँवली अर्धनग्न देह दिखने लगी, जो वल्लरी-सी पापा से लिपटी थी...दो जोड़ी पैर आपस में उलझे थे। दो जोड़ी आँखें एक नशे में अधखुली-सी उसको देखकर भी नहीं देख पा रही थीं। पापा के चौड़े वक्ष के फैलाव में दो सलेटी मांसल उभार...पापा के होठ जिन्हें घनेरी प्यास के साथ सहला रहे थे। जुगुप्सा से उसका जी मितलाया और पापा के उस उदार महान रूप के भ्रम को तोड़कर ही यह पल टूटा। यह पल क्या टूटा...एक बची-खुची डोर-सी टूट गयी,...जो उसे पापा के पास खींचकर लायी थी। वह दस-दस मन के भारी पैर लेकर जीना उतरकर सड़क पर आ गया।

एकाएक इस पल की खिंचावदार टूटन से बुरी तरह आहत हो...उसका एकदम से घर जाने का मन जरा भी नहीं था। अँधेरे कोने में कार पार्क कर, वह फ्लैट के बिलकुल सामने वाले पार्क की एक बेंच पर बैठ, अपने घर के सिलहट्स देखने लगा। करीब और दस मिनट बाद उस बेडरूम की लाइट जली। जाली के पर्दों पर उनकी काया उभरी, उनकी देह से एक ढलते पुरुषार्थ के दम्भ का स्रोत-सा फूटता दिखाई दिया। उसे भान-सा हुआ, जैसे वे उसे ही जता रहे हों कि—'बूढ़ा व अकेला नहीं हूँ मैं, मेरी दुनिया अब भी रस से खाली नहीं।' वह चिढ़-सा गया। उनकी परछाईं से ही उलझ गया, "शोभा देता है यह सब? अब इस उम्र में?"

"तो तो क्या करूँ! अकेला दम घुटकर जान दे दूँ? मेरा बाकी का जीवन टूटी दीवार से झरते सीमेंट-सा बीते? यही चाहते हो न तुम?"

"............................"

तीसरी मंजिल के उस फ्लैट में, जिसे वह अपना घर कहते-कहते, अब किसी और का घर कहने लगा है (यह अब पापा का घर रह गया है) अब हलचलें खामोश हो गयी थीं, उजाला तैर रहा था। वही कमरा जहाँ मम्मी पूजा करती थी। दो परछाइयाँ फिर खड़ी होकर उलझीं और ढह गयीं नीचे को। वह दिव्या का कमरा। वह पापा की स्टडी...दोनों में अँधेरा था, पर...अब किचन में बत्ती जली...पापा घबराकर बालकनी में आकर अँधेरों में उसे ढूँढ़ रहे हैं। दूसरी परछाईं घबरायी-सी बगल में खड़ी है। उसने देखा, इस घबरायी परछाईं से पापा जल्दबाजी में अलग हो,...पार्क की गयी कारों में उसकी कार ढूँढ़ रहे हैं,...'ओह! जल्दबाजी में खाने का पैकेट वहीं छोड़ आया हूँ मैं!'

वे दोनों नीचे उतर आये हैं अब...और वह एक दरख्त के पीछे आ गया। अरे! यह घबरायी-सी, हताश परछाईं तो जानी-पहचानी है। पापा की दिल्ली वाली रिसर्च स्कॉलर अणिमा... जिसकी बड़ी आँखों और साँवले रंग की लहराती देह में गजब का जादू हुआ करता था...जब पापा जे. एन. यू. में हेड ऑफ द डिपार्टमेंट हुआ करते थे, तब वह बारहवीं में पढ़ता था...और अपने दोस्तों में उसके साँवले सौन्दर्य की सरस चर्चा किया करता था। ये यहाँ कैसे? इतने दिनों बाद? ये तो अमेरिका में थी...सिमोन द बाऊवा का दूसरा संस्करण! ऐसे ही कुछ लेख लिखा करती थी यह, दिव्या हँसी उड़ाया करती थी इसकी तो। दादी भी इसके बारे में अच्छी राय नहीं रखती थीं। 'ऐसी खुली छुट्टी लड़कियों से लल्ला को दूर रखा कर री बहू।' मम्मी हँसकर रह जाया करती थीं। मम्मी पूजा करती थीं पापा की। मम्मी के वही विश्वास और आस्था आज...उसके सामने...न जाने कितने सालों से यह सब चल रहा होगा! फिर उसकी कनपटी जलने लगी। वह निस्पन्द-सा बैठा रहा इधर।

उधर पापा थके कदमों से ऊपर जाकर बॉलकनी में बैठे हैं। छूटते पुरुषार्थ का वो दम्भ उनके अन्दर अब दम तोड़ रहा है। कन्धे झुके हैं और वे काँपते हाथों से सिगरेट सुलगा रहे हैं। वह सोच रहा था कि—मेरा अब उनसे यह भी पूछने का मन कतई नहीं करेगा कि 'कैसे हो आप?' अकेले कहाँ हो आप अब? है न नयी दुनिया! जा रहा हूँ मैं।'' वह तेज कदमों से कार की ओर बढ़ा...झटके से स्टार्ट कर बिना आसपास देख जूऽऽम से कार लेकर निकल गया।

यह वह पहला और आखिरी पल था अणिमा के लिए—मुक्ति का, उस लम्बी प्रेत-कामना से मुक्ति का, जो उसके अवचेतन में अटकी थी। कितना वक्त बीत चला था...इस कामना को दफन करके भूल गयी थी वो। यह कामना एक स्वस्थ सबल कामना थी, जिसे चुपचाप गला घोंटकर दफना दिया था उसने बरसों पहले। आज वही प्रेत-कामना अवचेतन के विस्मृत गलियारों में भटक-भटककर चेतन की राह पा गयी थी। और लपककर इस एक पल में समा गयी थी। भारत में मनाये जा रहे प्रवासी

सप्ताह के दौरान अगर भारत सरकार के द्वारा उसे सम्मानित किये जाने का आमन्त्रण न मिला होता तो...यह कामना न जाने कब तक यूँ ही आत्मा को क्षरित करती हुई, दफन रहती। कितनी ही बार सपनों में उसने सर की एक अस्पष्ट परछाईं-सी के पीछे स्वयं को अनजान गलियों में भटकते देखा है। कितनी बार देखा है, उसकी वही ट्रेन छूट गयी है, जिसमें चढ़कर वह उनसे मिलने जा पाती। कभी देखा है, उसके कपड़े बदलते में अचानक कोई अन्दर बाथरूम में गलती से चला आया है और वह कहती है...सर...आप? और इन सपनों के मोहनजोदड़ो की लिपि से भी कठिन अर्थ खोजने में पसीने-पसीने हो-होकर वह रात-रात भर जागी है।

जे. एन. यू. के उन अल्हड़ दिनों में जब उम्र स्वयं के मूल्य और भविष्य के सपने गढ़ा करती थी। सर ही थे जिन्होंने विचारों की धुन्ध को दूर कर एक आकार दिया था। एक साफ-शफ्फाक व्यक्ति। मानवशास्त्र का महान ज्ञाता... एक लेखक...एक स्कॉलर। जिनकी परछाईं भर छू लेना बहुत होता था। बहुत गर्व था उसे कि वह उनकी रिसर्च स्कॉलर है। दस और भी थे, पर उसे पता था कि वह विशिष्ट है। उनके लेखन की विरासत सिर्फ उसे मिली थी, उनके साथ कई सेमिनार्स के पर्चे उसी ने तैयार किये थे। वह उन कौरवों-पांडवों में 'अर्जुन' थी। प्रिय शिष्या! भरोसेमन्द जिसे वे अपनी विरासत सौंपकर निश्चिन्त हो सकते थे।

उन्हें डर भी था कि वह शादी के बाद इस क्षेत्र के प्रति अपना डिवोशन छोड़ बैठेगी। और उसने ठान लिया था कि—"मैं शादी ही नहीं करूँगी" और वही समय था कि मैं अर्जुन से 'एकलव्य' बन गयी।

मैं पुरुष होकर अपने लेखन को शादी और इस यूनिवर्सिटी की नौकरी के बाद ज्यादा समय नहीं दे पाता। तुम तो लड़की हो शादी के बाद घर-गृहस्थी के झंझट!"

"शादी करके अपने लक्ष्य से मैं नहीं भटकूँगी सर।"

"यह सम्भव नहीं अणिमा, हर इन्सान को जीवन में एक सोलमेट की जरूरत होती है। नारीवादी होने का अर्थ यह नहीं कि पुरुष की आवश्यकता को नकार दिया जाए जीवन से ही। नारीवादिता का अर्थ है, औरत की अपने स्वतन्त्र अस्तित्व के प्रति सजगता! विवाह अवश्य करना और उस दाम्पत्य की नींव में एक मजबूत कन्धा लगाना और दूसरा बचा कर रखना। उस पर रखना नींव अपने स्वतन्त्र व्यक्तित्व की और सन्तुलन साधे चलाना जीवन। शुरू के सालों में दिक्कत होगी फिर सीख जाओगी विवाह और कैरियर का सन्तुलन साधना।"

वह घबरा गयी थी। हाय! नहीं होगा उससे यह सब। मानो वह एक औरत न हुई कन्धों पर हल का जुआ साधे बैल हो गयी। कितने ही प्रस्ताव उसे स्वयं, मिले, कितने ही मम्मी-पापा के जरिये। बस विवाह के प्रति उसकी आसक्ति हुई ही नहीं। उसके लक्ष्य दूसरे ही थे। पहले उसके सहपाठी फिर सहयोगी बने मिलिन्द ने तो

कितनी प्रतीक्षा की थी उसकी फिर खीझकर कह ही दिया था...''अणिमा, तुझ पर तो सर की विशाल, भव्य बुद्धिमत्ता, उनके यश और व्यक्तित्व की छाया पड़ गयी है और तू उससे मुक्त होकर ही किसी अन्य के बारे में सोच सकती है। और नहीं मुक्त हुई तो टँगी रहना त्रिशंकु-सी। उस खड़ूस बुड्ढे ने ही समझाया होगा कि अणिमा तुम विवाह के लिए नहीं बनी हो।''

''हाय! कसम से मिलिन्द, उन्होंने कभी ऐसा नहीं कहा। पर सच्ची अभी मैं शादी के लिए जरा भी तैयार नहीं...।''

उसने कभी मिलिन्द के साथ प्रेम-व्रेम का किस्सा नहीं बुना था, वो तो स्वयं मिलिन्द और सहपाठी उनकी जोड़ी बनाते रहते थे। हाँ, वो दोनों ही बंगाली थे और दिल्ली में परदेसी थे तो साथ-साथ घूमा-फिरा करते थे...तो एक सम्भावना साथ जीने की कहीं अँखुआ सकती थी,...अगर मिलिन्द ने उस रोज इतना भलाबुरा न कहा होता उसे और सर को लेकर तो—''हाँ, तीस की उमर में कोई लड़की शादी के लिए तैयार नहीं...इसका मतलब है कि...''

वह जाने क्या-क्या कहता रहा उसके और सर के बारे में...उनके साथ-साथ दूसरे शहर सेमिनार में जाने के बारे में। सर ही चाहते हैं कि अणिमा विवाह न करे और उनकी...बनके रहे।

वह आहत-सी मिलिन्द को देखती रह गयी थी। मिलिन्द को वह एक सुलझा हुआ, स्त्री-पुरुष की समानता और व्यक्तिगत स्वतन्त्रता में विश्वास करने वाला व्यक्ति मानती थी। उसका भ्रम टूट गया था। फिर मिलिन्द ने मंजरी से शादी कर ली थी। बहुत बाद में उसने मिलिन्द की बातों पर गौर किया था, तो लगा था कि शायद वह सचमुच सर की बुद्धिमत्ता और महानता की कायल ही नहीं, बल्कि उनसे ऑबसेस्ड भी है। प्रेम तो नहीं था...एक अन्धी श्रद्धा? कितनी बार अकेले पलों में सर के साथ, अब उसका दिल धड़क जाता था। पर सर को वैसा ही सहज पाकर धड़कनें संयम की डोरी में बँध जातीं।

दस के दस सहपाठी उसके यूनिवर्सिटी से चले गये। नये स्टूडेंट्स आ गये। वह वहीं एडहॉक लेक्चरर बन गयी। सर का साथ तब तक बना रहा जब तक कि वे एक प्रोजेक्ट के लिए यूनिवर्सिटी की तरफ से तीन साल के लिए जर्मनी नहीं चले गये।

उनके जाने से पहले तीन बार ये पल जन्म लेने को अकुलाया था। पहली बार तब, जब एक सेमिनार में जाने से पहले उन्होंने अपना पर्चा अणिमा को पढ़वाने की बजाय एक नयी रिसर्च स्कॉलर को थमा दिया था। बिफर गयी थी वह...मिलिन्द के जलते शब्द अंगारे बन गिर रहे थे उस पर, ''बुड्ढा रसिक है। हर बैच में से एक सुन्दर-सी कन्या छाँट लेता है।'' लेकिन सर के पास जाते ही ऐसा लगा जैसे जलती उँगली बर्फ के पानी में डुबो ली हो।

"अणिमा, तुम एनुअल डे की ड्रामा रिहर्सल में व्यस्त थीं। पेपर्स पहले तो तुम्हीं को भेजे थे। अब खुद टाइप नहीं कर पाता सो...श्रुति ने ही किये थे और उसी ने प्रूफ देखे थे। अब तुम्हारी कीमती राय के लिए तुम्हारी टेबल पर रख आया हूँ।" उनकी हल्की भूरी आँखें, और सिगरेट के निशान से गुलाबी से सलेटी लाल हो आये होठ संयम के साथ एक अर्थमय मुस्कान मुस्कुराये थे। उन्होंने जलन पढ़ ली थी अणिमा के चेहरे पर ताजा-ताजा लिखी।

दूसरी बार वह पल जन्म से पूर्व ही कालग्रस्त हो गया...जब सर ने उसकी मेज पर आकर एक पेपर उसकी ओर फेंकते हुए कहा था, "यह देखो, यह पच्चीस साल का प्रोजेक्ट यू. एस. ए. का एन्थ्रोपोलोजी तो ऐसा वास्ट सबजेक्ट है कि इसमें अवसरों की कमी ही नहीं। आगे रिसर्च करो। और तुम जैसी जहीन लड़की...। और यहाँ एडहॉक बनकर कैरियर बनाने का क्या मतलब! क्या फायदा! अच्छे संस्थानों में जाओ। विदेश जाओ...कितने-कितने अवसर हैं।"

"मैं यहीं ठीक हूँ।" उसने सर झुकाकर कहा था।

"क्या मतलब?"

"आपकी छत्रछाया में।"

सर ठठाकर हँसे थे, फिर दर्प और व्यंग्यभरा कमेंट किया था। "मेरे यश से कुछ टुकड़े यश पाने की आकांक्षा व्यर्थ है अणिमा...यह तो स्वयं ही अर्जित करना होता है। रही बात मेरे प्रभाव का फायदा उठाकर ही किसी को इस यूनिवर्सिटी में लगवाना होता तो अपने बच्चों को न लगवाता। मैं वैसा नहीं हूँ...सॉरी अणिमा...मुझसे सिफारिश की उम्मीद मत करना...।"

वह फफककर रो दी थी। "बस इतना ही समझे न, आप?"

वह कहते रहे थे—"ऐसी नारीवादिता का क्या जो पुरुष में अपना सहारा ढूँढ़े।" वे कुछ कोमल हो आये थे।

जानती थी, खूब जानती थी कि अब उनसे छिपा नहीं रह गया था...अणिमा की अन्धी श्रद्धा का प्रेम में बदलता स्वरूप। इसीलिए थीं ये कड़वी गोलियाँ। ये दवा में लिपटे तीर!

तीसरी बार तब, जब सर की फेयरवेल पार्टी थी जर्मनी जाने से पहले। उस बड़े आयोजन से, पहले वह उनके साथ थी, उनके ऑफिस में...देर तक खामोश।

"अणिमा...मैं खुश नहीं होऊँगा...तीन साल बाद लौटकर भी तुम्हें यहाँ एडहॉक लेक्चरर पाऊँ तो! ये प्राध्यापिकी बेकार की निकृष्ट चीज है। आपकी क्रियाशीलता को क्षरित करती है। यह आलसी लोगों के लिए है। जो बैठकर मोटी तनख्वाह लेकर खुश रहते हैं। तुम उनमें से नहीं...तुममें तो कुछ कर दिखाने का जज्बा था न!"

"जी सर!"

"मुझे नहीं पता तुम्हें क्या रोके हुए है यहाँ? हर महीने मिलनेवाले दस हजार रुपये तो नहीं कम से कम। यू डिजर्व मोर! फिर क्या? न यहाँ कोई प्रोफेशनल सेटिस्फैक्शन है। मैं यह भी जानता हूँ, तुम निःस्वार्थ हो, तुम मुझसे भी कुछ फायदा नहीं उठा रहीं फिर...फिर क्या?"

"...."

"सच कहो अणिमा...मैं कई बार डर जाता हूँ! क्या...मैं?"

"..."

"मुझसे क्या पा सकोगी? कुछ नहीं। मैं चला जाऊँगा परसों...।"

"कुछ माँगा क्या आपसे? कहा था न एकलव्य हूँ, एक बार...।"

"नहीं यह एकलव्य होना नहीं है...यह तो मीरा...अहिल्या या ऐसा ही कुछ होने जैसा है अणिमा। यह स्वस्थ मानसिकता नहीं है तुम जैसी स्वतन्त्र स्त्री के लिए।"

"मेरा बस नहीं है।"

एक क्षीण से आलिंगन के साथ यह पल जन्म लेते-लेते ही वहीं मूर्च्छित हो गया था। किन्तु इस पल की प्रेत-कामना जिन्दा रही बरसों।...आज इस पल में प्रविष्ट होकर जन्म ले बैठी!

अमेरिका से ही कितने-कितने फोन करके—कितने दोस्तों को ढूँढ़-ढाँढ़ कर सर का पता पूछा था, उनका दिल्ली छोड़कर मुम्बई आना तो पता चला था। लेकिन उसे नहीं पता था कि अब वे इस दस साल पुराने पते पर होंगे भी कि नहीं। एक खत, एक तार डाला। उत्तर नहीं मिला था। पर वह मुम्बई चली ही आयी। अपनी छोटी बहन कणिका से भी तो मिलना था। वहाँ से टेलीफोन डायरेक्ट्री से सर का नाम मिल ही गया, 'महेश्वर पन्त' नाम ही के साथ मुखर हो गयी उनकी आकृति गोरी, पहाड़ी मजबूत काठी, औसत कद, क्लीन शेव्ड चेहरा, तीखी नाक, हल्की शहद के रंग की बड़ी मगर खामोश स्थिर आँखें, लगातार सिगरेट पीते रहने से गुलाबी से भूरा हो आया निचला होठ और कामदेव के चाप के आकार का ऊपरी सुर्ख होठ। काले-सफेद बालों की तरतीब से सधी पंक्तियाँ। मजाल जो दिन भर में इधर से उधर हो जाएँ।

"बहुत हैंडसम हैं ना सर इस उम्र में भी। तू बता?" मंजरी कहा करती थी। वह कुछ नहीं कहती थी। क्या कह सकती थी, उन आँखों का वीतराग भाव उसे पता था, उन होठों से झरे शब्दों से ज्ञान, आदेश, उपदेश के अलावा कब कुछ सुना था उसने? पर सुनना चाहती थी! यही वीतराग भाव था, जो एक प्यार जगाता था उसमें। जितना दुर्लभ और रहस्यमय था वह व्यक्तित्व, उतना ही अणिमा को उसका मोह छलता था। उसे बस इतना पता था कि उनके ज्ञान की विरासत उनके सैकड़ों स्टूडेंट्स में से सिर्फ उसे मिली है...जितनी निकटता उसे मिली है...सर के सहयोगियों

और जूनियर्स को भी नहीं मिली थी। इसी को पाथेय बना उसने एकाकी-सा रास्ता चुन लिया था।

सर के जर्मनी से लौट आने से बहुत पहले वह अमेरिका चली गयी एक बड़े प्रोजेक्ट के तहत, फिर लेखन, रिसर्च और फिर मानवाधिकार की एक विश्वप्रसिद्ध संस्था एमेनेस्टी इंटरनेशनल से जुड़कर उसने अपने जीवन की सार्थकता पा ली थी। वहाँ कई बार उसे सर का पत्र मिलता था, उसकी उपलब्धियों पर बधाई के साथ। कई बार उसने सर को सेमिनार्स में पेपर पढ़ने के लिए आमन्त्रित किया पर उनका जवाब नकारात्मक ही मिला। उनकी पत्नी के देहान्त की खबर दोस्तों से मिली थी। धीरे-धीरे उनका लेखन भी कम पढ़ने को मिलता था, जरनल्स में। अन्ततः सम्पर्क टूट ही-सा गया था। उसका भी फिर कभी भारत आना अगर हुआ भी तो जल्दबाजी में। उनसे कभी मिलने का संयोग ही नहीं हो सका।

इस बार एक बड़े सम्मान के लिए भारत के नाम पर उसे सर से मिलने की बहुत इच्छा हुई थी। आखिर यह सम्मान उन्हीं की बदौलत मिला था, उन्होंने ही उसे वह दृष्टि दी थी कि—वह महज लेक्चरर बनने के लिए नहीं बनी है। उसे इस विषय का, इस विषय में उनके दिये ज्ञान का सही उपयोग करना है। फोन करते हुए उसका दिल जोर से धड़क गया था। उसे कुछ नहीं पता था कि उसे कौन उठाएगा, उसे क्या उत्तर मिलेगा, रह-रह कर आशंकित हो रही थी वह! अब तक तो रिटायर होनेवाले होंगे।

सर ही ने उठाया था फोन, आवाज वही थी धीर गंभीर-सी, पर कहीं आहत, क्लान्त भी...

"हलो, एम. पन्त हियर..."

"सर..."

"कौन? अणिमा!"

"पहचाना कैसे आपने?"

"मुझे उम्मीद थी, अखबार में पढ़ा था तुम्हारा नाम, टी-वी पर भी देखा था तुम्हें। खत और तार भी मिल गये थे।"

"पर आपने जवाब नहीं दिया...न फोन...न ई मेल। सब कुछ तो लिखा था आपको।"

"अणिमा, तबीयत ठीक नहीं थी। फिर मुझे पता था कि यह प्रवासी सप्ताह बीत जाए तो तुम स्वयं खोजकर चली आओगी।"

"क्या हुआ सर?"

"होगा क्या? बुढ़ापा और क्या!

उसका मन दुःख गया था...सर...जो कभी व्यक्तिगत स्तर पर बात करने से कतराते थे...सर जो कभी अकेले होते नहीं थे...बल्कि अकेलापन जुटाते थे...जब बहुत

लोगों से घिरे होते थे तो वे निस्संकोच कह देते थे... 'आप जाएँ, मैं अब एकान्त चाहता हूँ।' या 'अणिमा, जाओ, अब मुझे यह पुस्तक खत्म करनी है।' इसी एकान्त को अक्षुण्ण रखने के लिए उन्होंने आर्ट्स फैकल्टी की डीनशिप के लिए मना कर दिया था।

"सर, आप कब फ्री हैं...मैं आना चाह रही थी...।"

"मैं तो खाली ही हूँ अब...कहीं नहीं जाता...कभी भी आ जाओ...मुझे अच्छा लगेगा।"

बस वह तुरन्त टैक्सी पकड़कर, कणिका के साथ शाम की शॉपिंग का प्लान कैन्सल कर, भरी दुपहर में भागी थी। देह ढल गयी थी...तेज वही था! आँखों की खामोश चमक वैसे ही थी। कुर्ते-पायजामे में...सर को देख आत्मीयता से भर गयी थी। उन्होंने जल्दी-जल्दी कुछ ही देर में कितनी-कितनी बातें पूछ लीं--उनकी उपलब्धियों की, पीछे टूट गये सूत्रों की, मानवशास्त्र के नये आयामों पर सम्भावनाओं की। इतने बातूनी तो सर कभी नहीं थे। लंच कर चुकी थी पर सर के साथ फिर लंच किया था। तुअर की दाल, कच्चे आम की लौंजी, सूखे आलू , चावल और रोटी।

"आपने बनाया?"

"हाँ।"

"कोई सर्वेंट...।"

"मुझसे यहाँ की मराठी बाइयों के हाथ का खाना नहीं खाया जाता। फिर खाना बनाने में सुबह-शाम एक घंटा तो कट जाता है।"

अणिमा का मन फिर दुखा।

"कैसा बना है?"

"बहुत स्वाद है सर आपके हाथों में...।"

"जया भी यही कह-कहकर संडे का खाना मुझसे बनवा लेती थी।" पहली बार सर के मुँह से उनके सुखद दाम्पत्य का एक अन्तरंग प्रसंग सुना...। बहुत याद आता होगा स्वर्णिम अतीत! उस पर ढलती उम्र, जिसमें अतीत जितना याद आता है, उतना सालता है। पर उस मीठे दर्द के हिस्से को बार-बार कुरेदना अच्छा लगता है, इस पचास पार की उम्र में। उस दुपहर सर ने बहुत-सी बातें की अतीत की। जे. एन. यू. के दिनों की। न जाने कहाँ से पिछली आत्मीयता दोनों के बीच प्रश्न बनकर उभर आयी।

"आप कब रिटायर हुए?"

"अब भी हुआ नहीं होता...जया के जाने के बाद काफी बीमार रहा तो दो साल पहले ही रिटायरमेंट ले लिया।"

"अब?"

"अब ठीक हूँ। अपनी कहो...। शादी-वादी..."

"ना! नहीं की..."

"फिर...जिद्दी निकली ना अणिमा तू...तुम...शादी नहीं की तो नहीं की ना।"

"वक्त ही नहीं मिला।"

हँसे थे सर...अपनी गूढ़ हँसी।

शाम टँगी थी...समुद्र के इस पार ही अभी...नारियल के पेड़ों पर...उस पार जाने की लम्बी दूरी को देख ठिठकती-सी...वह पल करवटें ले रहा था वक्त के गर्भ में...

"मैं जाऊँ...।"

"..."

बोझिल एकान्त की परछाईं उन्हें फिर हताश करती, उससे पहले ही उसने जाना स्थगित कर पूछ लिया, "सर चाय पिएँगे? मैं बना कर लाती हूँ।"

चाय लेकर वह बालकनी में आ गयी थी...सर ने कन्धों से उसे थामकर झूले पर बिठा दिया था..."बैठो।"

स्वयं आरामकुर्सी पर बैठ गये थे। चाय के घूँट भरते हुए वे दोनों कुछ नहीं बोले...सर बस उसे ही बहुत ध्यान से देखते रहे जब तक कि उसकी प्रकाशवान परछाई सिल्हट न बन गयी। पर कुछ नहीं कहा कि 'बहुत बदल गयी हो' जैसा। चाय खत्म होने पर वह फिर जाने को कसमसायी।

"जाओगी...।"

"हाँ शाम ढल गयी है न...।"

"मैं छोड़ आऊँगा...कार है न! तुम अपनी बहन के घर फोन कर दो।"

"आप रात में ड्राइव करेंगे?"

"हाँ, साथ खाना खाएँगे कहीं, फिर तुम्हें छोड़ दूँगा। बहुत दिनों से इस घर से बाहर नहीं निकला...। आज खाना बनाने का भी मन नहीं है।...तुम्हारे आने से पहले ही मैकनिक को देकर सर्विसिंग करवायी थी कार की भी।"

एक-एक पल किसी आदमजात के साथ बिताने की, उनकी लम्बे एकान्त के बाद की लालसा को वह समझ रही थी। एक उम्र बाद किसी अपने के साथ कितना जरूरी हो जाता है। यह स्वयं के बारे में महसूस कर वह अपने भविष्य को लेकर काँप गयी। कितना दूर है उसके लिए भी...ऐसा निर्जन-सा वक्त? दो दशक बस...ज्यादा से ज्यादा!

अब वे दोनों उनकी स्टडी में आ गये। किताबें देखते-देखते उन्होंने उसे एक डायरी दिखायी जिसमें अणिमा के लिखे लेखों की कतरनें थीं।

"तुम्हारे जाने के बाद यूनिवर्सिटी में मन नहीं लगा अणिमा।"

"... ... ..."

''मुम्बई आ तो गया, पर यहाँ के रैट रेस से भी घबरा गया था मैं। रास ही नहीं आया कुछ भी...जया बहुत बीमार रही...। तुमसे लगातार सम्पर्क न रख सकने की यही वजह थी, तुम्हारे सेमिनार्स के आमन्त्रण...कितने सारे प्रोजेक्ट्स सबसे कट कर, जया की तीमारदारी में लग गया और वही चार साल पहले धोखा देकर चली गयी।'' सर की आँखें छलकने को थीं। उसने स्नेह से सर का हाथ पकड़ लिया। प्रतिक्रिया में सर ने दूसरे हाथ से अणिमा के दोनों हाथ पकड़ लिये और अपने जलते नेत्रों से लगा लिये। फिर उन्हें छोड़ वहीं दीवान पर बैठ गये, वह भी करीब बैठ गयी।

''अब फिर जुड़ जाइए न आप! कितना सारा ज्ञान...लिखना शुरू कीजिए ना...फिर से...मैं हूँ ना...आप साथ चलिए मेरे।''

''अब कोई मोटिवेशन ही नहीं...न पैसा न यश...। सब पा लिया...सब पाकर चुक भी गया...। अब तो याद भी नहीं आती उन दिनों की...''

''यह सच नहीं है। मैं इस ज्ञान के अथाह सागर को व्यर्थ नहीं जाने दूँगी। आप लिखेंगे।''

''मेरा साथ दोगी?''

''हाँ।''

अपने गुरु की एक महान आकृति को टूटा देखकर, एकलव्य अणिमा, उस पल सर्वस्व देने को उद्यत थी।

''जीवन से ही छिटक गया हूँ अब...वहीं से छूट गया है मेरा सिरा...एक निरा प्रेत बनकर रह गया हूँ मैं।''

शहदीली आँखों को धुँधला करते आँसू धरती पर चू पड़े थे।

अणिमा ने बिना कुछ कहे, बाँहें फैला दी थी। एक सिसकता-सा अकेला छूटा निष्पाप शिशु...वक्ष से लगा था...पर अणिमा के लिए, वे गर्म साँसें उस पुरुष की थीं, जो कभी उसे बहुत दुर्लभ लगा था...जिसकी छाया से भी छुल जाने की फैंटसी उसे अतीत में रातों जगा चुकी थी।

स्वयं को शीघ्र ही सहज कर सर उठकर अपने बेडरूम में चले आये थे। वह भी पीछे चली आयी थी। वे वार्डरोब से अपनी शर्ट-पैंट लेकर फिर स्टडी में लौट गये।

''अभी आया कपड़े बदलकर...फिर चलते हैं।''

पर वह ठिठक गयी...इस कमरे में आकर...जहाँ सामने की लम्बी खिड़की से दिखता...ढलती शाम में ठाठें मारता समुद्र एक डर पैदा कर रहा था...न जाने किन निर्मोही घनेरे अँधियारों से बाहर आ सलेटी लहरें तट की चट्टानों पर सर पटक रही थीं। एक उदास-सा हाहाकार...उसने घबरा कर परदा डाल दिया था।...सौन्दर्य के प्रतिमानों पर खरी उतरती एक जवान स्त्री का मुस्कराता, श्वेत श्याम, बड़ा-सा फोटो

सामने की दीवार पर लगा था।

"क्या देख रही हो?"

"यही...कि कितनी सुन्दर थीं मिसिज़ पन्त।"

"हाँ...तुम मिलीं तो थीं...कई बार।"

"पर...न जाने क्यों वे मुझसे कतराती थीं..."

"अणिमा...तुम्हारा मेरे प्रति वह अन्धा आराध्यभाव उसे डराता था। उसे लगने लगा था...मैं भी तुमसे प्रभावित हूँ...और उसके साथ जब होता हूँ...अन्तरंग पलों में, तो तुम्हें फैंटेसाइज करता हूँ।" प्रेत-कामना से ग्रसित वह पल छटपटाता रहा...वह वहीं बैठ गयी बिस्तर पर। कण-कण बिखरती रेत-सी।

"और...अणिमा...बाद में...उसका थोपा गया वह आरोप कभी-कभी...सच होने लगा था।" एक साँस में बाकी बचा वाक्य खत्म कर, वे सामने आ खड़े हुए। वह बँध गयी उन शहद भरी आँखों और चौड़े ललाट पर बिखरे भव्य व्यक्तित्व के अवशेषों की गरिमा से। अपनी बाँहें उनकी कमर के गिर्द डाल दीं। स्वयं को छुड़ाकर वे पास बैठे उसका सर सहलाते रहे। वह जन्म लेने को छटपटाता आवेशित पल उन्हें कब तक न ग्रसता...उनकी लम्बी भुजाएँ अणिमा को लपेट कर वक्ष से लगा चुकी थीं...दोनों लेट गये...आज उनके गोरे पीले रंग पर उत्तेजना की रक्ताभ छाँह थीं...उस लम्बी-चौड़ी देह ने जब समेटा था, उसे बिखरी हुई सुनहरी रेत-सा!...तभी...बस तभी फिसल कर उस प्रेत-कामना से ग्रस्त पल ने जन्म ले लिया था...

अब वह पल जन्म लेने की कुछ घड़ियों बाद अणिमा को छोड़ वैताल-सा सर के कन्धे पर चढ़ गया था। जब वे उसे क्लान्त छोड़ रसोई में पानी लेने गये थे। घबराकर लौटे और उसके कपड़े जल्दी-जल्दी उसे पकड़कर बोले थे—

"अणिमा...लगता है, इसी बीच...सलिल आया था। देखो ये खाने के पैकेट! अब तुम जाओ!..."

"सर...!" वह समझ ही न सकी थी। हतप्रभ थी।

वे कपड़े पहन बॉलकनी में जा-जाकर झाँक रहे थे। उसे समझ नहीं आ रहा था कि ऐसा क्या तूफान आ गया? जिस बेटे ने सुध लेना छोड़ दिया पिता की...उसके आने का क्या फर्क पड़ गया? शायद एक पिता का दृष्टिकोण वह समझ नहीं पा रही थी।

वह रुआँसी होकर एक कुर्सी पर सर पकड़कर धँस गयी। जब सर सलिल की कार पार्किंग में न पाकर...लौटे...तब उन्होंने आकर अणिमा से कहा...।

"चलो, तुम्हें छोड़ दूँ।"

"मैं चली जाऊँगी।"

"...।" कितना निरीह लग रहा था...यही पुरुष अब...जिसके वर्षों के सहेजे

अक्षय पौरुष का तृप्ति भरा साथ अभी-अभी जी कर चुकी थी... जिसे बार-बार जीने की मीठी कामना अभी खुमार ही से भरी थी...।

"मैं अभी एक सप्ताह यहीं हूँ।"

"मैं तुम्हें फोन करूँगा।"

वह विदा देने नीचे तक आये थे। यह कैसा पल था...जो अणिमा की प्रेत-कामना के साथ आया और उन पर वैताल की तरह चढ़ बैठा। उनके एकान्त में साल-साल भर कोई नहीं झाँका था, तब कहाँ मर गया था यह पल? आज आया भी तो कितना भीषण अपमान लेकर।

क्या सोचता होगा सलिल? उसका बाप अब यही सब किया करता है यहाँ अकेले में... ? कैसे कहे कि बेटे—वह एक विधुर की त्रस्त वासना का पल नहीं था... वह पल था...एक बरसों सँजोये प्रेम का! एक बीज था...एक दुर्लभ पौधे का बीज! जिसके उगने के लिए कभी अनुकूल परिस्थितियाँ न बन सकी थीं। सभाज, परिवार, प्रतिष्ठा...सब कुछ यथावत बने रहें, इसी संयम के तहत। उन्होंने उस बीज को कभी एक नरम निगाह की नमी तक नहीं दी थी। बस उसे दूर कर सूखे पात्र में रख छोड़ा था। आज जब कुछ भी शेष न था इर्द-गिर्द—न समाज, न परिवार, न प्रतिष्ठा...कुछ भी नहीं...तो बहुत दिनों बाद इस बीज की याद आ गयी थी...उसे निकालकर प्रेम से सींच भर दिया था...हाय! सच नहीं पता था यह बीज नमी के एक अणु मात्र से अपने तन्तु इतने फैला लेगा कि उन पर उगे चमकीले चिकने हरे-हरे पत्ते उसे पूरा ढँक लेंगे। वह वल्लरी उनसे लिपट जाएगी और उसकी शाखाएँ दूर-दूर तक फैल जाएँगी। यहाँ तक कि उसके भूले हुए अपनों तक भी—कि वे बरदाश्त नहीं कर सकेंगे और उसे अमरबेल समझ बैठेंगे...वह कैसे समझाएँगे कि—ना! यह परजीवी अमरबेल नहीं, आर्किड है...अपनी आजाद जड़ों को अपने आप पोषित करता...सुन्दर फूलों में खिलता औरों को मोहता हुआ!

कैसे समझाएँगे वे सलिल को? उफ! ग्लानि से पिघल गया था वह आत्मसम्मान, जो बच्चों के आगे कभी न झुककर...आज तक बटोरा था...उनके समक्ष एक आदर्श पिता का रोल निभाते-निभाते आज ये चूक कैसे हो गयी?

फोन की तरफ हाथ बढ़ाया...फिर उसके मोबाइल का नम्बर डायल भी किया लेकिन आवाज सुनकर रख दिया...सफाई? किस बात की? कहाँ गलत हूँ मैं? गलत तो हूँ, एक आदर्शवादी पिता के रूप में...मैंने कब उन्हें दिखाया एक अकेला कमजोर व्यक्ति होकर? एक विधुर की बेबसी कब उनके सामने उजागर की? हमेशा अपनी कमजोरियाँ ढाँपकर दृढ़ दिखते रहे। अपने आत्मसम्मान में सजग—कमजोर नहीं होने दी अपनी छवि। कितना कहा था, जया ने—

"मना कर दो जी, सलिल से आप...बहू की बातों में न आए...इसी शहर में

होकर अलग घर में ना रहे। आप रोक लो...तो रुक जाएगा। बहू को दवाओं की गन्ध बुरी लगती है तो, मुझे अस्पताल में एडमिट करा दो थोड़े दिन। काम के लिए एक आया, एक नर्स रख लो ना। नियम धर्म बहू-बेटे से ज्यादा नहीं...अब क्या इतनी कड़वी दवाएँ खा लीं...नौकरानी के हाथ का खाना भी खा लेंगे।''

''जाने दो जया...अपना नीड़ बना लेने दो। हम भी तो बाबूजी—इजा को छोड़ आये थे।'' दृढ़ता से कह स्वयं सलिल को नये घर में शिफ्ट करवा आये थे। अपने जुड़वाँ पोतों को मुड़कर भी नहीं देखा भरी हुई आँखों से।

जया के चले जाने के बाद सलिल उन्हें ले जाने को आया था अपने घर...तब भी उन्होंने अपने पोतों की किलकारियों के बीच चुभते तानों की जगह अपना आत्मसम्मान चुना। दिव्या के पास जाने की तो कोई समस्या ही नहीं थी। वहाँ तो स्नेह ही स्नेह था। पर वही नहीं गये। बेटी के घर जाकर रहें...इतने भी बुरे दिन नहीं आये हैं। पचपन भी कोई उम्र है, किसी के सहारे पड़ जाने की? यह पल तब टूटा कहर बन के, जब एक आदर्श पिता की तस्वीर में बँधे-बँधे वे थक गये थे। एक आवेशित पल में वे बाहर निकल आये इस फ्रेम से...तो! क्या अब छवि बिखर जाएगी...पूरी की पूरी जिन्दगी की तपस्या से बनी तस्वीर में बाल आ जाएगा? कभी वह कुछ नहीं कह सकेंगे...अपनी सफाई में...चुपचाप बेटे की नजर में गिरना देखते रहेंगे?

वे सलिल की गाड़ी को मोड़ से सर्र से गुजरते देख चुके थे। आधी पी हुई सिगरेट फेंक दी। पूरा दृश्य मानो इस एक पल की निर्लज्जता से स्तब्ध था। हवा रुक गयी थी, नारियल के पेड़ दम साधे खड़े थे, समुद्र भी मानो चीख-चीख कर रोने के बाद अब कहीं धीमी-धीमी लहरों में हिचकियाँ-सी ले रहा था...बादल घिर आये थे...बॉलकनी में बढ़ती तेज उमस और अन्दर की अकुलाहट से घबराकर वे अन्दर आकर बिस्तर पर जा गिरे। उनका अकेलापन और गहरा हो गया था। अणिमा तक को वे कुछ समझा न सके, उसने क्या सोचा होगा। उस पल वह शायद नहीं समझ पा रही थी—''एक एकाकी पिता को सिहराती, स्वयं को एक स्त्री के साथ सहवासरत होते हुए अपने ही बेटे के द्वारा देख लिये जाने की भीषण ग्लानि कैसी होती है!''

बिस्तर पर अणिमा की देह के आकार की सलवटें बनी थीं। एक नयी गन्ध बहुत दिनों से अनछुए बिस्तर में आ बसी थी। थकान, रुला देने वाले तनाव, ग्लानि, खुमारी, दुख...के मिले-जुले भाव से त्रस्त, वे उस गन्ध को खोजते हुए बिस्तर पर गाल रगड़ते रहे। दो-चार आँसू उन सलवटों पर जा गिरे...कुछ देर पहले बीत चुके पलों ने फिर जकड़ लिया...वे तो चैन से उस खुमार को भी न पी सके थे...जो इतने दिन बाद के...देह-सुख से निथरा था। देह-सुख से ज्यादा सत था उन आत्मीय दिनों की बातों में...उनकी आत्मीय अणिमा के नेहभरे सान्निध्य में। उन्हें फिर चाह हो आयी अणिमा की...रोक ही लेते उसे! एक विद्रोह जगा इस नयी जन्मी परिस्थिति से लड़कर उनमें—

''क्या कर लेंगे साले! कभी आये पूछने कि, पापा कैसे हो? कभी आया भी तो अकेला, न पोते न बहू। एक कर्तव्यपूर्ति कर चलता बना। कितने कठिन पल अकेले पल में बिता डाले, कोई नहीं आया। एक सुख अणिमा के साथ लौटा तो, चले आये उस पर अधिकार जताने। अरे बस कर्तव्य निभाकर चुक गया, एक पिता भर हूँ मैं? पिता! जिसे अब एक प्रेत की तरह आदर्श पिता के फ्रेम में बन्द रहना लाजमी है? अब वह एक आदमी...एक व्यक्ति नहीं? मेरे अकेलेपन को किसी की जरूरत नहीं क्या? इस बार अणिमा को रोक लूँगा।''

''सठिया ही गया हूँ मैं। वह क्यों रुकेगी? क्या दे सकूँगा उसे? और वह...सलिल!'' उन्हें बार-बार याद आ जाता वह पल कि...उफ!...कितना भीषण होगा वह पल स्वयं सलिल के लिए भी? तभी फोन बजा,—''सलिल का तो नहीं?''

''सर, मैं अणिमा...पहुँच गयी थी ठीक से। सोचा आपको बता दूँ।''

''अच्छा किया।''

''आप ठीक हैं?''

''हाँ।''

''सर, सोये नहीं अभी तक आप...एक ही रिंग में उठा लिया, आप परेशान हैं।''

''नहीं...ठीक हूँ।''

''सर! आप कहीं गलत नहीं हैं। ग्लानि की कोई वजह नहीं है। आपने किसी को हानि नहीं पहुँचायी है।''

''...बहुत उलझ रहा हूँ। सोचा सलिल से बात कर लूँ।''

''नहीं, आप अपनी तरफ से फोन नहीं करेंगे। देखिएगा वह खुद फोन करेगा। जब वह कहे...मैं आया था।' आप अपना स्वतन्त्र स्वाभिमान बनाये रखिएगा। कोई सफाई नहीं...कोई बहाना नहीं...न तफसील...बस 'अच्छा, मुझे पता नहीं चला।' इतना कहकर अपनी वही गरिमामयी मुद्रा बनाये रखिएगा। आप वही हैं डॉ. महेश्वर पन्त!''

''...।''

''सर!''

''हाँ सुन रहा हूँ।''

''मैं कल आऊँ?''

''... ... ...।''

''अच्छा आप ही इधर आ जाएँ। याद है आपने बाहर डिनर पर ले जाने का वादा किया था। मेरा पता है—''...अणिमा की खुमार भरी खनकती हँसी ने उनकी उदासी धो डाली। एक कामना फिर जगी थी।

सच ही फिर सुबह सलिल का फोन आया था, ''पापा, मैं आया था...आप...आप शायद... ।''

''अच्छा।'' बात कहीं काट...एक निर्लिप्तता ओढ़ने में थोड़ा कष्ट तो हुआ था। पर शायद यही ठीक था।

''पापा...विम्मी कह रही थी आप थोड़े दिन यहाँ आ जाएँ...परसों बच्चों का का बर्थडे है... ।''

''नहीं...बेटा...ऐसा तो शायद सम्भव न हो! मैं व्यस्त हूँ, एक प्रोजेक्ट के लिए...कुछ मैटीरियल तैयार कर रहा हूँ...शायद अगले महीने यू. एस. ए. जाना पड़े।''

''अच्छा पापा! लेकिन आप...मेरा मतलब आपकी तबीयत...'' उसकी आवाज़ में क्या था...हताशा, चिढ़ या व्यंग्य...या सहजता? ये पता नहीं। पर कुतूहल जरूर था पर उन्होंने उसे तूल नहीं दिया। एक पिता और पुत्र के बीच एक रेखा जो सलिल ने खींची थी, अपनी निजता की...उन्होंने एक समानान्तर रेखा अपने आगे खींच ली, अपनी निजता की, तो क्या गलत है? ''ठीक ही है...अस्थमा इस बार नहीं उखड़ा, शायद इन्हेलर और रोज सुबह शाम की सैर का असर है।''

''अच्छी बात है!...तो फिर मैं ही आऊँगा...बताइए कब आऊँ?'' एक व्यंग्य था स्वर में।

''रहने देना... ...बीच में समय मिला तो मैं ही कुछ देर के लिए के लिए उधर आ जाऊँगा, बच्चों के के बर्थडे पर।''

''जी। रखता हूँ, गुड डे पापा।''

वह पल अब जगमगा रहा था। अपनी प्रेतबाधा से मुक्त नया जन्म लेकर हँसता खिलखिलाता! वह पल बह रहा था। निर्बाध होकर, वक्त की लहरों का समानान्तर।

□

रंग-रूप-रस-गन्ध

'आज बिरज में होरी रे रसिया' की सामूहिक उठान पर अधेड़ जया माई का ध्यान खिंच गया। वह कोठरी में बैठी एक पुरानी गुदड़ी की उधड़ी सीवन ठीक कर रही थी। अभी पूरा कहाँ गया है जाड़ा...कि लगे लोग फागुन-रसिया गाने! सच पूछो तो जया माई का जाड़ा बड़ी मुश्किल से बीता था, फटी गुदड़ी और दो कुतरे हुए कम्बलों में भी जाड़ा हड्डियों में जम जाता था। ऐसा जाड़ा पहले कभी ना पड़ा कि एक साथ तीन कुठरियाँ खाली हो गयीं। पर फिर भी बड़े-बड़े घरों, विशाल मन्दिरों के अहातों के पीछे, गली के अन्तिम मोड़ पर ठिठकी-सी खड़ी उजाड़ तुलसीबाड़ी की इस धुएँ से काली, अँधेरी...बिना खिड़की वाली सात कुठरियों में भी जाने कब और कैसे फागुन आने का अहसास भर गया था, मौसम बदलने की खुनकी हवा के साथ चुपके से सेंध मारकर घुस आयी थी। जाड़े के साथ जो मृत्युगन्ध कुठरियों में जा बसी थी... फागुन की हवा से कुछ हल्की होने लगी थी। जया माई के दिल में हूक-सी उठी। जया माई की खास सहेली कमला जिज्जी, अपनी जर्जर देह छोड़ गयीं...अब फिर किसी कोठरी से उनका चिर परिचित ठहाका नहीं सुनाई देगा। अस्सी की उमर में भी अश्लील भद्दे द्विअर्थी मज़ाक...उनसे नहीं छूटे थे...

"क्यों री जया, नहीं दिया न कम्बल उस सेठ ने! कैसे देता तुझ बुड्ढी को?...सामने ही छाती खोलकर दूध पिलाती जवान भिखारिनों को फिर क्या देता... ?"

घनेरे जाड़े में कभी-कभी भाव-विभोर होकर या फिर सरदी से ध्यान हटाने को देर रात तक वैष्णवी गीत गाती थी—नींद न आवै सारी रात, करवट लै लैई सेज टटोलूँ पिया नाहीं मोरे साथ...

क्या बिगड़ जाता इस संसार का अगर वह भी चली जाती, जाने वालों के साथ? इस जाड़े ने उसी को क्यों बख्श दिया? उसकी उमर की बड़ी—बुढ़िया सब स्वर्ग सिधार गयीं, खाली कुठरियाँ, तमाम जवान, अधेड़, बूढ़ी जात-कुजात की भिखारिनों से भर गयीं। अब भले घरों की परित्यक्ता बंगाली विधवाएँ कहाँ वृन्दावन आती हैं?

अब तो हर हारी-दुखियारी...बाल-बच्चे वाली भिखारिनें, कामचोट्टियाँ यहाँ-वहाँ से रहने की जगह-खाने के लालच में चली आती हैं। अब किसे देखना है इस बार भी ये रीता-रीता फागुन ? न जाने क्या-क्या सोचते-सोचते जया माई ने सुई उँगली में चुभा ली, चश्मा कब का धुँधला पड़ गया, एक कान की कमानी टूटे तो साल हो गया, मोटा डोरा बाँधकर कान में फँसा के रखती है।

"हाय, मनों खून बह गये।" कहकर एक बूँद पतले रक्त से भीगी जर्जर उँगली मुँह में दाब ली, गन्धाती हुई गुदड़ी को उठाकर पटक दिया। दरअसल यह गुदड़ी कमला जिज्जी की थी...तीनों कुठरियों की माइयों के मरने के बाद मरी कामचोट्टियाँ भिखारिनें लाश उठते ही मरनेवाली की गुदड़ी और बक्से पर टूट पड़तीं थीं...वह चुपचाप रात ही को जा कमला जिज्जी का सब उठा लायी। यह गुदड़ी, भजनों की कापी, अल्युमिनियम की थाली, एक पुरानी फटी ढोलकी, एक चाँदी की पतली चैन में लगा क्रॉस!

यह बात और कौन जानता था जया के सिवा? कमला माई कमला नहीं थी, मरियम थी...मरियम होने से पहले वह अपने गरीब मेहतर पिता की पुत्री थी। जिसने उसके जन्म से पहले धर्मान्तरण स्वीकार कर लिया था, इस दलील के साथ कि—हिन्दुओं के बीच गरीब, अस्पृश्य मेहतर हिन्दू होने से अच्छा है, क्रिस्तान होना...जहाँ कम-से-कम पूजाघर में जाने की इजाजत हरेक को है। पैसा है, नौकरी है। इज्जत! जो है, सो है। पर इज्जत कहाँ होती है गरीब मैला ढोनेवाले की चाहे वह हिन्दू हो, क्रिस्तान या मुसलमान। परिस्थिति की मारी मरियम एक सस्ती किस्म की सड़कछाप वेश्या थी...कलकत्ता में। अधेड़ावस्था में एक ट्रकवाले के साथ यहाँ चली आयी। बाल मुँडाकर, स्वयं को कमला नाम देकर माइयों में शामिल हो गयी...खाने-रहने का ठौर बन गया। उसकी आवाज बहुत मोहक थी...बल्कि एक समय में भजन गानेवालियों में उसे सबसे ज्यादा पारिश्रमिक मिलता था। भजन उसे चुटकियों में याद हो जाते, समय बीतते-बीतते वह खुद तुकबन्दियाँ करने लगी, बंगाली मिश्रित ब्रजभाषा में। बस, उन्हीं कमला जिज्जी की गुदड़ी नल के नीचे डाल धो-सुखाकर सिलकर जया माई अपने लिए तैयार कर रही थी। बाकी सब स्मृति चिह्नों की तरह सहेज लिया। आखिरकार वही तो उसकी एक मात्र सगी-सम्बन्धी थीं। कहने को कोई रिश्ता न था, पर उनके जाने के बाद जया अकेली हो गयी...अनाथ हो गयी।

जया माई की आँख छलछला गयी। शाम ढलने लगी थी...जया माई ने माचिस टटोलकर ढिबरी जला ली। कमरा मटमैले, फीके, हताशा भरे ऐसे उजास से भर गया जिसके होने से अँधेरा ज्यादा भला लगता। कमरा क्या था...एक काल कोठरी। पर जया माई का आसरा, जिन्दगी भर की पूँजी...जिसमें उसका छोटा-सा संसार बसा था...कोने में अनाज का मटका। मन्दिर में सेवा के बदले जो अनाज मिलता वही वह उसमें भर

देती...मक्की, जौ, बाजरा, गेहूँ, चना सब एक ही में घालमेल...जिसमें कंकरों का अनुपात भी बराबर से था। चावल कब से नहीं मिला था...सुजान सेठ के जाने के बाद से भात कब चखा उसने? रूखा बाजार या मक्का या ज्वार ही हाथ आता कभी तो। सब मिलाकर वह पिसवा लाती। दूसरे कोने में अँगीठी। कुछ बरतन। कपड़े के नाम पर दो फटी, मटमैली सफेद धोतियाँ, अलगनी पर टँगी। जब से विधवा हुई इकहरी धोती पहनी...बिना ब्लाउज की। कमला जिज्जी टोकती थी...यह इकहरी धोती ही जंजाल है। ये बाँध तोड़कर उफनता जोबन कैसे छिपा लेगी री तू इसमें? एक कुर्ती सिला ले। तेरे ऊपर तो यह टकला...भी जँचता है। कौन कहेगा तू चालीस की है?

हाँ, ऐसा तो कुछ हिसाब लगाया था। दस बरस की थी तब शादी हुई, तेरह पर गौना हुआ। पन्द्रह लगते-लगते...विधवा हो गयी। पाँच साल ससुराल में जस-तस काटे, आधे पेट, सास की लातें—ससुर की गालियाँ खाते और रात को देवर-जेठ का आये दिन का वही घिनौना आग्रह सुनते-सुनते। मायके में कौन धरा था? माँ खुद भाई के आसरे। एक दिन घनी कलेश के बाद, हाथ का शाखा-पोला बेचकर, एक बुढ़िया विधवा के साथ वह वृन्दावन चली आयी। यहाँ आकर सबसे पहले घने...कमर तक लहराते बाल गोविन्द जी के नाम कर दिये। तब कोठरियों की मारा-मारी कम थी...तुलसीबाड़ी एक मारवाड़ी सेठ ने बनवायी थी। ब्राह्मणी और उम्र से कम होने के नाते वह सेठ के वृन्दावन आगमन पर खाना पकाया करती थी...सो कोठरी उसके नाम हो गयी।

तब तुलसीबाड़ी की छटा निराली थी। आगे सेठ की कोठी थी, संगमरमर को जगर-मगर करती...पीछे यह अहाता...जिसमें सात कमरे। जिनमें भजन गानेवाली पन्द्रह उड़िया बांग्ला असगिया माइयाँ रहा करती थीं। एक कुठरिया उसे भी मिल गयी। तुलसीबाड़ी का सात्त्विक वातावरण था। सारी बंगाली विधवाएँ ब्राह्मणियाँ थीं। सेठ के नाम से भजन किया करती थीं। उन्हें सेठ की तरफ से महीने का पच्चीस रुपया और भात-दाल मिलता था। जया को पचास। वहीं की होकर रह गयी जया माई। वो बात अलग है कि सुजानमल सेठ के मरते ही...कोठी बिक गयी, महीने का पैसा, दाल-भात बन्द हुआ, कुठरिया खाली करने की नौबत आयी लेकिन भला हो सेठानी का विधवा ब्राह्मणियों के शाप के डर से धमका उसने बेटे को मना लिया तुलसीबाड़ी भजन-आश्रम के ट्रस्ट के नाम करने पर। जया माई को भजन-वजन गाना नहीं आता था, न उसे भाता वहाँ जाकर ऊँघते रहो...रैं...रैं बेसुरा-सा झूठा-सच्चा भजन गाते रहो...वह ठहरी जनम की मजदूरनी...उसने गोविन्ददेव जी के मन्दिर में अनाज साफ करने का काम पकड़ लिया...जिसके बारह आने रोज मिलते...कुछ अनाज मिल जाता।

ऐसा क्यों होता है कि कोई हवा में घुली गन्ध, किसी गीत की स्वरलहरियाँ, कोई मौसम तुम्हें पीछे को, कहीं सुदूर अतीत में लौटाए लिये जाता है। ये रसिया गाते

हुरियारे, मन्दिरों में सजते गुलालों की, गेंदा के फूलों, केसर मिले टेसू के रंग की गन्ध...ठंडे-गरम मौसम का अनूठा-सा मदहोश करने वाला मौसम...चारों तरफ एक किस्म का उल्लास...जया अपने लिए दलिया राँधती हुई सुदूर अतीत में खो गयी। कच्चा-पक्का राँधा हुआ दलिया...छपाक से थाली में उलटा...कटोरी में रखा सरसों का कच्चा धाँस मारता तेल उँडेला, लाल साबुत मिर्ची को हाथ से चूरा कर छिड़क लिया और सड़ाऽप...सड़ाऽप करके झट चट कर गयी। सुबह से अब खाना नसीब हुआ। आजकल उसे कम दीखता है...सो अनाज-दाल-मसाले बीनना बन्द हो गया है...बड़े-बड़े बरतन माँजती है वह...पूरी सरदी भर यही किया, उखड़ते दमे के साथ खाँसते-खाँसते। हर दम लगता था अब वह भी जमना जी के हवाले हो जाएगी...इन्हीं सरदियों में। बरतन माँजने के अलावा अब फटे गले से भजनों में बैठने लगी है। कमला जिज्जी की कापी में से गा लेती है एकाध भजन। जबकि उसकी उमर की अब भीख माँगा करती हैं...मन्दिर बाहर कतार की कतार...हाँ और क्या ब्राह्मणियाँ भी...नीच जात की भी सब एक ही पंगत में रंग जी के मन्दिर के बाहर बैठ जाती हैं। उसे तो अनाज और एक रुपिया मिलता है दिन का, उन भिखमंगियों को दो-चार रुपये...खाना और साल में एकाध बार कभी कम्बल भी मिल जाता है। पर हाथ फैलाना उसकी प्रकृति ही नहीं। सन्तोष से पानी का एक लोटा गले में उँडेला और फटी खजूर की चटाई पर गुदड़ी बिछाकर लेट गयी। दोनों कम्बल शरीर पर डाल लिये।

आज बिरज में होरी रे रसिया...बरजोरी रे रसिया...रसिया गानेवालों की जोश भरी आवाज और चंग पर पड़ती थाप ढलती शाम के सन्नाटों में तेज हो गयी, भुनते अनाज की गन्ध जया पीछे-पीछे आते अतीत से अपना पल्ला छुड़ा ही नहीं पायी...आज बिरज में होरी रे रसिया...बरजोरी रे रसिया...गुनगुनाने लगी।

होलिका-दहन का ही तो दिन था। दूर से चौक की ऊँची हहरा कर जलती होली देख रही थी वह, उस दिन अनाज, दालें, मसाले बीनते-फटकते संझा हो गयी थी। रंगजी के मन्दिर के पीछे बनी पाकशाला से एक-दूसरे में उलझती गलियों के अँधियारे-उजियारे गुंजल को पार करती वह अपनी इकहरी धोती का पल्ला साधे, गंजे सिर को ढाँपते लौट रही थी। उम्र की गिनती गिनना कब का बन्द कर दिया था। बल्कि यही सोचा करती थी कि जल्दी से ढले इस देह की शाम तो चैन की जिन्दगी जिये। कितना बचाये बत्तीस दाँतों के बीच इस यौवन की जीभ को?

हुरियारों का हुजूम जलती होली के साथ ही गुलाल उड़ाने लगा था। रसिया और फाग की धूम मची थी। होली में जलती गुलरियों की मालाएँ टूट-टूटकर गिर

रही थीं। बच्चों की बनायी गोबर की गुलरियाँ, चन्दा, सूरज लाल-लाल हो वैसे ही आकार में राख में बदल रहे थे। डोरियाँ जलकर खाक। होली की आँच में भूनी गयी गेहूँ की बालें, होरे (हरे चने) की डंगाले, नारियल आपस में परसाद के तौर पर बाँटा जा रहा था। वह चौक को काटती एक गली से अपनी परछाँई बचाती हुई गुजर रही थी कि किसी ने पुकारा...''माई!''

पीछे मुड़कर देखा एक साँवला-सा, युवा गुँसाई... केसरिया धोती-अँगरखा पहने।

''परसाद ले जाओ।''

''परसाद!'' वह चौंकी। ऐसे माइयों को पुकारकर परसाद देनेवाला ये कौन...माइयाँ तो खुद ही परसाद के मारे मरी जाए हैं। लूट मच जावै है। वह ठिठकी।

युवक खुद चलकर पास आ गया। पास से देखा तो वह युवक नहीं लगा...इकहरा पुरुष था। था पक्का गुँसाई, किसी मन्दिर की गौशाला का पालक या जाने पाकशाला का...या परसाद बेचनेवाला। पंडा नहीं था...पंडे तो गोरे भभूके होते हैं, मोटे-मोटे। ये तो साँवला, मुच्छड़, दाढ़ी भी चोरों की-सी उगा रखी थी। आँखों में गाँजे की ललाई। आग से धधके साँवले गालों पर केसरिया गुलाल रचा था। एक पल को डर गयी...उसने यह डर पढ़ लिया।

''डर मत माई...होली का परसाद...'' भुनी गेहूँ की बालियाँ, चने और भुने नारियल के टुकड़े के साथ खोये की बरफी। उस दिन भी पाकशाला से भूखी लौट रही थी, वह सोमवार था, उपवास का दिन। एक झटके में खा गयी...परसाद का वह स्वाद आज भी याद है।

''आज बड़ी देर से लौटी है...पाकशाला से। कहीं पंडा जी की सेवा में तो... ।''

''सरम करो कुछ तो...''

''यहाँ किसे सरम है माई...छोड़ वो सब, तू अब कहाँ चली?''

''बाड़ी और कहाँ...''

''मन्दिर नहीं? भजन नहीं...आज तो होली की रात है, माइयाँ ऐसे-ऐसे वैष्णवी भजन गाएँगी...राधाजी सरम के मारे जमना में डूब जाएँ।''

''जाने दो गुँसाई...''

''रात हो गयी है...भंग और गाँजे के साथ-साथ दारू में धुत्त हुरियारे तुझे छोड़ देंगे? तुलसीबाड़ी है भी तो...बिन्द्राबन के वा कोने पर...''

जया चल पड़ी...न जाने कितने दिनों से नजर रखे होगा ये गुँसाई...सो सब जानता है उसके बारे में! उसके पीछे-पीछे वह कुछ गुनगुनाता चल पड़ा। जहाँ एक डर था, वहीं उसके पीछे चलने से ढाढस बँधा हुआ था। मस्त ढब, उन्मत्त चाल से वह चला आ रहा था। गेहूँ की कच्ची बाल हवा में लहराते। उसे तुलसीबाड़ी पर

छोड़ते ही वह बाहर से बाहर न जाने कहाँ लोप हो गया। कृष्णभक्ति में लीन जया को लगा कि कहीं वह वही नट नागर बहुरूपिया श्याम तो नहीं था? उस रात वह सो ही नहीं सकी।

''जन्म सफल हो गया, साक्षात कान्हा दर्सन ही नहीं दिये...बाड़ी तक छोड़ के गये।''

सुबह वह फिर बाड़ी के बाहर, रात ही के भेस में, सुबह-सुबह भंग चढ़ा के...बाहर ही से चिल्लाया...वह नहा के तुलसी को जल चढ़ा के निकली ही थी।

''जय जय राधे कृष्ण...ऐ जया माई...बड़े गुँसाई ने बुलाया है...पाकशाला के सारे सेवादार वहीं भोजन लेंगे...चल तू भी।''

सारी माइयाँ हैरतजदा होकर इकट्ठी हो गयीं। फिर एकाध बुढ़िया हिम्मत करके बोली, ''हमें भी ले चलो गुँसाई जी।''

''तुम कौन-सी सेवादार हो...वहाँ खाली पाकशाला के सेवादारों का भोजन है। बहुत मरी जा रही हो तो जाओ...मथुरा...बाँकेबिहारी जी के मन्दिर के बाहर एक मारवाड़िये सेठ ने पंगत बैठायी है।''

जया बाहर आ गयी, सफेद, धुली धोती पहन कर। गले में तुलसी की नयी कंठी थी और माथे पर चन्दन का टीका।

''तू तो झकाझक हो रई है। हुरियारे रंग डार देंगे।''

''हम विधवा पे जो रंग डाले उसे कुम्भीपाक नरक मिले। ये बिन्द्राबन की रीत नथी है।'' न जाने क्यों गुँसाई, जया के शब्दों की दृढ़ता पर ठिठक गया।

युवक गुँसाई ने पूरी पत्तल पकवानों से भर दी थी जया की। फिर गहरी निगाह से देखा...'' जा माई ऐश कर...'' जया ने उस निगाह को उपेक्षित कर पत्तल थैले में रख ली थी। गलियाँ पार करती-करती रंग जी के मन्दिर आयी...वह गुँसाई फिर पीछे-पीछे। रंगजी के मन्दिर की तरफ जाती गलियों में टेसू का रंग, केसरिया गन्ध से मिलकर नालियों में बिखरा था। लगता था हुरियारों की टोली अभी यहाँ से गुजरकर गयी है। पूरा वृन्दावन केसरिया हो रहा था। पर पंक्ति की पंक्ति विधवाओं की उल्लास के उन रंगों से अछूती, बचती-बचाती, सहमी-सी गुजर रही थी। जया को विरक्ति हो रही थी...इस गलियों में बहते उल्लास से...आज उसे जरा-सा साथ चलकर खो गया अपना हमसफर बेतहाशा याद आ रहा था...साँवला...शर्मीला...जिसके पहले चुम्बन की क्षीण स्मृति से वह आज भी विभोर हो जाती है। कैसे गौने के बाद के पहले बसन्तोत्सव पर घर के पिछवाड़े ले जाकर पलाश के फूलों की माला उसके गले में डाल दी थो, पहला अनाड़ी चुम्बन लिया था और फिर दोनों खिलखिलाकर हँसे थे।

''माई...'' फिर उस युवा गुँसाई की आवाज ने उसे चौंकाया। वह करीब ही आ गया।

''कब तक बचेगी...इस रंग से देख...'' उसकी धोती की किनार पूरी मटमैले पीले रंग से रँग गयी थी। वह गुनगुना रहा था ''रंग लियौ मैं आज जोबना तेरे रंग में फगुना।''

''गुँसाई काहे पीछे पड़े हैं, बेइज्जती करवाएँगे अपनी भी हमारी भी।''

''अच्छा इधर आ, कुछ दिखाऊँ।'' कहकर वह लगभग खींचकर गली से होकर एक पुराने जर्जर मन्दिर के पिछवाड़े ले गया... मैदान पारकर जहाँ दो बरगद के लिपटे हुए पेड़ थे जिनकी जड़ें आपस में मिलकर एक बेंच-सी बना रही थीं।

''बैठ यहाँ...यहाँ कोई नहीं रंग डालेगा। पत्तल निकाल और खाना खा ले।'' उसकी आँखों में भंग का नशा था, आत्मीयता थी...मगर वासना...उसे ढूँढ़े नहीं मिली। वह यन्त्रवत-सी खाने लगी।

''मुझे नहीं देगी?''

''लो न..मैंने सोचा हम...''

''ब्राह्मणी है न तू...तेरे हाथ का खाने से तो स्वर्ग मिलेगा...'' ढिठाई से हँसकर उसने पत्तल से बालूशाही उठा ली।

उसका मन कर रहा था कि उससे पूछे, कि उसकी खोज-खबर रखनेवाला तू है कौन? वह पूछती या न पूछती...वह स्वयं शुरू हो गया, ''माई, हमसे डरना तो मती। हम कोई बदमाश नाय हैं। हम तो गोस्वामी भी नहीं हैं। हमारी माँ तुम्हारे जैसी ही एक माई थी। गरीब..बाल-विधवा, बामणी, बंगालन। खास बड़े पंडा जी के साले ने उनसे जबरदस्ती की। हमें का पता, हमें तो बड़े गुँसाईं जी ने कही। हमारी माँ हमें गौसाला के घूरे पे पटक के जमना में कूद गयी। तब से हमें बड़े गुसाईं जी ने गोद पाला। तुझे देखा था न लगा...ऐसी ही होगी हमारी अम्मा भी। खपसूरत, मेहनती।'' कहकर उस बावरे की भंग से कपाल पर चढ़ी आँखें भर आयी थीं। उसी पल उस बावरे से मोह हो गया जया को।

''नाम का है तुम्हारा?''

''का करोंगी जान कै।''

''नाय, मत बताओ...।''

''अच्छा सुनो...वैसे तो सब बेनू गुँसाई कह के बुलावैं हैं पर...गुँसाई जी जो राखे वो नाम बेनु माधव है।''

''बेनु माधव...तुम्हारी मुरली कहाँ है? और राधा?'' कहकर हँस पड़ी जया माई। हँसते ही ठोढ़ी में गड्ढा पड़ा। बेनु गुँसाई के लिए जमना का भँवर बन गया वह गड्ढा।

''यह रही ना...।'' कहकर भर गुलाल कपोल पे रगड़ दी, गुँसाई ने।

"अरेऽऽऽऽ" जया पहले क्रोध से चीखी फिर फूट-फूट के रोने लगी। उसका गोरा रंग लाल पड़ गया।

"कही थी ना हमने...अब भोगना कुम्भीपाक नरक का कष्ट...। राँड के रंग लगा के क्या कर लिया गुँसाई...? हम सब जानें कि तुम्हें किसकी चाह है?"

"हम ना मानें ये राँड-रँडवे की बात...जे का बात भई...बिधवा होना कोई पाप है का? रंग तो भगवान के दिये हैं। जया माई जे तो सोचना मति कि पंडा-पुजारियों की तरह हमें भी दिन में राँड की बस जात ही जात और रात में गात ही गात दीखै है। हमें जो खींचकर लाया वो कछु और ही है...तुम्हारी पवित्तरता और निर्दोस जीवन।"

"रहन दो भासण अपना।"

"ऐ माई...हम जित्ता मान दे रए, उत्ता तुम गुर्रा रई हो। पंडा जी के आगे घिघियाती हो। कित्ता बचोगी तुम उनसे ? इससे अच्छा है, किसी भले आदमी का हाथ पकड़ लो। यों देखो तो हम भी का बुरे हैं?"

"जाओ गुँसाई जाओ...हम पै तरस मत ही खाओ तो अच्छा है। अपनी उमिर देखो।"

"प्रेम नई देखता उमिर...जात...रीत...।"

जया उस पर हँसकर लौट आयी थी। उसी फगुनाये मौसम की देन थी, कमला जिज्जी। यूँ पूछो तो उस मौसम की देन ही देन थी...सौभाग्य, दुर्भाग्य सब का सब। सबको तटस्थता से अपना लिया। किससे शिकायत करती? किसको सफाई देती। उसे पता था उसका यह सलोना शरीर किसी की आँख की किरकिरी जरूर बनेगा। चाहे बाल मूँड़ कर रखे। इकलाई की धोती में ढाँप-ढूँप के रखे। आधे मुख पर चन्दन पोत के रखे। उसकी देह के कटाव...जमना जी के कटते कगारों से भी ज्यादा फिसलन भरे हैं।

होली के अगले ही दिन गोवर्धन पूजा के बाद मन्दिर के अनाजों से भरे कुठार के बाहर भरी दुपहरिया में मुख से पसीना पोंछते में उसकी धोती सरक आयी थी...उसने झट लपेट ली। तीन माइयाँ अभी साथ ही में गेहूँ बिनवा रही थीं...पाकशाला का जूठा-बासी भोजन बटोरने का लालच उन्हें पिछवाड़े कूड़ेदान पर ले गया, घूरे पर। बस उससे यही तो नहीं होता, न कभी हुआ। जूठी पत्तलें चाटती विधवा ब्राह्मणियाँ उसे धरा का अभिशाप लगतीं। ऐसी भी क्या चटोरी जबान। आकर चटखारती— "हाय, क्या, खस्ता कचौड़ियाँ थीं।""श्रीखंड में जाने क्या खुशबू पड़ी थी...हाऽह...देख मुँह क्या महक रहा है।" वह दाल-भात से ही सन्तुष्ट थी...पर काश उस दिन चली ही जाती उनके साथ। उस जूठन से बचकर जूठन...!

"बड़ी गरमी है ना! माई!" ले इस अँगोछे से पोंछ ले मुँह। तू जब आँचल

उठाती है, छाती से तो देख यहाँ क्या हो जाता है।'' गन्दा-सा इशारा कहकर सहसा...प्रसाद गृह के पंडा रामबिलास चौबे प्रकट हो गये, मन्दिर के अनाज के बड़े कुठार से लगे इस दालान में।

उसका हाथ पकड़कर खींचने लगे। वह चीखी जरूर...दूसरा पहरा था...सन्नाटा मन्दिर में, दर्शन के कपाट कब के बन्द...कोई भक्त भी गलियों में नहीं...उस पर मुख पर भारी हाथ जकड़ा हुआ था। छटपटायी। उसकी क्षीण काया एक धक्के , दो थप्पड़ों में नीचे गिर गयी। उसे घसीटकर चौबे जी, प्रसाद गृह के एक सुनसान कमरे में ले जाने लगे।

''चैती माऽऽई!''

''नहीं, आएँगी तेरी माइयाँ, सबकी सब पठा दी मैंने पत्तलें देकर।''

एक भारी-भरकम शरीर के नीचे, जया लगभग अचेत। बस ही नहीं चला। चौबे जी उठकर धोती बाँध रहे थे...जया माई...लांछित, आहत...फट आयी धोती सहेज ही रही थी...कि सामने गौशाला की छत से दालान में झाँकती जलती आँखों से बेनू माधव उसी को देख रहा था। हाँ! क्या सोचता होगा? कि उसका कहा सच्च हो गया...वह पंडाओं के आगे घिघियाती है और...उसके निर्दोष प्रेम के आगे अपने पवित्र वैधव्य की दुहाई देती रही।

वह उसे फिर कभी समझा ही नहीं पायी। फिर भी उसी दिन तुरत-फुरत पहुँची थी बरगद वाले अहाते में...जहाँ बेनु गुँसाई की दुपहरें कटती थीं। उसने दूर से ही गुस्से से वापस चले जाने का इशारा कर दिया। नहीं सुना कुछ भी। फिर वह भी खीझ गयी...किस बात की सफाई दे वह और किसे? कौन है यह युवक उसका? लौटने को थी उसकी टूटी, लांछन भरी आकृति...तभी उसने हाँक लगायी—''करा ली खूब पूजा अपनी पवित्तरता की?''

''हमारी किस्मत...''

''किस्मत! बड़ी आयी किस्मत की...चीख नहीं सकी थी?''

वह रुआँसी हो गयी। वह उठकर पास चला आया। कस के हाथ पकड़ लिया और खींच के बरगद के पास ले गया, ''है अगर हिम्मत तो चल थाने अभी। कर शिकायत पंडा की। या पड़ी रह भेड़-बकरियन-सी, बरदास्त करती हुई औरन की तरह।...मैं चुप नहीं बैठूँगा। तुझे सच्ची गवाही देनी पड़ेगी। मैं तो अपनी माँ की बात भी उठाऊँगा। अब यह गन्दगी और नहीं चलेगी, जया माई। तू मेरा साथ देगी। बता देगी ना! बोलेगी कि चौबे ने क्या बितायी तुझ पे।''

''गुँसाई, हमसे थाना-कचहरी नहीं होगा। वैसे ही कोष्ट ही कोष्ट है...इज्जत के नाम पे ये चिथड़े हैं। हम तो बस एक ही काम कर सकेंगे...अपने आप को जमना जी के हवाले...''

सहसा बेनुमाधव उत्तेजित होकर झपट पड़ा जया पर, छोटे-छोटे बाल खींचकर जमीन पर पटक दिया।

''हाँ तू और क्या करेगी, मेरी माँ की तरह...साली मुझे घूरे पे लांछित पटक गयी।'' अपना सिर बरगद के तने पर पटक लिया। फिर घंटों दोनों अचल, हताश दो कोनों में पड़े रहे। सूरज जाने कब उनके सर पर ठिठका-ठिठका थक गये कदमों से अस्ताचल को चल पड़ा, जया भी सूरज के ही साथ-साथ वृन्दावन के पश्चिम में स्थित तुलसीबाड़ी हताश कदमों से लौट गयी।

फिर मिली कमला जिज्जी...चैती माई ने भेजा था उसे उसके पास...उस हादसे के बाद। जाने कैसे बीज दिये उसने, लाल-काले, गरम दूध से गटका दिये खड़े-खड़े। अगले दो तक जो रक्तपात हुआ कि बस...अचेत...तब भी कमला जिज्जी खुद आयी तुलसीबाड़ी। गुड़ का शीरा खिला-खिलाकर बचा लिया। होश आने पर उसने अपनी एकमात्र पतली सोने की अँगूठी उसके हाथ पे धर दी। ''ना रे बाबा, ये शोब नहीं। हम ये काम करके कमाना नहीं चाहता। ये सेवा समझो। तुम मन्दिर का...पंडा लोगों का सेवा मुफ्त करो...हम तुम्हारा करेगा।'' कहकर आँख दबाकर हँस दी थी। फिर जब-जब मिलती कहती...''तेरी यह इकहरी धोती ही जंजाल है।...तेरे ऊपर तो यह टकला...भी जँचता है। कौन कहेगा तू चालीस से पाँच ऊपर है? सुन री, जया, बत्तीस दाँतों के बीच कैसे एक जीभ जैसे शरीर को बचाती? किसी को फँसा के ब्याह कर ले। जैसा तुम्हारा भगवान जी सोलह सौ साठ गोपियों का पति वैसा ही तुम्हारे मन्दिर का ये पुजारी बाबा...सारी विधवाओं के पति। याद है री चैती वो पिछली बाड़ी का सत्तर साल का हरामी गुँसाई कैसे हमसे कहता था...जुगलकर लो...बिना जुगल कैसा भजन?''

उन्हीं दिनों चैती जिज्जी की तिकड़म से कला जिज्जी को तुलसीबाड़ी में जगह मिल गयी। हीरे जैसे दिलवाली, सबकी सहायता को तत्पर कमला जिज्जी की जात पर कभी जया ने न चैती ने ध्यान दिया। रजिस्टर में लिखा नाम—कमला घोषाल, पति का नाम—नवेन्दु घोषाल, जन्मस्थान—कोलकाता। उम्र के फरक के बावजूद दोनों में खूब बनती। एक दिन उनकी कुठरिया में जाने पर देखा, कमला जिज्जी क्रॉस को लेकर आँखों से लगाकर, होठों से चूमकर छाती पर क्रॉस बना रही थी। उसने कुछ नहीं पूछा। उन्हीं ने बताया—''जया, जीने के लिए दस स्वाँग रचने बदे थे। वही रच रही हूँ। तूने किसी को बताया तो...यहाँ से बेदखल...फिर जाने कहाँ एक और नया स्वाँग रचना होगा। अब उमर हो चली है कितना स्वाँग करूँ?''

''ना जिज्जी, हमारा मुँह नहीं खुलेगा, चिता पर चढ़ने तक। अगर चढ़े तो, नहीं तो कोई दिन जमना जी...।''

और वह दिन भी तो रंग तेरस का था। अरे! ब्रज में होली क्या एक दिन खेलते हैं लोग-लुगाई! आग लगे! उन्हें तो पूरा पखवाड़ा कम पड़ता है, इस रंग भरी छेड़छाड़ और आशनाई के लिए। उस दिन बेनु गुँसाई गाँजा चढ़ाकर, जाने कितने नशे करके आया था। कमला जिज्जी ने कह दिया था उसने भगा दे, पर वह बावरा माना कहाँ!

''कहाँ हो राधा प्यारी!'' चिल्ला-चिल्लाकर बोला, वह सिहरकर अन्दर भाग गयी और कुठरिया बन्द कर ली।

''देखो तुम्हारी खातिर बड़े गुँसाईजी से बिगाड़ कर ली हमने। कर दी चौबे जी की शिकायत कमेटी वालों से। चौबे पंडा जिसने तुझे छुआ उस हरामी को...सरे आम जूते लगा के आ रहा हूँ, अब तो मान जाओ। अब तो विधवा विवाह के आदर्श की बातें करने लगे हैं हमारे नेता...देखो रंग लगवा लो आज हमसे...कर लो लगन...पकड़ लो हाथ...कभी छोड़ा तो हम भी अपनी देवी-सी माँ के जाये नहीं।''

शाम तक तुलसीबाड़ी के टूटे दरवाजे पर बक-बक करता लड़खड़ाता वेनुमाधव लौट गया। पर बात बहुत फैल गयी थी। पाकशाला की नौकरी छूट गयी। माइयाँ कतरा के निकलतीं। पंडा जलती आँख से देखते।

कमला जिज्जी एक रात देर तक समझाती रहीं—''कर ले ब्याह जया, भला-सा ही दीखे है अभागा। ब्याह क्या होता है? मन्दिर में जाकर माला डाल के जीवन भर साथ रह लो। यहाँ न चाहो तो, मैं तेरा ठिकाना कर दूँ, आगरा में मेरा एक धर्मभाई फौज में है, किसी अफसर के घर रखवा देगा।'' जाने कैसे मना लिया था उस फगुनाये मौसम में जिज्जी ने उसे, कि वह अगले रोज ही पहुँची थी खोजती बेनुमाधव को टूटे मन्दिर के अहाते के उन जुगलरत बरगदों की छाँह में, नहीं मिला। बड़े गुँसाई की बाड़ी पे, पाकशाला के गोदामों में, वृन्दावन की गलियों में। पूरा महीना उसकी आँख बेनु गुँसाई को ढूँढ़ती रही। नहीं मिला तो नहीं मिला। चैती माई ने उसके कलेजे में हूक डाल दी—''चार दिन पीछे मल्लाहों को एक कम उमिर के मर्द की फूली ल्हास मिली थी, जमना के उस पार काँस के झाड़ों में अटकी।'' दिनों-दिन नींद नहीं आयी जया को। आग पे लोटती।

कमला जिज्जी का दिल नहीं माना—''ऐसा भी अँधेर नहीं मचा कि छोकरे को ये पंडा मरवा देंगे। इन पंडा लोगों ने विधवा के साथ व्यभिचार को व्यभिचार कब माना,

उसे तो ये उद्धार कहते हैं। एक छोकरे से डर जाएँगे क्या?'' वह सीधी पहुँच गयी बड़े गुँसाई के पास। उन्होंने भी नजर चुराकर चिढ़कर कमला जिज्जी से कहा, ''उस राँड के मारे हमने भिजवा दिया बेनू को नाथद्वारा, भाई के पास।''

कितने दिन वह दीया बालती रही रंगजी की देहरी पे कि, ''भगवान सच ही में नाथद्वारा गया हो बेनुमाधव, भले ना लौट के आये...वहीं बस जाये पर जिन्दा रहे।''

जानेवाले लौटते कहाँ हैं? न समय लौटता है, न लोग। मौसम लौटते हैं, उनकी गन्ध लौटती है। गीत लौटते हैं और हवा की लहरों पर सवार हो...स्मृतियाँ लौटा लाते हैं। न जाने कब जया अम्मा की आँखें मुँद गयीं। सपनों में भी वही—केसरिया रंग, फूलों की महक, गेहूँ की भुनी बालों की गन्ध, रंगजी के मन्दिर की गलियों में बहता रंग-गुलाल। उसकी सफेद धोती किनार पे चिपका रंग का एक कतरा, जुगलरत बरगद, एक साँवले-सलोने बहरूपिये का मोहक रूप! एक आवाज— ''ओ राधा प्यारी!''

सपने ही में देखे यमुना की लहरों पर तैरते गेंदे के निर्जीव फूल...जया माई की नींद उचट गयी, झटके से दोनों कम्बल छाती पर से उठा फेंके। बचपन में माँ कहती थी कि छाती पर दबाव पड़ने से बुरे सपने आते हैं।

पर एक बात कभी नहीं समझ सकी जया माई कि...बेनु माधव फिर कभी भूलकर भी वृन्दावन क्यों नहीं लौटा?

□

भगोड़ा

जूऽऽम...सर से फिर एक मिग 21 गुजरा। आकाश साफ था। दोपहर के 11 बजे थे। पास ही में स्थित वायुसेना स्टेशन की मिग 21 की स्क्वाड्रन का दैनिक अभ्यास चल रहा था। समूह से पीछे छूट गयी भेड़ जैसे बसन्त के इक्का-दुक्का सफेद बादलों के अलावा आकाश का नीला अथाह विस्तार अलसाया-सा पसरा था। उसके सीने पर होकर गुजरते तेज रफ्तार विमान अपनी सीमाओं की रक्षा हेतु सजगता का परचम फहरा रहे थे। प्रशान्त ने सिर उठाकर देर तक ऊपर देखकर सर नीचे किया तो उसे लगा जैसे आकाश ने उसे गोदी में लेकर गोल-गोल घुमाकर जमीन पर छोड़ दिया है। ये आवाजें नयी तो नहीं हैं प्रशान्त के लिए बल्कि रोजमर्रा का हिस्सा हैं, फिर भी वह हर जहाज के गुजरने पर सिर ऊपर उठाकर देख ही लेता है। यह जेल ऐसी ही जगह पर स्थित है कि यहाँ के कैदियों और यहाँ के कर्मचारियों को इन लड़ाकू जहाजों की आवाज अपनी ही आती-जाती साँस की आवाज का हिस्सा प्रतीत होती है। साँस अगर जीवन से जोड़ती है, तो ये जहाज जेल की ऊँची दीवारों के बीच रहनेवालों को बाहर की दुनिया के विस्तार से जोड़ते से लगते हैं। जब भी वह भारतीय वायुसेना के मिग 21 और सू 30 जहाजों की उड़ानें देख रहा होता है, तब वह अनजाने ही अपने पैर के अँगूठे से पैरों के नीचे की नम मिट्टी कुरेद रहा होता है। आँखों में एक पतली पानी की परत तैर रही होती है...मन को जैसे वह अपनी ही मुट्ठी में भींच रहा होता है।

इस जेल की ऊँची दीवारों के बीच के अहाते में हरी घास उगी हुई है। बीचों-बीच एक पीपल का लम्बा युवा पेड़ है। जिसे बार-बार इस डर से काट दिया जाता है कि कहीं बढ़कर जेल की दीवारें न फाँदने लगें इसकी डालियाँ। प्रशान्त इस पेड़ की पीड़ा में हर बार तब तक शामिल रहता है जब तक कि फिर से इस पर नये लाल चिकने पत्ते न उग आएँ। प्रशान्त ही जानता है कि कैसे ये पीपल चाँदनी रातों में सुनहरे-रुपहले पत्तों तथा माणिक-मोती और नीलम-पन्नों के फलों से सजे कल्पतरु में बदल जाता है और मरमर की ध्वनि के साथ उसे स्नेह से पुकारता है। इसके नीचे बने गोल चबूतरे पर इसके व अपने अच्छे-बुरे दिनों में बैठना और बैठकर घंटों चुपचाप सोचना

प्रशान्त का प्रिय शगल है। इस पीपल के सान्निध्य में न जाने कितनी बार उसे लगा कि यह उसका बोधिवृक्ष है। क्योंकि उसके साथ के क्षणों में पवित्र विचारों का उदय होता। घृणा, मोक्ष, हताशा, अपमान, क्रोध जो उसके वजूद को निरन्तर जलाते थे, इसके नीचे बैठकर तिरोहित हो जाते। पवित्र विचार जो मृगतृष्णा की तरह सूक्ष्म होते...उसके निकट तो आते पर जैसे ही वह उन्हें सहेजता, वे किसी तितली की तरह जाल से निकल भागते। टूटते नक्षत्र की तरह एक पल को सृष्टि को आलोकित कर लुप्त हो जाते और उसकी आत्मा को शान्त कर जाते। ऐसे में हृदय पिघलता बूँद-बूँद और कहीं अन्यत्र एकत्र होकर अखंड विश्वास बन जम जाता। तब उसका सही चरित्र आकार लेने लगता। बिना असमंजसवाला, जिजीविषा से भरा। जीवन के प्रति उसकी आस्था जागने लगती।

यह यरवदा जेल...उसे याद है, वह बचपन में बाबा के साथ जब सांगली से पूना आया था तब बाबा ने उसे इस जेल में लाकर गाँधी और नेहरू जी वाली ऐतिहासिक सेल दिखाई थी। तब यह जेल कुछ उजाड़-सी थी...पूना शहर से जोड़नेवाले उस पुल के इस तरफ का इलाका भी इतना बसा हुआ नहीं था। अब तो लोहेगाँव तक पूरा बस गया है बल्कि आगे भी नयी कॉलोनियाँ बसती जा रही हैं। और यह जेल...अपने हरे-भरे विस्तारों के साथ लोगों को आकर्षित करती हुई एक लैंडमार्क का रूप ले चुकी है।

जिस दिन वह यहाँ लाया गया था उस दिन अथाह पीड़ा व अपमान के घनत्व के बीच डूबते हुए भी इस शान्त जेल और हरे-भरे अहातों ने उसे थोड़ा सँभाल लिया था। उसने जेल के भीतर आते हुए स्वयं को समझाने के उद्देश्य से सोचा था,...जगह इतनी भी बुरी नहीं है तीन साल काटने के लिए "तीन साऽल!" वह बुदबुदाया था।

जेल के गेट पर ही मराठी में बड़े अक्षरों में लिखा था 'यरवदा सेंट्रल जेल'। इस बड़े फाटक के अगल-बगल में राइफल लिये सन्तरियों की कतार थी...बगल में केबिननुमा सिक्योरिटी ऑफिस था...आने-जानेवाले लोगों की शिनाख्त के लिए। गेट के भीतर बीच में पक्के फर्श वाले अहाते में कुछ ऑफिस और बने थे, जिनमें कैदियों के कागजात रहते और जहाँ क्लर्की व एकाउंट्स का काम होता था। ये पक्का फर्श वाला अहाता...पीछे तक जाते हुए कच्चे हरे-भरे मैदान में बदल जाता था...जहाँ सब्जियों की क्यारियाँ और फलों के पेड़ दूर तक लगे थे...इस हरे मैदान के एक ओर कैदियों की वर्कशॉप थी, जहाँ वे कारपेंटरी का काम, जूट के सामान बनाने का काम सीखा करते थे। एक कम्प्यूटर रूम था, जहाँ बाकायदा 'ओ' लेवल की कम्प्यूटर शिक्षा की सुविधा कैदियों को उपलब्ध थी। महिलाओं के लिए शिक्षा व्यवस्था और सिलाई का ट्रेनिंग-सेंटर भी था।

उसे वह इंस्पेक्टर जिसे एयरफोर्स पुलिस ने उसे लाकर सौंपा था, यह जेल ऐसे

घुमा रहा था जैसे वह कैदी न होकर कोई विजिटर हो। यह उसकी मानवीय संवेदना की पराकाष्ठा थी या प्रशान्त का आभिजात्य कि इंस्पेक्टर का मन यह गवाही नहीं दे रहा था कि एयर फोर्स में अफसर रह चुके इस नौजवान को चोर-डकैतों की तरह सीधे ले जाकर उसकी कोठरी में ठूँस दे। उसका मन इस नौजवान इंस्पेक्टर अनिल मोरे के प्रति आभार से भर गया था।

इस बाहरी अहाते की दीवारें अपेक्षाकृत कम ऊँची थीं, हालाँकि कँटीले तारों की फेंसिंग पुख्ता थी। इस अहाते को भीतरी अहाते से अलग करता ऊँची मोटी दीवारों का गोल विस्तार था, इन दीवारों के मध्य ही एक और बड़ा फाटक था, जिसमें एक छोटी खिड़की थी जो भीतर अहाते में खुलती थी। सही मायनों में यहीं से असली जेल शुरू होती थी। यह छोटी खिड़की पार करते हुए एकबारगी उसका दिल दहला था...जेल! हाथ अनायास ही पेशानी पर छलकती बूँदों को पोंछने में व्यस्त हो गये थे, पैर उठकर फाटक में बनी छोटी खिड़की को पार करने लगे।

छोटी खिड़की पार कर उसके पैर जिस कच्चे हरे-भरे अहाते में उतरे थे, उस अहाते में चारों तरफ इधर-उधर गलियारों और बरामदों की भूलभुलैया थी, जिसमें कई तरह की कोठरियाँ थीं। बायीं ओर फूलों भरी क्यारियों की तरफ जाते साफ-सुथरे सुव्यवस्थित गलियारे में वे प्रसिद्ध ऐतिहासिक सेल थी जहाँ गाँधी व नेहरू तथा अन्य ऐतिहासिक महत्त्व के राजनीतिक कैदी वर्षों रहे थे। यह सेल पर्यटकों के लिए वर्ष भर खुली रहा करती है। पीले रंग से पुती इस जेल की सारी दीवारें और कोठरियाँ एक अजीब-सा अवसाद जगाती थीं। दायीं तरफ जाते गलियारों से पहले बड़ा कुछ कच्चा, कुछ पक्के फर्श वाला आँगन-सा था और उसके एक ओर डोरमेट्रीनुमा वार्ड बैरक्स थीं जिनमें कई कैदी साथ रहते थे और अन्दर बने पलँगनुमा चबूतरों पर सोते थे। इन्हीं गलियारों की भूलभुलैया में अन्दर को अँधेरे की तरफ खतरनाक मुजरिमों की सेल थी। आँगन के पक्के हिस्से में बीचों-बीच एक रसोई थी जो आधुनिक तरह से बनी थी, सफेद टाइल्स और बड़े-बड़े सिंक, बड़े गैस बर्नर्स। परातों में ढेर आटा गुँथा रखा हुआ था। एल्युमीनियम के विशाल भगोनों में दाल और सब्जी। इंस्पेक्टर बता रहा था, खाना कैदी ही बनाते हैं, रविवार या किसी त्यौहार के दिन पूड़ी-पराँठे और खीर-हलवा बनाने की उन्हें इजाजत होती है। किचन के पीछे की ओर महिला कैदियों के सामूहिक सेल थे।

वे बायीं तरफ मुड़े, जहाँ सामने के ही गलियारे में बी-टायप कैदियों की स्वतन्त्र कमरेनुमा कोठरियाँ थीं, उसे उसी में रखा जाना तय था। वह इंस्पेक्टर मोरे के प्रति सच में कृतज्ञता महसूस कर रहा था कि वह उसे कैदी की तरह न लाकर, एक विजिटर की तरह सब दिखाता हुआ लाया था।

''बचपन में मैं बाबा के साथ ये जेल देखने आया था...तब यहाँ हरा-भरा नहीं

था...ये सब्जियों की खेती तब नहीं होती थी। तब क्या पता था कि...'' कहकर प्रशान्त का गला भर्रा गया। इंस्पेक्टर मोरे ने स्नेह से हाथ थाम लिया। वे तीसरे नम्बर की कोठरी के पास आकर रुक गये थे। ''होता है साहब, कभी-कभी किस्मत करवा ही लेती है कुछ ऐसा और ले आती है...अच्छे-भले लोगों को भी ऐसी जगह पर। अब चलूँ, कोई जरूरत हो तो मुझे बताना।'' जेब से चाभियों का मोटा गुच्छा निकालकर इंस्पेक्टर मोरे मुड़ गया और दरवाजा भिड़ा दिया गया। उसी मानवीय संवेदना के तहत उसने बहुत आहिस्ते से दरवाजे के बाहर के ताले में कुंजी घुमायी, ताकी प्रशान्त को अजीब न लगे। सूने गलियारे में वह ताले में घूमती चाभी की धीमी आवाज भी उसके मर्म को चीरती चली गयी। वह उस कोठरी की दीवारों के रंग को देखने से पहले ही फफककर रो पड़ा। एक पल को उसकी रुलाई की आवाज से इंस्पेक्टर के जूतों की आवाज ठिठकी...फिर कुछ पल बाद भारी बूटों की बोझिल आवाज उसके कानों से ओझल होती चली गयी थी। तब से उसका आवाज और आहटों से ये जो नाता जुड़ा है वह कभी छूटेगा नहीं। आवाजों के प्रति उसका अवचेतन स्थायीरूप से सूक्ष्मग्राही हो चला है।

शुरू में वह उस कोठरी में जाने कितने दिनों शान्त और अपनी ही पीड़ा से बोझिल, अर्धचेतन-सा पड़ा हुआ, मौसमों को बीतते देखता रहा। वह बस खाने व चाय के लिए कमरे से तीन बार निकलता बाकी समय भीतर से ही बाहर की आवाजों से घटनाओं व समय का अन्दाज लगाता। सुबह होते ही कौओं की काँव-काँव की आवाज के साथ ही जेल की दीवारों पर सूरज शीशे के पिसे चूर्ण-सी रोशनी बिखेर जाता। न जाने कैसे लम्बा दिन आखिरकार अपनी ही साँसें गिनते बीत जाता...सूर्य अस्ताचलगामी होता हुआ महज महसूस भर होता...विदाई में शायद वह आकाश में आग बिखेर देता...जिसके बुझते हुए अंगारे जेल की दीवारों पर लाल-सलेटी राख में फैल जाते। इसके बाद यकायक अँधेरे का परदा फैल जाता। वह आवाज की उँगली थाम लेता—दरवाजों के पल्ले खुलने-बन्द होने की आवाज, कैदियों के हिंसात्मक तरीके से देर रात तक लड़ने और फिर कराहने की आवाज, कभी ठहाकों की आवाज। किसी महिला कैदी की सिसकियाँ। कुत्तों की हूक। न जाने कितनी-कितनी आवाजें उसे देर रात तक जगाये रखतीं।

बरसात उस साल पूरे जोश से हुई थी, तूफान और आँधियों के साथ। ये तूफान जेल के टीन-टप्परों को झिंझोड़ जाते, रसोई की चिमनी से ऐसी आवाज आती मानो निर्जन में कोई मातम मना रहा हो। इस अर्धचेतना में न जाने क्यों उसकी समस्त इन्द्रियाँ तो सजग हो गयी थीं। मगर वह अतीत के घटनाक्रमों व अपने अस्तित्व की ओर से लगभग सुन्न होकर इस कोठरी में जी रहा था। उसकी चेतना को आँधियों-तूफानों ने भी नहीं झिंझोड़ा। वह बस वर्तमान भर महसूस करता अस्तित्वहीन होकर।

न जाने कब शर्मीली चाल से बसन्त आ गया था। वह अपनी खिड़की से उदास आँखों से बाहर झाँकने लगा था। छत पर बिल्लियों के झगड़ने के स्वर सुनाई देते। जेल की ऊँची दीवार के उस पार से बसन्त के आगमन के संकेत आने लगे थे। हवा की महक में था बसन्त...बसन्त के साथ ही स्मृतियाँ जेल के तिलचट्टों की फौज की तरह उसके मस्तिष्क पर घेरा डालने लगी थीं।

वह कोठरी से बाहर जाने को व्याकुल हो उठा। एक दिन जब सुबह की चाय के समय उसका दरवाजा खोला गया तो वह चाय पीकर हमेशा की तरह सर झुकाये कोठरी में लौटा नहीं...पीपल के निकट जा बैठा। अन्य कैदी भी बैठे हुए धूप सेकते बातें कर रहे थे...उसे देख अचानक चुप हो गये। उसने उनकी ओर ध्यान नहीं दिया चुप बैठा रहा। यह उसका जेल के अहातों में बसते जीवन और इस पीपल के पेड़ से पहला परिचय था। उसके मर्म में गूँजती आवाजों ने शीघ्र ही इन बाहरी दृश्यों से एक रिश्ता बना लिया...उसे लगा कि इन बाहरी दृश्यों में कुछ तो बोधगम्यता है, कुछ तो रस है...कि उसके दिनों के टूटे पंख स्वस्थ होने लगे हैं और वे धीरे ही सही कुछ तो उड़ने लगे हैं।

अब तो वह इस पूरी जेल के चप्पे-चप्पे से परिचित है। उसके सद्व्यवहार की वजह से एक साल के भीतर-भीतर उसे इतनी आजादी मिल गयी थी कि अब वह बिना बन्दिशों के जेल के भीतरी अहाते व बाहरी अहाते के वर्कशॉपवाले हिस्से में घूम सकता है। यूँ भी जेल के सभी कर्मचारी जानते हैं, प्रशान्त एक चुप्पा अनुशासित कैदी है। दिन में उसे बाहर निकलकर पेड़ के नीचे बने बेंचों-चबूतरों पर बैठने की इजाजत तो है ही, ट्रेनिंग सेंटर और जेल के बाहरी गलियारे में बने ऑफिस तक जाने में भी उसे हथकड़ियों की दरकार नहीं। जेल निदेशक तक उससे स्नेह व सम्मान से बात करते हैं। कैदियों और कांस्टेबलों की कम्प्यूटर और अँग्रेजी की कक्षाएँ भी वह लेने लगा है। मगर अधिकतर चुप रहता है। चुप्पी मानो उसके व्यक्तित्व का जरूरी हिस्सा है। बाहर वह दृश्य-दर-दृश्य बदलते माहौल को घूँट-घूट पीता है मगर अपने भीतर-ही-भीतर वह जीवन की नदी के किनारे पसरे कटते कगारों-सा खामोशी से नष्ट होता रहता है। अपनी आत्मा से उलझता है और भीतर-ही-भीतर लहूलुहान होता हुआ कराहता है। चेहरे से उदासी टपकती है टप-टप...जिसे वह मुस्कुराकर पोंछने का प्रयास करता है।

उस बार के बसन्त के बाद जेल का जीवन नीरस नहीं रहा कभी...कितने मीडिया वाले, एन. जी. ओ. वाले, स्कूल-कॉलेजों के बच्चे आते, कैदियों के साक्षात्कार होते...छब्बीस जनवरी-पन्द्रह अगस्त पर नेता-मन्त्री लोग आते, सांस्कृतिक कार्यक्रम होते वह उन सब हंगामों में देह से शामिल होकर भी मन से परे रहता, चुपचाप...कहीं कुछ सोचता-सा। लोग उससे कुछ पूछते तो हाँ-ना या संक्षिप्त उत्तर

देता, कोई उसके अतीत को कुरेदने का प्रयास करता तो वह मुड़कर चला जाता।

कल ही तो कुछ ट्रेनी फौजी अफसर जेल के विजिट पर आये थे, इंस्पेक्टर मोरे द्वारा उसके केस के बारे में जानकर उससे मिलने को उत्सुक हुए तब वह इसी पीपल के नीचे बैठा था पैर लटकाये, अपने में गुम...उसने उठकर सबसे हाथ मिलाया, नम आँखों से मुस्कुराता रहा, पर कुछ बोला नहीं। अतीत की सूखी परत जैसे किसी ने मन के गहरे घाव से छील ली थी। तब से वह बेचैन-सा इस पीपल के नीचे बार-बार आ बैठता है, सुबह ही आया था...दोपहर तक बैठा रहा। वर्कशॉप से लौटने के बाद फिर आ बैठा है। बचे-खुचे खुरंटों को घावों पर से छीलता हुआ...सामने अनार के छतनार झाड़ के बीच रहता गौरैयों का झुंड एक खिलन्दड़े अन्दाज में चहचहा रहा है, बाबा बताया करते थे, बोगेनविलिया या अनार जैसे छतनार छोटे झाड़ों में समूह में रहनेवाली ये चिड़ियाँ 'नॉननेस्टिंग बर्ड्स' हैं, घोंसला बना के प्रजनन की जिम्मेदारी खत्म कर चुकी चिड़ियाँ या फिर प्रजनन करने के लिए साथी ढूँढ़ने की प्रक्रिया में लगी छड़े नरों व मादा चिड़ियों का झुंड हैं।

अचानक उसे एक चटकीली धूप भरा दिन याद आ गया जब फ्लाइंग क्लब के इंचार्ज ने एक छोटी-सी दिखनेवाली प्यारी-सी लड़की से मिलवाया था। वह दिव्या थी। सुन्दर की बजाय बहुत आकर्षक कहना उसके लिए उपयुक्त प्रतीत होता था।

"तो दिव्या आप छोटा जहाज उड़ाना सीखना चाहती हैं?"

"हाँ! सैस्ना।"

"रजिस्ट्रेशन करवाया? कल से हमारा नया बैच शुरू हो रहा है।"

"हाँ, वहाँ डैड ऑफिस में यही सारी फॉर्मेलिटीज पूरी कर रहे हैं।"

"आपका कोई फ्लाइंग एक्सपीरियंस? जैसे ग्लायडर फ्लाइंग, माइक्रोलाइट?"

"नहीं।"

"जीरो से!"

"हाँ।"

"साहस है?"

"हाँ, क्यों नहीं?"

"हमारा क्वेश्चनेयर तो भरा होगा फार्म के साथ?"

"हाँ, भरा है।"

"दिव्या, जहाज उड़ाने के लिए जितनी इन्द्रियाँ भगवान ने दी हैं, कम पड़ती हैं। कुछ अलग से जगानी पड़ती हैं। तो कल से शुरू करेंगे। एक पूरा सप्ताह पहले सिमुलेटर (जहाजनुमा एक इलेक्ट्रोनिक उपकरण, जिसमें हवाई जहाज जैसी ही जॉयस्टिक होती है और स्क्रीन होती है जिस पर दृश्य वैसे ही बदलते हैं जैसे आकाश में और ठीक वैसी ही कृत्रिम परिस्थितियाँ उत्पन्न की जाती हैं जो कि जहाज उड़ाने

में प्रस्तुत होती हैं। इसे जमीन पर प्रशिक्षण के लिए काम में लाया जाता है।) पर।''

''आज से क्यों नहीं?''

''क्योंकि ये ढीले सलवार कुर्ते में जहाज नहीं उड़ाया जाता। कल से टाइट ट्राउजर्स और टी-शर्ट में आएँगी आप।''

जहाँ सैस्ना जैसा छोटा विमान पहली बार उड़ाना दिव्या के लिए एक चुनौती था, वहीं एक जीवन्त और साहसी लड़की को यूँ सिखाना, प्रशान्त के लिए एक नितान्त नया अनुभव था। ट्राउजर्स और टी-शर्ट में वह बिलकुल बच्ची लगती। सिमुलेटर पर सीखने में ही उसके धैर्य की पूरी परीक्षा ले डाली थी दिव्या ने पर वह उसे कभी डाँट ही नहीं पाता, कोई गलती करके खुद ही मासूम-सा चेहरा बनाती और उसकी ओर से कोई प्रतिक्रिया न पाकर खिलखिलाकर हँस देती। वह उसका उद्भासित चेहरा देखता रह जाता। कितनी अच्छी है दिव्या। जब बोलती है तो ऐसा लगता है, एक-एक शब्द मिठास में पगा हुआ है, हर शब्द फूल की तरह खुशनुमा और रसीला। मुस्कुराती तो काली आँखों की पुतलियाँ फैल जातीं और उनमें एक अवर्णनीय चमक दिखाई देती। मुस्कुराते समय जो दाँतों की उजली पाँत उभरती...तो वह देखता ही रह जाता। पहला दिन, इस बैच की उड़ान का। यूँ ब्रीफींग सिमुलेटर चलाने पर भी होती थी, पर आज सचमुच का ट्रायल था। सबके दिल धड़क रहे थे। एयर ट्रेफिक, आर. टी. और मौसम तीनों की ब्रीफिंग शुरू हुई।

''ग्रेवी (ईंधन) एज पर द प्रोफाइल से...थ्री हंडरेड। अवर प्रोफाइल इज हैंडलिंग सोर्टी। दिव्याऽ...लिसन केयरफुली। द फर्स्ट सोर्टी इज योर्स। टेक ऑफ, टर्न राइट...हेडिंग जीरो सिक्स जीरो। क्लाइम्ब टू लेवल जीरो थ्री जीरो। गो आउट बाउंड ट्वेंटी नॉटिकल माइल्स। कम बैक हैडिंग टू फोर जीरो...ओवर हैड...सर्किट एंड लैंडिंग।''

''आल द बेस्ट। हैप्पी लैंडिंग।'' उसके बैच के पाँच सदस्य एक साथ चिल्लाये।

पहली सोर्टी पर वह दिव्या के साथ था। टेकऑफ ठीक तरह से कर लिया था दिव्या ने, दोनों सैस्ना जहाज के परों पर उड़ते हुए आकाश में थे। आकाश एकदम साफ और चटक रोशनी से भरा था।

''कमोन दिव्या, हाऊ यू आर हैंडलिंग द जॉयस्टिक? यू आर टू हार्ड ऑन इट। यह कोई ट्रैक्टर का गियर नहीं है।''

''दिव्या, थ्रोटल इज एट नाइंटी परसेंट, मेक इट सिक्सटी, इज इज टू फास्ट टू हैंडल।''

''कन्सन्ट्रेट ऑन रडर्स...आर माय डियर आर. टी. कॉल्स पर ध्यान दो...और गिव रिटर्न काल्स...आल्सो।''

"क्या-क्या करूँ? कहाँ-कहाँ कन्सन्ट्रेट करूँ?" दिव्या अब घबरा रही थी।

"मैंने तो पहले ही कहा था।"

दिव्या ने थ्रोटल सिक्स्टी पर लाकर स्पीड लिमिट में की और एयर ट्रेफिक कंट्रोल को कॉल दी।

"सैस्ना फोर्टी नाइन ऑप्स नार्मल...रीचिंग जीरो थ्री जीरो।" और प्रशान्त की ओर मुस्कुराकर देखा।

"कीप आईज ऑन होराइजन...अदरवाइज .वी विल हिट द ग्राउंड। चैक होराइजन...अदरवाइज यू विल सिंक योरसेल्फ अलांग विद मी टू...।" वह चीखा।

दिव्या को सीखते हुए चार महीने हो गये थे और उनके सम्बन्ध अनौपचारिक हो चले थे, मगर वह इन्स्ट्रक्टर ही बने रहना चाहता था और दिव्या दोस्ताना बेतकल्लुफी से आगे बढ़ाना चाहती थी। निस्सन्देह वे दिन सुन्दर थे। वह अपने भीतर डरों से उबर रहा था। उसे नहीं पता था क्यों और कैसे वह लड़की उसके मन में घर बनाने लगी थी। यह भी पता नहीं था कि वह उसके और अपने बीच कैसा रिश्ता बुनना चाह रहा था...पर कुछ था 'सलोना-सा' जो पनपता ही जा रहा था उनके बीच। बर्फ की पतली दीवार दोनों में से कौन तोड़ता? बहुत दिन बीतने पर दिव्या ने यह प्रयास किया, वह यह तो जान गयी थी कि चुप्पा प्रशान्त ऐसा कोई दुःसाहस नहीं करेगा लेकिन वह यह नहीं जानती थी कि...प्रशान्त के अवचेतन में तैरते कुछ स्वप्न चेतन से टकराकर लहूलुहान हो चुके हैं।

"प्रशान्त सर, मि. राव का आपके बारे में ख्याल है कि आप अब तक के इंस्ट्रक्टर्स में बेहतरीन हैं, उनके शब्दों में 'वंडरफुल फ्लायर' हैं। फ्लाइंग भी आपकी बहुत सधी हुई है। कहाँ से सीखा?"

"मुम्बई के एक फ्लाइंग क्लब से।"

"फिर किसी एवियेशन कम्पनी में पायलट क्यों नहीं बने?" दिव्या आश्चर्य से पूछती।

"नौकरी में ही बँधना होता तो..."

"तो..."

"नहीं बँधना चाहता।"

"शादी भी इसीलिए नहीं की।"

"हाँ, एक तरह से।"

"अभी तो वक्त है..."

"जरूरी तो नहीं..."

"मेरे ख्याल में जरूरी है...न सही शादी कोई सोलमेट तो..."

"मैंने जिन्दगी में ऐसे कॉलम रखे ही नहीं, कुछ जीवन स्वतन्त्र, निरुद्देश्य भटकने

के लिए भी होने चाहिए न इस समाज में...किनारे बैठकर तल का बहाव देखते हुए।"

"झूठ है आपका यह फलसफा! खुद को बरगलाने का एक तरीका। अच्छा एक बात कहो प्रशान्त...जब मैं नहीं आती, तुम पूरे बैच के सोर्टीज कैन्सल क्यों करवा देते हो?"

"किसने कहा?"

"राधिका ने।"

"बेवकूफ है वह...दैट इज शीयर कोइन्सीडेन्स...।"

"तो क्या हमारे बैच की फेयरवेल ट्रीट भी कोइन्सीडेंटली उसी दिन आपने तय की है जिस दिन मेरा जन्मदिन है?" दिव्या ने आँखें बड़ी-बड़ी करके पूछा।

"शायद!" प्रशान्त मुँह फेरकर मुस्कुरा दिया।

दिव्या ने उसकी आँखों में गहरे झाँककर देखा फिर मुस्कुराकर अपना बैग उठाकर 'गुड डे सर' कहकर मुड़ गयी। वह देर तक उसकी जाती हुई आकृति देखता रहा। दूर जाकर उसने भी मुड़कर देखा और दोनों मुस्कुरा दिये थे।

दिव्या का फ्लाइंग का शौक और कोर्स दोनों पूरे हो गये थे। फिर भी वह और प्रशान्त मिलते रहे। प्रेम जगा और अपने पूरे त्रिआयामी विस्तार के साथ दोनों के वजूदों पर छा गया। कभी दोनों शहर के खूबसूरत स्थानों पर मिलते...खुले आकाश के नीचे तो कभी दैहिक आकर्षण के वशीभूत प्रशान्त के फ्लैट की बन्द नीली जादुई दीवारों के बीच गायब हो जाते। कभी उस फ्लैट की छत पर दोनों समानान्तर लेटे सन्ध्या और रात्रि के बीच का संक्रमणकाल निहारा करते। शून्य के नीचे लेटे हुए तारों को एक-एक कर निकलता हुआ देखने का अनूठा सुख मिलता। प्रत्येक सितारा उदित होते हुए अथाह गगन में गहराई के नये विस्तार का संकेत करता। ये गहराइयाँ अदृश्य हाथों से उन्हें गोद में उठा लेतीं और तब यह कहना कठिन हो जाता कि धरती सिकुड़कर उनके आकार व देह में आ गयी है या वे ही विस्तृत हो इस जगती से एकाकार हो गये हैं।

प्रशान्त फ्रीलान्स इन्स्ट्रक्टर के तौर पर फ्लाइंग सिखाता रहा और दिव्या ने बतौर सेल्स एक्जीक्यूटिव एक बहुराष्ट्रीय कम्पनी में नौकरी कर ली। प्रशान्त के लिए दिव्या जीवन भर के लिए सबसे निकट और सबसे प्रिय हो गयी थी। उसके जीवन्त प्रेम ने उसके जीवन को नवीन प्रेरणा से भर दिया था...उसे लगने लगा था कि वह अब भविष्य की

दुर्गमतम अड़चनों का सामना हँसकर कर जाएगा। प्रेम उनके बीच पूरे वेग के साथ बह रहा था, दिव्या के किनारों पर पूरी पारदर्शिता के साथ और प्रशान्त के किनारे अब भी कहीं धुँधला जाते थे, जब भी कभी दो प्यार करनेवाली बेचैन रूहों से साथ जीवन जीने की बात उठती। शादी!

शादी के नाम पर प्रशान्त ठहरना चाहता था। तीन-चार साल और।

''कैसे प्रशान्त...मैं 24 की हो चुकी हूँ। पापा कब तक मानेंगे?''

''तो पापा को गुडबाय कर, यहाँ मेरे साथ रहने चली जाओ। अब तुम पचास फेरे लगा लो या एक भी मत लगाओ हो तो मेरी ही ना।''

''सो तो है।''

''देखो दिवी, मेरी कुछ व्यक्तिगत परेशानियाँ हैं जिनसे मैं कुछ सालों में उबर जाऊँगा, फिर अमेरिका चलकर सैटल होंगे।''

''क्या? प्रशी, परेशानियाँ तुम मुझे तो बता ही सकते हो। तुम्हीं कहते हो मैं सोलमेट हूँ तुम्हारी।''

''बताऊँगा दिवी वक्त आने दो। जल्दबाजी मत करो।''

प्रशान्त के साथ जीवन बिताने के निर्णय में दिव्या को कोई अड़चन नजर नहीं आती थी। साँवला सलोना आकर्षक व्यक्तित्व, सन्तुलित व्यवहार, परिवार एक आम उच्च मध्यमवर्गीय ढाँचे का, पूना शहर के बीचों-बीच अपना बड़ा-सा पुराना घर जहाँ उसके आई-बाबा रहते हैं। सांगली के आस-पास अंगूरों और आमों के कुछ बाग जिन्हें प्रशान्त के बड़े भाई सँभालते हैं, बड़ी बहन की शोलापुर में शादी हो चुकी है। कहीं कुछ भी तो उलझन नहीं।

उसे यह समझ नहीं आता था कि क्यों अपने माता-पिता को शहर में अकेला छोड़ प्रशान्त ने शहर से बाहर फ्लाइंग क्लब के पास, अपना वन बेडरूम फ्लैट ले रखा था। शायद दूरी की वजह से, पर फ्लाइंग क्लब की नौकरी तो अस्थायी थी, सालाना कांट्रेक्ट पर। हर साल उसका कांट्रेक्ट नया बनता। अब बहुत हो गया, किसी एविएशन कम्पनी में पायलट के पद पर आवेदन करने के लिए उसे मनाना ही होगा। फ्लाइंग उसके लिए उसका पैशन है, यह बात वह अच्छी तरह जानती थी।

एक रात दोनों प्रशान्त के फ्लैट की टैरेस पर बैठे थे, निःसीम आकाश को निहारते। मिग 21 विमानों का अभ्यास जारी था। जूऽऽम...धरा से उठते...अपने पीछे ज्वालापुंज लिये उड़ते विमानों की गति मोह रही थी...। दोनों चित्रलिखित से उस रात्रिकालीन अभ्यास को देख रहे थे।

''प्रशान्त, तुम फ्लाइंग क्लब छोड़कर एयरफोर्स क्यों नहीं ज्वाइन कर लेते?

मैं देखती हूँ कि तुम बड़ी हसरत से इन जहाजों को देखा करते हो। मेरे ख्याल में तुम उड़ा ही लोगे ये मिग्स।''

एक पल प्रशान्त चुप रहा...दिव्या की सुघड़ कोमल उँगलियाँ उसके हाथों को सहला रही थीं। कहीं उसका अहं पिघला और उसके मन के ताले अचानक टूट गये। ''दिवी, यह जहाज...ये मिग 21...मैं उड़ा चुका हूँ।'' प्रशान्त ने आकाश में देखते-देखते ही कहा, जैसे एक सम्मोहन के तहत कोई पिछले जन्म की बात याद आयी और अचानक बिना सोचे-समझे कह दी हो।

''हँ...कैसे?'' दिव्या हैरत से उसका चेहरा देख रही थी। रात की नीली-काली परछाईं में जो एक रहस्य से चमक रहा था।

''एयरफोर्स में रहा हूँ एक साल मैं। अपने कोर्स का टॉपर था मैं।'' निगाहें आसमान में ही टँगी थीं और एक गर्व आँखों में विमानों के ज्वालापुंज-सा ही धधक रहा था। उसी तरह बैठे हुए उसने गहरी साँसें लीं, उसके चौड़े कन्धे उत्तेजना से ऊपर-नीचे हो रहे थे।

''झूठ!'' दिव्या की आँखें फैल गयी थीं आश्चर्य से।

उसने चेहरा नीचे किया, दिव्या के चेहरे पर रेत की तरह किरकिराते संशय पर खिसियाते हुए बोला।

''तो झूठ ही सही।''

''प्रशान्त! क्या कह रहे हो तुम...मुझे समझ नहीं आ रहा...फिर एयरफोर्स छोड़ी क्यों? यहाँ इस प्राइवेट फ्लाइंग क्लब में छोटे जहाज उड़ाना सिखा रहे हो...एयरफोर्स छोड़कर?''

''...।'' प्रशान्त चुप हो गया।

''बोलो ना!''

''क्या बोलूँ। झूठ ही...तो। मैं गप्प मार रहा था।''

दिव्या के चेहरे पर हैरत, अविश्वास, परेशानी न जाने क्या-क्या था कि प्रशान्त सहम गया कि कहीं गलत तो नहीं किया दिव्या को यह सब बता कर?

''छोड़ो न...मजाक कर रहा था मैं।''

''कैसे छोड़ूँ प्रशान्त...कितनी गम्भीर बात कह गये तुम मजाक में?''

दिव्या उसी उलझन में कॉफी जल्दी-जल्दी खत्म कर, स्वयं से उलझती-मोचती-सी वहाँ से चलने को उठी तो प्रशान्त ने उसका हाथ पकड़कर फिर बिठा लिया।

''बैठो ना...।''

''नहीं, देर हो गयी प्रशान्त। पापा डाँटते हैं, दस बजे के बाद बाहर रहने की

इजाजत नहीं मुझे, तुम जानते तो हो।'' झुँझलाकर वह बैग समेटने लगी।

''सुनो...दिवी वह कोरा मजाक था। किसी से कहना मत। पापा से भी...''

''प्रशान्त, मैंने बहुत लड़के देखे हैं, बोस्टिंग करते, अपनी उपलब्धियों का सच-झूठ बखानते। पर तुम...तुम तो अपना बड़ा से बड़ा गुण, उपलब्धि भी छिपाकर रखते हो। आज से पहले झूठ बोलते हुए मैंने तुम्हें नहीं देखा। वह भी ऐसे...अपने पहले प्यार, अपने पैशन फ्लाइंग को लेकर। या तो तुम झूठ नहीं कह रहे थे, और झूठ था तो उसके पीछे कोई सच जरूर होगा।'' दिव्या कुछ नाराज लगी। पर वह महज नाराजगी नहीं थी उसके स्वरों में एक तटस्थ शंका थी, जिसने प्रशान्त को ठंडे पसीने में डुबो दिया।

घर पहुँचकर, रात भर दिव्या परेशान रही। सुबह जब रहा नहीं गया तो नाश्ते की टेबल पर उसने अपने रिटायर्ड सेनाधिकारी पिता से तफसील से बात की।

''पापा, ऐसा हो सकता है कि कोई ट्रेनिंग के बाद एक ही साल में एयरफोर्स छोड़कर आ जाए।''

''नहीं दिव्या, ट्रेनिंग के एक साल के भीतर यूँ फौज से निकल आना आसान नहीं है। पेपर्स डालने होते हैं। फौज आसानी से एक ट्रेंड पायलट को नहीं छोड़ती। मुआवजा देना होता है ट्रेनिंग के दौरान हुए खर्च का तीस से चालीस लाख के करीब।''

''यूँ ही बैठे-बिठाये ऊपर से मिग 21 जहाज के गुजरने पर कैसे अचानक किसी के मुँह से निकल सकता है कि—उसने ये मिग्स खूब उड़ाये हैं बल्कि वह अपने बैच का टॉपर था।'' दिव्या बुदबुदाते हुए गहरी सोच में डूबी थी।

''कहीं कुछ गड़बड़ है, दिव्या। जिस प्रशान्त के शान्त-रहस्यमय, चुप्पे से व्यक्तित्व से तुम यूँ प्रभावित हो, उसके पीछे कोई हिस्ट्री जरूर है। लेट मी फाइंड इट आउट। आफ्टर ऑल इट इज द मैटर ऑफ योर लाइफ।''

दिव्या के पापा का फौजी दिमाग और सम्पर्क काम कर रहे थे, जल्द ही उन्हें पता चल गया कि दो साल पहले तेजपुर से तीन नये-नये पदस्थ युवा फ्लाइंग ऑफिसर्स रातों-रात गायब हो गये थे। उनमें से एक था पी. प्रसून जोशी, महेश राव, सुजॉय बनर्जी। हो न हो प्रशान्त जोशी ही प्रसून है। लेफ्टिनेंट कर्नल एस. के. रावत की सूचना पर वायुसेना सजग हो गयी।

प्रशान्त को यह आशंका उसी दिन हो गयी थी जब अपने सवालों में उलझकर दिवी जल्दी ही उसके पास से लौट गयी थी। उसके बाद फ्लाइंग क्लब या उसके फ्लैट पर आना तो दूर वह ऑफिस में भी नहीं मिली, उसने छुट्टी ले ली थी एक सप्ताह की। उसी रात माँ का बी. पी. हाई हो गया और उन्हें नर्सिंग होम में दाखिल करना पड़ा। वह उसकी बीमार माँ से अस्पताल तक मिलने नहीं आयी जबकि उसकी सहकर्मी दीपाली को वह फोन पर सूचित कर चुका था। स्वयं से उलझता हुआ वह हॉस्पीटल की भागदौड़ में व्यस्त हो गया। उसे विश्वास था कि दिवी उसकी आत्मा का हिस्सा है...वह ऐसा कभी नहीं करेगी और कभी नहीं चाहेगी कि उसका प्रशान्त किसी परेशानी में फँसे। प्रशान्त उससे उसी शाम, इस विषय पर विस्तार से बात करना चाहता था, किसी को न बताने के लिए आगाह करना चाहता था...लेकिन वह घर पर फोन पर भी नहीं मिली, फोन सर्वेंट ने उठाया और कह दिया "घर पर कोई नहीं है।" कहाँ गयी होगी अचानक दिव्या अपने पापा के साथ उसे बिना सूचित किये। आखिर क्या हुआ होगा कि उसे सूचित करने का समय नहीं मिला होगा!

सप्ताह भर ही हुआ था, माँ उसी दिन ही तो नर्सिंगहोम से घर लौटी थी। बाबा अस्पताल की भागदौड़ से निढाल पड़े थे। बड़ा भाई सांगली से अपनी पत्नी के साथ आ गया था।

सुबह-सुबह एयरफोर्स पुलिस उसके घर के सामने थी। वह हतप्रभ था। दो बरस पुराना उसका दु:स्वप्न सच बनकर सामने खड़ा था। प्रशान्त का चेहरा भय से विकृत और पीला हो गया। एयरफोर्स पुलिस की जिप्सी में बैठते हुए उसका अस्तित्व रक्तहीन, संज्ञाहीन हो गया था। उसे द्वार पर खड़े बाबा, बड़े भैया और भाभी किसी का चेहरा दिखाई नहीं दे रहा था। अन्दर से आती आई की आवाज...'कहाँ हो तुम सब? बाहर क्या हो रहा है?' भी नहीं सुनाई दे रही थी। उसके आगे दिव्या का चेहरा अपनी क्रूरता के साथ मुस्कुराता दिखाई दे रहा था। उसने निचला होठ कसकर काट लिया और बुदबुदाया—"तुमने सब बरबाद कर दिया दिव्या! क्या तुम समझ सकी थीं सोलमेट का मतलब?"

उस वक्त उसका मन कर रहा था कि सामने होती तो खींचकर चाँटा जरूर मारता...और कहता कि कुछ दिन इन्तजार कर लेतीं यह सच मैं स्वयं तुम्हें बताता। शादी की जल्दी तो तुम्हें ही थी न दिवी...फिर यह क्या हुआ बीच में? प्रेम, विश्वास सब पल भर में ढहा दिये? यू ब्लडी दिव्या...बिच!

बीमार माँ को तो बाबा और भाई ने भनक ही नहीं लगने दी। बाहर से बाहर ही प्रशान्त प्रसून जोशी को ले जाया गया पहले लोहेगाँव फिर उसी रात हैलीकॉप्टर से शिलांग। जहाँ उसका कोर्टमार्शल होना था। कोर्टमार्शल संक्षिप्त ही रहा क्योंकि उसने अपने हिस्से का सच स्वीकार कर लिया था। और उसे भगोड़ा साबित कर दिया गया। तीन साल की जेल की सजा के तहत उसने पूना यरवदा जेल में भेजे जाने के लिए प्रार्थना की जो बिना हील-हुज्जत के स्वीकृत हो गयी।

उसे अच्छी तरह याद है, उसके यूँ एयरफोर्स छोड़कर चले आने को बाबा ने कभी स्वीकारा नहीं, वह सीधा बाबा के पास पहुँचा ही कहाँ था? दो महीने सांगली के पास के गाँव में बुआ के ससुराल में छिपकर रहा। किन्तु फूफा जी की जिद पर उसे बाबा को फोन करना ही पड़ा। बाबा तुरन्त पूना से सांगली आये, बुरी तरह आहत, क्रोधित...बाबा का सामना होते ही उसके कान गर्म और भारी हो गये, सिर में अप्रिय शोर गूँज रहा था...वह शर्म से जलता हुआ पिता के सामने खड़ा था और आँखों में फैली एक पनीली परत के धुँधलके से उसने देखा कि निराशा, क्षोभ व दुख से उनका चेहरा कैसा काला पड़ गया था। होठ भिंच गये थे और माथे पर बल पड़ गये थे। बाबा ने कमरे से बुआ और फूफा जी को बाहर कर दिया था।

कितनी बहस हुई दोनों के बीच उसी विषय पर, उन्हीं दलीलों के साथ बारम्बार। आखिर बाबा ने हथियार डाल दिये।

''बेटा कोई सही तरीका भी तो हो सकता था एयरफोर्स छोड़कर चले आने का।''

''चालीस लाख की ट्रेनिंग कॉस्ट...और फिर बाबा, तब कितना वक्त बरबाद होता। एक ट्रेंड किये हुए पायलट को वह सहज में थोड़े ही छोड़ देते।''

''और अब?'' बाबा गुस्से में गुर्राये थे, ''अब नहीं होगा वक्त बरबाद? यूँ छिपे घूमोगे? दो बार मेरे पास और तुम्हारे बड़े भाई के पास सांगली तक में फोन आ चुका है। वे स्वयं भी आएँगे। क्या उत्तर दूँगा मैं? चाहो तो सरेंडर...''

''नहीं बाबा वह न हो सकेगा अब...अब कोई फायदा नहीं...मान भी लूँ आपकी बात तो...वही कोर्टमार्शल की जलालत...पनिशमेंट तो है ही। मेरी आपसे विनती है कि अब फोन आये तो हो सके तो कह दीजिएगा कि मैं आपके पास आया ही नहीं...बाबा, मैं अकेला नहीं मेरे दो और साथी भी छोड़ आये हैं। अरे, बँधुआ थोड़े ही थे एयरफोर्स के...''

''बँधुआ नहीं थे...पर तुम्हारी ट्रेनिंग में जो लाखों में सरकारी रुपया बरबाद हुआ उसका क्या? वह बिना भरे तुम छूट जाओगे? फिर भी तुम स्वयं को अपराधी

नहीं मानते? तुम एयरफोर्स के अपराधी हो प्रशान्त। जल्द ही भगोड़े करार कर दिये जाओगे।''

प्रशान्त मायूस होने लगा था। किन्तु वह अपने फैसले को गलत नहीं मानने को तैयार था, उसे लगता था कि अपनी प्रतिभा और सूझ-बूझ के चलते, वह बेहतर कैरियर का अधिकारी है और एयरफोर्स उसके लिए सही जगह नहीं थी। पर फिर वह बेहतर और सपनीली जगह क्या होती, इसका भी उसे ठीक-ठीक नहीं पता था...कोई अन्तरराष्ट्रीय एवियेशन कम्पनी!

''वह फैसला भी तुम्हारा था, अब यह फैसला भी तुम्हारा है। जो हुआ सो हुआ मि. प्रशान्त प्रसून जोशी...अब तो तुम्हें तुम्हारी रैंक के साथ...फ्लाइंग ऑफिसर जोशी कहकर पुकार भी नहीं सकता, जिससे गर्व से सर ऊँचा होता था...हाँ तो मि. जोशी, तुम किसी से कोई भी, किसी भी तरह का सम्पर्क मत रखना। न चिट्ठी, न फोन! हमसे नहीं, उन दो और साथियों से भी नहीं। बस हो सके तो यहाँ बुआ-फूफा जी की खेती में मदद करना। यहाँ इनका एक बागीचा है अलफाँसो आमों का...उसका हिसाब-किताब देखना। अगले छह महीने पूना नहीं आना है, यह याद रखना। हममें से तुमसे मिलने भी कोई नहीं आएगा...कुछ महीनों की बात है। बस उम्मीद ही है कि फिर मामला ठंडा हो जाएगा... पर मुझे तो यह समझ नहीं आता कि उसके बाद भी फिर तुम करोगे क्या?''

''पता नहीं बाबा...''

''छोड़ने से पहले नहीं सोचा था? मुझे डर है प्रशान्त कि तुम यह अपराध करके बच सकोगे...भगवान करे बच जाओ। भगवान तुम्हें क्षमा करें।'' बाबा बड़बड़ाते हुए बुआ के कमरे में चले गये थे।

उनकी वह टूटती-बिखरती आकृति आज जेल में भी प्रशान्त के मर्म को आहत कर जाती है। आखिरकार वह उनके वयस्क बेटे का लिया गया फैसला था तो उन्हें अन्त तक विवशता में उसकी सहायता करनी ही पड़ी। तब भी जब वह सांगली में तीन माह ही बिता कर, अधीर हो मुम्बई चला गया था और एक अन्तरराष्ट्रीय स्तर के फ्लाइंग क्लब से ट्रेनिंग लेकर, विमानचालक बनने की दिशा में शून्य से एक नयी शुरुआत करने जा रहा था। तब उसकी मोटी फीस के लिए उन्होंने एक अंगूर का छोटा बागीचा बेचकर उसके हाथ में एकमुश्त पैसा रखा था। दो वर्ष में उसकी ट्रेनिंग पूरी हो गयी थी। हालाँकि फिर भी बाबा लगातार डरते रहते थे। वह एक भारतीय एवियेशन कम्पनी में आवेदन करने ही जा रहा था कि सुजॉय बनर्जी के पकड़े जाने की खबर समाचार पत्रों में आ गयी थी। वह मुम्बई छोड़कर फिर पूना चला गया और

बाबा की रजामन्दी से शहर से बाहर एक फ्लैट लेकर रहने लगा। जल्दी ही उसने एक फ्लाइंग क्लब में सालाना कांट्रेक्ट पर फ्लाइंग इंस्ट्रक्टर का काम पकड़ लिया। अपना असली परिचय छिपाकर वह यह काम करता रहा।

बाबा के डर हमेशा सही ही साबित हुए हैं...और उसके फैसले गलत। गलत फैसलों की एक शृंखला ही थी कि वह आज इस यरवदा जेल की रौनक बढ़ा रहा है। वह हँसा स्वयं पर। जेल का वह पीपल भी थरथराया... ''यू टू ब्रूट्स...'' कहकर वह बुदबुदाया।

17 वर्ष उम्र थी जब उसका एन. डी. ए. में चयन हुआ था। बाबा नहीं चाहते थे उसे फौज में भेजना।

''तेरा मिजाज अलग है रे प्रशान्त...फौज के लिए नहीं बना तू। बहुत रगड़ाई होती है वहाँ। मैं और तेरी आई तुझे दूर नहीं भेज सकते। इतना होशियार है आई. आई. टी. से इंजीनियरिंग कर।''

''रगड़ाई...अब मैं बड़ा हो गया बाबा...कौन डरता है रगड़ाई से? अब तो एन. डी. ए. ही जॉईन करना है...आई, तू समझा न बाबा को...सांगली से पूना दूर कितना है? मैं रविवार आऊँगा न...'' माँ के गले से लिपटकर कहा था उसने।

''किस होश में है रे, तू? एन. डी. ए. से ऐसे नहीं आने दिया जाता। अब तो तू साल भर के बाद ही मुँह दिखाएगा।'' बड़े भैया हँसकर उसके सिर पर चपत मारकर बोले थे।

वह बड़े भैया के साथ जोश से भरा हुआ, नेशनल डिफेंस अकादमी के द्वार पर खड़ा था। उसे छोड़ने बाबा भी आते पर आमों की कलम लगनी थी बरसात की शुरुआत के दिन थे। वे गाँव में व्यस्त थे।

आज सोचता है तो उसे लगता है कि जब वह एन. डी. ए. की तीन वर्ष की उस कड़ी हाड़-तोड़ ट्रेनिंग और अनुशासन से नहीं भागा, उसके बाद ए. एफ. ए. की एक वर्ष की फ्लाइंग की ट्रेनिंग भी कम दुश्कर नहीं थी। तब वह किस चीज से भागा था? जहाज उड़ाना उसका एकमात्र सपना और पागलपन की हद तक पहुँची कामना था...जिसकी वजह से वह इतना लम्बा सफर पार करके आया था। सच ही तो है, अनुशासन और कड़ी मेहनत से वह कब भागा? उसने तो अपने कोर्स में प्रथम स्थान प्राप्त किया था। आई-बाबा, भैया-भाभी गर्व से भर गये थे। पासिंग आउट परेड में जब वे सब आये थे, और कोर्स के टॉपर के तौर पर उसका नाम पुकारा गया था। कितने

जोश में उसने अपने साथियों के साथ टोपियाँ उछाली थीं।

उसकी पहली पोस्टिंग तेजपुर, आसाम में हुई थी।

यकायक कड़ी ट्रेनिंग का मार्गदर्शन छूट गया था और वह अकेला था, स्वतन्त्र वायुसेना अधिकारी था। फ्लाइंग ऑफिसर पी. प्रसून जोशी। पैर जमीन पर पड़ते ही नहीं थे। अब लड़ाकू जहाज उड़ाने के दिन थे...अभी मिग 21 की स्क्वाड्रन में वह अपना अच्छा स्थान बनाएगा, फिर बाद में जाँबाज मिराज विमानों की स्वाड्रन में जरूर जाएगा। या फिर हवा में अठखेलियाँ करते पूरे भारत में भारतीय वायुसेना को आमजन से जोड़ते, जगह-जगह एयर शो करते 'सूर्य-किरण' जहाजों की यूनिट में शामिल होगा। कितना रोमांचक लगता है जब हवा में में दो विमान गुलाबी धुआँ छोड़ते हुए एक-दूसरे को क्रॉस कर दिल का आकार बनाते हैं और तीसरा विमान जूऽऽम से आकर उन दिल की आकृति बनाते विमानों के बीच में तीर की आकृति बनाता हुआ निकल जाता है।

सपने ही सपने लेकर उसने तेजपुर पहुँचने के दूसरे दिन सी. ओ. को जाकर रिपोर्ट किया। एक शुष्क-सा गंजा-सा व्यक्ति था वह। उसे यहाँ बहुत तवज्जो नहीं मिली, एक शुष्क औपचारिकता भरा रवैया। अलबत्ता पहले दिन के उसकी टाँग खींचने के प्रयोजन से उसके सीनियर्स और साथियों द्वारा किये गये नाटक और फिर मजेदार पार्टी ने गुदगुदाया तो था ही, साथ ही उस नाटक ने उसके व साथी अफसरों के बीच की अजनबियत की दीवार ढहा दी थी। खासतौर पर फ्लाइट कमांडर उसे मित्रवत व जीवन्त व्यक्ति लगा। वह एक क्रोनिक बैचलर (चिरकुमार) था।

आरम्भ के दिनों में उसे अकेले जहाज उड़ाने का मौका ही नहीं मिलता था। छह महीनों में तो उसकी पहली एकल उड़ान हो सकी थी। सोलह जहाजों की स्क्वाड्रन में दस जहाज खराब पड़े थे। छह जहाजों से वरिष्ठ अधिकारी अपने उड़ान घंटे बढ़ाने की जुगाड़ में लगे रहते थे। कमांडिंग अफसर का दबाव इस हद तक बना रहता कि...आरम्भ ही से उस पर हताशा तारी होने लगी थी। उसकी स्पष्टवादिता, उसका टॉपर होना उसके कमांडिंग ऑफिसर के अहम् के लिए कष्टकारी होने लगा था। वह तटस्थ रहा करता था, जबकि उसके अन्य कोर्समेट्स या उसके सीनियर कोर्स के अफसर सी. ओ. के आगे झुके रहते और उसके घर आया-जाया करते। एक वर्ष के भीतर ही वह यह महसूस करने लगा था कि अब वह अपनी काबिलियत और अनुशासित व्यवहार के बल पर नहीं, चापलूसी से ही बढ़ सका तो आगे बढ़ सकेगा।

उसने देखा कि उसके सीनियर्स सपत्नीक अपने सी. ओ. की चापलूसी में लगे रहते थे। औपचारिकताओं और कृत्रिमता की कोई सीमा ही नहीं। उसका दम घुटने लगा था। उसके आदर्श और सहजता कुंठित होने लगे थे। उसने अतिआधुनिक जहाज उड़ाने की कल्पना की थी और वह मिग 21 उड़ाता था जिन्हें मीडिया ने 'फ्लाइंग-कॉफीन' का नाम दे रखा था।

उस दिन वह, उसका रूममेट और दो और साथी जो तकनीकी अधिकारी थे, चारों बार में बैठे हुए थे। उसी दिन उसकी सी. ओ. से किसी बात पर बहस हुई थी। वह हताशा के घेरे में मन में गुस्सा दबाये बैठा था। बियर का दौर चल रहा था। चारों बार के लम्बे स्टूलों पर बैठे थे। धीमे स्वर में कोई गजल चल रही थी। बार के काउंटर के पीछे मिराज लड़ाकू जहाज का बहुत सुन्दर चित्र टँगा था। प्रशान्त उसी को घूर रहा था।

"हं 'टच द स्काय विद ग्लोरी'...हँसी आती है इस वाक्य पर। आधे से ज्यादा जहाज तो साल में खराब रहते हैं।"

"जो' (प्रशान्त प्रसून जोशी का लघुकरण), तुझे पता है अमेरिकन एयरफोर्स का भी यही हाल है। यहाँ साठ प्रतिशत खराब रहते हैं तो वहाँ चालीस। यार मशीनरी है। पुराने जहाज हैं जिन्हें चलाये रखना...हंटर्स ने रिटायर होने में लम्बा समय लगाया है तो अब मिग्स को भी अपना समय तो पूरा करने दे।" यह उसका तकनीकी अधिकारी मित्र था।

"स्टिल यार वेरी फ्रस्ट्रेटिंग...एक साल हो जाएगा...मैं अभी 'डे ऑप्स' भी नहीं हुआ।"

"अभी वक्त है जो'...हो जाएँगे।" यह उसका रूममेट था, जो बहुत देर से चुप बैठा था।

"तू हो जाएगा...तू पार्टीज़ में सी. ओ. के बच्चों की बेबी सिटिंग करते रहना। उसकी वाइफ को शॉपिंग कराते रहना...जल्द ही 'डे ऑप्स' होकर 'नाइट फ्लाइंग' किया करना।"

"क्या बकवास कर रहा है यार तू।"

"सही कह रहा हूँ। बाकी सब यही तो कर रहे हैं।" प्रशान्त ने सिगरेट सुलगा ली।

"न करो ये सब पर तेरी तरह भी नहीं कि हर वक्त शर्ट की बाँह चढ़ाकर लड़ने पर ही उतारू रहे। व्यावहारिकता भी कोई चीज़ है। मनमानी तो नहीं कर सकते ना। सुननी पड़ती है, यार सीनियर्स की।"

"क्या सुननी पड़ती है गालियाँ? माँ-बहन से नीचे उतरता ही नहीं...साला गंजा। तू सुन...सुन-सुनकर बन जाना एक दिन टॉप नॉच। मुझे तो एक ही साल में पता चल गया कि हम एक केंकड़ों से भरी बाल्टी में बैठे हैं...एक ऊपर चढ़ता है दूसरा

उसे नीचे खींचने में लग जाता है, बजाय इसके कि अपनी मेहनत से ऊपर जाए। प्रमोशन्स में...इतने फैक्टर्स काम करते हैं कि आपकी काबिलियत वहाँ दम तोड़ देती है। सी. ओ. की ज्यादतियों पर जिसे देखो मुँह पर कार्क लगाये अन्दर तक भरा बैठा है, लेकिन ऊपर से 'सर, यू आर द बेस्ट, वी हेव एवर सीन'।'' प्रशान्त का चेहरा उत्तेजना से तमतमा रहा था।

''जो' यार, अब ये तो तू फ्लाइट कमांडर के डायलॉग्स बोल रहा है। यह भाषा उसी की है जो तेरे मुँह से निकल रही है। तू उसकी बातों में मत आया कर। वह तो छोड़ रहा है एयर फोर्स और जा रहा है सहारा में बढ़िया तनख्वाह पर।'' प्रशान्त का रूममेट बोला।

''बढ़िया तनख्वाह! अरे तनख्वाह तो हमारी भी ठीक-ठाक ही है...सिविल सर्विसेज के अफसरों जितनी ही पर उनका स्तर और हमारा स्तर कहीं मैच करता है?'' यह महेश राव था।

''...कई मायनों में हम सिविल सर्विसेज के अधिकारियों से बेहतर हैं...वे पाँचवीं पास नेताओं की गालियाँ खाते हैं।'' उसके रूममेट ने दलील दी।

''हाँ, उस हिसाब से हमारा स्तर अच्छा है। खाते हम भी गालियाँ हैं लेकिन सोफेस्टिकेटेड लोगों के मुँह से।'' यह तकनीकी अधिकारी था।

''उनके पास पावर है, पैसा है। और जितने सालों में हम यहाँ प्रमोशन पाकर कोई स्तर पाते हैं वे उतने सालों में दस बार प्रमोट हो जाते हैं।''

''तब भी बाहर जाकर ही चरेंगे हम तो।'' प्रशान्त बुदबुदाया।

प्रशान्त की हताशा का आवेग अपने चरम पर था। बहस के दौरान ही उसके संक्रामक विचारों और इरादों ने उसके साथियों को भी अपनी लपेट में ले लिया था। चारों बार से उठकर कमरे पर आ गये थे। प्रशान्त की नसों में खून सरपट दौड़ रहा था। एक घूँट बियर का लेकर प्रशान्त ने एक गहरी साँस ली—''तंग आ गया मैं इस डॉमिनेशन से। खोखली पार्टियों से। अँग्रेजों की छोड़ी हुई बेजा कवायदों को ये बन्दरिया के मरे बच्चे-सा चिपकाये अब तक डोल रहे हैं जबकि वक्त कितना बदल गया है। समय की बर्बादी से मुझे बहुत गुस्सा आता है। अब तक मैंने बाहर सिविल एवियशन में अपना मुकाम बना लिया होता। और तू सुजॉय इंजीनियर है...यहाँ क्या कर रहा है? एयरफोर्स की पुरानी गाड़ियों की मेंटेनेंस में एक मैकेनिक की तरह लगा है। और यार महेश हम यहाँ क्या कर रहे हैं?''

''यार प्रशान्त, तेरा कहना ठीक है...लेकिन...अब क्या किया जाए? अभी छोड़ना है, तो दो एयरफोर्स को चालीस लाख का मुआवजा। पेपर्स डालकर एयर फोर्स में पाँच साल और बरबाद होंगे और फिर शून्य से शुरू करना कठिन होगा।'' महेश राव ने विवशता जाहिर की।

''अरे क्यों पेपर्स डालने की। सीधे निकल जाओ। कोई जबरदस्ती है क्या? प्रशान्त सही कह रहा है।'' सुजॉय चहका।

''जबरदस्ती तो कोई नहीं है। हम कोई बन्धक हैं क्या, नहीं रास आयी एयरफोर्स, छोड़ दिया।''

प्रशान्त फिर तमतमाया।

''क्या फालतू बातें कर रहे हो तुम तीनों? भूलकर भी मत चले जाना। ऐसे नहीं जा सकते डेजर्टर घोषित कर दिये गये तो मुँह छिपाते फिरोगे।'' यह हर्ष था, प्रशान्त का रूममेट।

वे दोनों उसके कमरे से चले गये तब हर्ष देर तक प्रशान्त को समझाता रहा।

''एयरफोर्स का अपना गौरवशाली-संघर्षमय अतीत है, एक प्रभावशाली वर्तमान है और भविष्य में अपरिमित सम्भावनाएँ हैं। जल्दी ही हमारे पास अच्छे आधुनिक विमानों की कमी नहीं रहेगी। सुखोई—30 तो आ ही गये हैं। किस संस्थान में भीतर जाकर देखने पर कमियाँ और राजनीति नहीं होती या चापलूसी नहीं चलती? तूने इसके सकारात्मक पहलू भी अच्छी तरह देखे हैं। क्या तूने इस वर्दी को पहनकर सुख अनुभव नहीं किया है?''

''किस जगह असन्तुष्टि नहीं होती? मनपसन्द कैरियर चुनने के बाद भी मैंने बहुतों को पछताते देखा है। नौकरी मिल जाने से पहले वह एक सपना होती है। क्योंकि कल्पना और सच्चाई के बीच की खाली जगह में एक समय बाद असन्तुष्टि अपनी जड़ जमाती ही है। मुझे पता था तू सूर्य किरण में जाना चाहता था। वह अब भी जा सकता है। सुपीरियर्स से मिल...इस दिशा में काम कर। कल तूने देखा है क्या? तू काम कर ना! तुझे क्या करना इस सी. ओ. से, उसका टैन्योर पूरा हुआ और वह चला जाएगा।''

प्रशान्त चुप था। प्रतिक्रियाविहीन। फिर भी हर्ष ने सोने से पहले खिड़की खोलते हुए कहा, ''प्रशान्त, चुपचाप छोड़कर जाने की सोचना भी मत। जाना ही है तो प्रॉपर चैनल से...''

दूसरी मीटिंग एक सप्ताह बाद महेश राव के कमरे में हुई थी।

''यार मेरे पापा ने तो कह दिया कि आ जाओ, हम तुम्हें सीधे देश से बाहर भेज देते हैं। बहुत लोग हैं हमारे बाहर लन्दन में, अमेरिका में, आस्ट्रेलिया में। जहाँ का भी वीजा मिल जाए दो वीक में।''

महेश सैटी पर जमते हुए बोला था।

''तेरा क्या है? तेरे पापा के बढ़िया सम्पर्क-सूत्र हैं, राजनीति में।''

"...मेरे बाबा को तो मेरा यह फैसला नामंजूर होगा। पर मैंने सोच लिया है फ्रेश स्टार्ट करना ही है। कहीं बाहर जाकर फ्लाइंग क्लब जॉईन करके रिक्वायर्ड आवर्स पूरे करके किसी सिविल एवियेशन कम्पनी में ज्वाइन करना है। कितनी नयी प्राइवेट कम्पनियाँ इस क्षेत्र में आ रही हैं।"

"हमारा तो अभी भी मामला ऐसे ही है। नहीं मालूम किधर जाएगा, क्या करेगा पर प्रशान्त एयरफोर्स छोड़ना ही है। तेजपुर में ही दिल घबरा गया था फिर अब ये नलिया जैसा उजाड़ प्लेस का पोस्टिंग हमसे नहीं झेला जाएगा। समुद्र के किनारे एक गाँव जिसके अस्सी किलोमीटर आगे तक कोई दूसरा गाँव नहीं। मैं नहीं ज्वाइन करनेवाला। और ये एयरफोर्स में एक जगह नहीं है ऐसा...कई स्टेशन हैं...। डेजर्ट से लेकर कालेपानी में, लेह में...आसाम में...ऐसी जगह पर भटकने के लिए तो ज्वाइन नहीं किया था एयरफोर्स। सच्ची अगर पता होता तो कि ऐसा-ऐसा पोस्टिंग होता है..." सुजॉय सचमुच अपनी नलिया पोस्टिंग हो जाने की वजह से बहुत आहत था। कहाँ कोलकाता कहाँ नलिया। घर पहुँचने में ही आधी छुट्टियाँ बीत जाएँगी।"

"लकी है तू कि आर्मी में नहीं है...वहाँ तो इससे भी उजाड़ पोस्टिंग मिलती है...और नेवी...वहाँ तो जहाजों पर ही साल दर साल निकालने होते हैं जिन्दगी के...तब तक अगर शादी हो गयी हो तो...एक साल ही में बीवी भी भाग जाए किसी के साथ।" महेश ने खिसियानी हँसी हँसकर कहा। "बात पोस्टिंग की नहीं है, यारो। सन्तोषजनक रूप से कैरियर बन रहा और काम करने की स्वतन्त्रता हो तो मैं रेगिस्तान में टेंट में रह सकता हूँ। बल्कि यही ट्रेनिंग हमें दी गयी है। बात व्यक्तिगत असन्तुष्टि की है। मेरे लिए फ्लाइंग पैशन है, और मैं यहाँ उससे महरूम कर दिया गया हूँ...सी. ओ. की मनमानी के चलते।..."

"छोड़ो बेकार की बातें...प्रशान्त यहाँ से निकलने की सोचो।"

"सोचना क्या है कल ही एप्लीकेशन डालो...एनुअल लीव की...दो महीने की पे उठाओ...सामान है ही कितना...लो और घर के अलावा कहीं भी जाओ। फिर इधर का रुख ही मत करना। चालीस दिनों की छुट्टियों में काफी वक्त मिल जाएगा एक बार और सोचने का और आगे की जिन्दगी प्लान करने का। एक साल भर छिपकर रहना होगा फिर...बस। एक नयी शुरुआत।"

"और क्या, कौन पूछता है? तीन अफसर इतनी बड़ी एयरफोर्स से चले गये तो कौन ढूँढ़ने बैठता है। दुनिया कितनी बड़ी है, साल भर पूछताछ फिर छुट्टी।"

"हाँ, अपन तो सीधे विदेश की तरफ उड़ जाएगा।"

"यू लकी बास्टर्ड!"

तीनों के अन्दर एक पिघली हुई धातु...चट्टान में बदल गयी, मन, बुद्धि, आत्मा

तीनों एक हो संकल्प में बदल गये। तीनों ने वही किया जो तय हो चुका था। अलग-अलग दिन, अलग-अलग दिशा की अनजानी ट्रेनों में तीनों चले गये। बिना एक-दूसरे को बताये कि पहले वे कहाँ जाएँगे...फिर कहाँ...क्योंकि यही तय हुआ था तीनों के बीच कि...यही ठीक है...अगर एक पकड़ा जाए तो टूटने पर भी...दूसरे के बारे में पुलिस को पता न दे सके।

महेश राव सच में 'लकी बास्टर्ड' रहा। उसका आज तक पता नहीं चला है। सुजॉय तो तभी पकड़ा गया था जब प्रशान्त मुम्बई में था। बेवकूफ, अच्छा-भला बैंगलोर की एक मल्टीनेशनल कम्पनी में काम कर रहा था। न जाने किस झोंक में एयरफोर्स वाला ही क्रेडिट कार्ड इस्तेमाल कर बैठा था। मुँह टेढ़ा करके प्रशान्त बुदबुदाया—"हँ...यहाँ भी स्साला वही गर्लफ्रेंड का किस्सा!"

गिफ्ट दिला रहा था, तानिष्क की डायमंड रिंग। गर्लफ्रेंड के चक्कर में भूल गया कि एयरफोर्स उस क्रेडिटकार्ड पर ट्रेक रखे हुए है। पर क्रेडिटकार्ड तो बेजान था, पकड़वा दिया...लेकिन वह बिच दिव्या...अगर उस दिन उसने भावुक होकर उसे न बताया होता तो? हँह...छोड़ो...लेकिन क्या वह महेश सच में उड़ गया, बच निकला... ? उसे याद आया कि उसने कोर्टमार्शल के दौरान एक बात सुनी थी। कोई जाँच अधिकारी दूसरे अधिकारी को बता रहा था, "एक आर्मी का भगोड़ा अफसर था। दस साल कनाडा रहकर लौटा...इस इत्मीनान से कि अब कौन पूछता है। पर दस साल बाद भी...एयरपोर्ट पर ही धर लिया गया।"

लगता है, महेश का भी यही हश्र होगा। उसे एक क्रूर सुख मिल रहा था यह कल्पना करके कि एक दिन महेश लौटे और एयरपोर्ट पर ही धर लिया जाए।

प्रशान्त के सिर पर तना छतनार पीपल चाँदनी में झिलमिला रहा है। पत्ते मरमर की आवाज में गुनगुना रहे थे।

"स्साला फिर बढ़ गया...इसके भी फिर से पर कटने के दिन आ गये हैं।" प्रशान्त झुँझलाया। सुखोई विमानों का रात्रि अभ्यास आरम्भ हो गया है। वह आकाश में टकटकी लगाकर देख रहा है। न जाने कब कान्स्टेबल राजाराम उसके पास आ खड़ा हुआ है।

"जयहिन्द सर जी। आज खाना खाने का मूड नहीं क्या? आज डी सैल के कैदियों ने पराँठे बनाये हैं सबके लिए। आज आप शिकायत नहीं कर सकेंगे खाने की।"

"आज क्या तारीख होगी राजाराम?"

"तीन अगस्त...अरेऽऽ सर जी...बस दो महीने की और जेल है फिर तो आप को जाना ही है। सब लोग बहुत याद करेंगे आपको... !"

''हाँ राजाराम, यह जेल तो कट जाएगी लेकिन बाद की जेल किसने देखी है ?''

''हाँ सर जी, भलेमानुस की जिन्दगी पर तो जेल की परछाई हमेशा बनी रहती है।''

राजाराम और प्रशान्त के बीच राजाराम का जीवन अनुभव से रचा-बसा वाक्य थरथराता रहा। भविष्य की चिन्ता, सामाजिक बहिष्कार की शंका...वह कब तक इनसे मुँह छिपाकर अतीत की ओट में छिपा रहेगा ? मृत सपनों, अतीत के अधजले टुकड़े को कब तक कुरेदेगा ?

अब तो पंखनुचे भविष्य को ही सहलाकर, ताकत समेटकर जीवन की दिशा में उड़ना ही है। अचानक पीपल तेज हवाओं से झूमने लगा और कुछ ही पलों में मूसलाधार बारिश शुरू हो गयी थी...वे दोनों दौड़कर ओट की ओर भागे।

□

परिभ्रान्ति

आमतौर पर वे आजकल बेचैन रहा करते हैं। पहले कहीं भीतर-ही-भीतर हताश होते मगर बाहर से सहज रहा करते थे। अब उस किस्म की स्थायी हताशा कम ही तारी होती है उन पर। हमेशा एक उद्विग्नता, अजीब किस्म की सोच, एक भ्रामक आवेश उन पर हावी रहता है। मुट्ठियाँ भींच-भींचकर अपने आप से बातें करते हैं। पहले लेटे रहकर दोपहर भर किताबें पलटा करते थे। अब झूले पर बैठकर दोपहर भर अतीत कुरेदा करते हैं। कुछ बुदबुदाते हैं या बेवजह चहलकदमी किया करते हैं। योग-मनन जो कि युवावस्था से ही उनकी नियमबद्ध दिनचर्या का हिस्सा रहा है...अब धीरे-धीरे वह भी छूट चला है। योग करते ही देह अजीब किस्म की बेचैनी से भर जाती है। दिन भर उबकाइयाँ-सी आती रहती हैं। ध्यान-मनन के लिए एकाग्रता नदारद है।

वे अक्सर अपने चेतन का छोर खो देते हैं, और अवचेतन की काई लगी सीढ़ियाँ उतरते हुए अपना चेतन ढूँढ़ते...अवचेतन के अन्तिम छोर पर जाकर पारदर्शी झिल्ली के नीचे से मुट्ठियाँ बाँध-बाँधकर चीखा करते...ऐसी चीख जो कि कंठ से बाहर आकर अस्पष्ट गों-गों में बदल जाती थी। आखिरकार घबरा जाते और बहुत से अन्धाधुन्ध प्रहारों से वह झिल्ली टूटती...और वे चेतन में लौटते। कितनी बार ऐसा होता कि उधर से गुजरते हुए बड़ी बहू मंजुला या छोटा बेटा निमिष झूले या रॉकिंग चेयर पर उन्हें गों-गों करते देख आकर झिंझोड़ते...और जगाते। पूछते—'पापा, क्या हुआ ? पढ़ते-पढ़ते सो गये थे ? या कोई सपना देखा !' वे निरुत्तर, पसीने में तर-ब-तर।

अपनी इस अनबूझी-सी बेचैनी को वह अपने बेटों से छिपाकर रखना चाहते हैं...फिर भी दोनों में से कोई आकर पूछ ही लेता है... ''पापा! क्या...कुछ परेशानी है ?''

उन्हें लगता है हमेशा के संयत-सजग पापा काफी बदल गये हैं। भुलक्कड़ हो गये हैं, बिना सोचे-समझे बोलने लगे हैं। उनकी हरेक माहौल में स्वयं को ढाल लेने की जो अद्भुत क्षमता थी वह क्षरित होती जा रही है। अब वे छोटी-से-छोटी बात

पर स्वयं तो परेशान होते ही हैं...दूसरों को भी परेशान करते हैं। एक ही बात बार-बार हठी के तरह दोहराते रहते हैं। मसलन घर में हवन कराने की बात। थोड़े दिन पहले ही की तो बात है...

''विकास...इस घर की पॉजिटिव एनर्जी को कुछ हो रहा है। तू एक बार आर्यसमाज से वर्मा जी को बुलवाकर हवन करा ले।''

''विकास...मेरा मन बेचैन है...तेरी मम्मी को सपने में देखा था। तू हवन करा ले।''

फिर विकास नहीं तो निमिष...

''निमिष...मुझे अपने अन्त का आभास हो रहा है...मेरी अन्तिम खुशी के लिए ही सही हवन...''

वह दोनों व्यस्तता की वजह से टालते रहे हैं। पर वे भी हठी की तरह अड़े रहे हैं। एक बार तो खाने की टेबल पर से गुस्से में उठकर चले गये, इसी बात पर। दो वक्त खाना नहीं खाया...फिर जल्दबाजी में काम-काज से अँटी पड़ी पूरी साप्ताहिक-चर्या के बीचों-बीच बेटों को हवन कराना ही पड़ा।

पहले उनका प्रत्येक काम निश्चित स्थान व नियत समय पर होता था। अब सुबह की चाय रखी-रखी ठंडी हो जाती है, उनकी नींद ही नहीं खुलती। और उधर रात को तीन बजे तक करवटें बदलते रहते हैं। नेपथ्य में गूँजती आहटों के प्रति उनके कान अतिरिक्त रूप से सजग हो चले हैं। ये आहटें उनके दिलो-दिमाग में रेंगती हैं, अपाहिज से हो चले चेतन के साथ लिथड़ती...अवचेतन को कोंचती हैं।

''बहू! रात क्या पेट में तकलीफ थी। कराह क्यों रही थी? फिर दो बार फ्लश चला।'' छत्तीस साल की उनकी बहू मंजुला के गाल लाल हो जाते और चेहरा तमतमा जाता।

अपने डॉक्टर पति से शिकायत करती, ''पता नहीं पिता जी को क्या होता जा रहा है? अजीब तरह से देखते हैं और उससे कहीं अजीब सवाल पूछते हैं।''

वह स्वयं भी महसूस करने लगे हैं कि अब वे लोक-व्यवहार में पहले जैसे सहज नहीं रहे। या फिर पता नहीं क्या था कि उनका सहज-सरल व्यवहार भी अपने-परायों को असहज कर रहा था। मस्तिष्क के संवेदनों में कहीं कुछ उलट गया था...हर सीधा कदम, विलोम ही पड़ता। क्या था जो उन्हें दुनिया से काट रहा था और अवचेतन से जोड़ रहा था। वे स्वयं भी तो कहीं उलझ रहे थे स्वयं से, कहीं झगड़ रहे थे खुद से और बुरी तरह नाराज थे खुद से। उधर बहुओं के बिगड़े मूड, बेटों के बदलते तेवर...वे समझ ही नहीं पा रहे थे, गलत क्या था। एक बढ़िया तारतम्य जो था बरसों का बच्चों और उनके बीच वह कहीं किसी चेतन-अवचेतन के कँटीले कोने से उलझकर टूट गया था। उन्हें लगता है—घर के लोग उन्हें नहीं समझना चाह रहे।

उन्हें लगता कि—उफ! स्थितियाँ किस कदर उनके खिलाफ हो गयी हैं। असन्तोष-ही-असन्तोष।

बात-बात पर बेटों के साथ तनाव की स्थिति हो जाती, वे बहसबाजी से जितना बचना चाहते उतनी ही परिस्थितियाँ प्रतिकूल हो जातीं।

शायद वे रह-रहकर उस एक साथी की कमी पूरी शिद्दत से महसूस करने लगे हैं, जो पिछले 25 सालों से महज एक तस्वीर बनकर उनके पूजाघर के बगल में रखा रहा है...जिसे सुबह उठते ही वे भगवान के बाद एक बार श्रद्धा से नत हो, स्मरण करने के बाद दिन भर की अपनी दिनचर्या में व्यस्त हो जाते थे। लेकिन अब हर बार वह तस्वीर उनके मन में एक हूक-सी उठाती है...सुशीला तुम होतीं तो...। आजकल उन्हें एक बात बार-बार याद आती है कि सुशीला कहा करती थी—"छोड़ो भी...जमीन-फ्लैट खरीदने का चक्कर, पैसे बैंक में रखो। दोनों बेटे पढ़ने में अच्छे हैं, उनके भविष्य की सोचो।"

"फिर अपनी-तुम्हारी कब सोचूँ?"

"तुम रिटायर हो जाओ फिर हम विश्व-दर्शन को चलेंगे। घर होगा तो बेजा पैरों में जंजीर पड़ जाएगी।"

और एक दिन सुशीला चुपचाप उनके संसार से चली गयी। पैसा बैंक में रखा रहा...अब घर किसके लिए बनवाते...विश्व-दर्शन की चाह का सलोना सपना...सुशीला के साथ चला गया।

वह बात अलग है कि—उन पर 'पूत सपूत तो का धन संचय' वाली कहावत चरितार्थ हुई थी। होनहार बेटों की कमाई पर सुख से रहे हैं। बेटे ही नहीं, बहुएँ भी डॉक्टर हैं, पढ़ी-लिखी अपने कामकाज में व्यस्त, उनके पास फालतू की चख-चख का वक्त ही कहाँ? सब अपने-अपने दायरों में व्यस्त हैं। अब तक स्वयं वे भी तो इसी व्यवस्था में सुखी थे। अपना योग, अपनी पढ़ने की आदत, लाफ्टर क्लब, गोल्फ, समय पर खाना, समय पर सैर। न्यूज, अखबार...पिछले बीस साल से बँधी-बँधाई दिनचर्या में पोते-पोतियों की आनन्दमयी घुसपैठ के अलावा उन्हें ही कब कुछ सहनीय था? इसी अकेलेपन और निजता की आरामदेह आदत थी उन्हें।

उनका अपना बड़ा-सा सर्वसुविधायुक्त कमरा बच्चों ने मुहैया करवा रखा था। ए. सी., टी. वी., फलों व स्वास्थ्य पेयों व उनकी दवाओं से घिरा छोटा फ्रिज, दो अखबार, स्टडी टेबल, बेड साइड लैम्प। कमरे से लगा गर्म-ठंडे पानी की सुविधा वाला बाथरूम। इससे अधिक आदर्श स्थिति क्या हो सकती थी एक एकाकी विधुर की अपने बेटों के घर में! दोनों बेटे एक साथ रहते थे। तीन-तीन कमरों का सेट भले ही अलग

था, पर रसोई एक थी—जहाँ सबका खाना साथ पकता...एक लम्बा डायनिंग हॉल जहाँ परिवार के सभी व्यस्त सदस्य दिन का खाना भले ही अलग-अलग समय पर खाते। लेकिन रात का खाना साथ बारह कुर्सियोंवाली लम्बी टेबल पर ही खाया जाता। सुशीला और उन्होंने बच्चों को शान्तियुक्त सहजीवन का जो पाठ पढ़ाया था, उसी के आदर्श को प्रस्तुत करता था यह 'सुशीला भवन'। बहुएँ भी समझदार थीं, सो इस भवन की परम्परा में सहज ही ढल गयीं। लेकिन! अब...आजकल...न जाने क्यों...पिछले कई दिनों से वे सबके बीच, परिवार के प्रमुख होने के अहंकार को जैसे वापस पाना चाहते हैं। स्वयं में वे एक बूढ़ा होता निर्वासन का दंड भोग रहा आदमखोर शेर विचरता पाते हैं—जो फिर से घूम-फिर कर समूह की सत्ता पाने के लिए नौजवान शेरों से भिड़ जाना चाहता हो। एक ऐसा ही शेर उन्होंने डिस्कवरी पर देखा था...जब उसे नौजवान शेरों द्वारा अपने समूह से दूर, सीमा के बाहर खदेड़ दिया गया था। थोड़ा समय जंगल-जंगल भटककर वह फिर से न जाने क्यों...न जाने कि इंसटिंक्ट के तहत...लौटा था, न जाने किस हारमोन ने बुढ़ापे में उबाल खाया था। वह उन नौजवान शेरों से जा भिड़ा था...उनके कुछ मासूम बच्चे मार डाले थे। शेरनियों पर अधिकार करना चाहा था। लेकिन अन्ततः वह फिर खदेड़ा गया। वह इस कदर घायल था कि...बाद में वनकर्मियों को वह नाले के पास मृत मिला।

तो क्या वे भी बेटों से एक भ्रामक किस्म की डाह करने लगे हैं? जब-तब उनसे उलझ जाते हैं। बहुओं को खिजाते हैं, उनकी खीज, डाँट में, उन्हें मजा आता है। शायद फ्रायड के मनोविज्ञान के अनुसार इस सब प्रक्रिया में कहीं दबी हुई यौन-भावना छिपी हो। प्रत्यक्षतः शायद यह वे जानते भी हैं कि नहीं, उन्हें नहीं पता पर अप्रत्यक्षतः किसी किस्म का यौन-आनन्द वे महसूस अवश्य करते थे। बहुओं के तमतमाते चेहरों पर वे मन-ही-मन मुस्कुराते।

वे ऐसे कुंठाग्रस्त पहले कभी नहीं रहे हैं। लम्बे समय तक विधुर रहने के बावजूद वे बहुत संयमित व विवेकशील रहे हैं। रूपवती स्त्रियों के प्रति जिस उम्र में गहन आकर्षण होना चाहिए था वह उम्र भी उन्होंने महज उनके प्रति एक निर्मल भाव रखकर बिता ली। एक स्वाभाविक शर्मीलेपन और तीन बच्चों के पिता होने की वजह से, एक फौजी अफसर होने के बावजूद वे कभी स्त्रियों के मामले में ज्यादा सक्रियता नहीं दिखा सके। अपनी यौन-इच्छाओं को अपने अवचेतन के सीमित दायरों में कैद रखा और सदैव अपनी नैतिकता को बत्तीस दाँतों के बीच जीभ-सा बचा ले गये। आध्यात्मिक रुझान के चलते दूसरे विवाह और किसी अतिरिक्त प्रेमसम्बन्ध की चाह के प्रति उन्होंने नकारात्मक दृष्टिकोण भले ही न रखा हो, पर बच्चों के सुख के लिए उन्होंने ये द्वार अपने लिए बन्द कर लिये थे।

न जाने क्यों जीवन के इस आखिरी पड़ाव पर आकर...जिसे वानप्रस्थ आश्रम

की संज्ञा दी जा सकती है—प्रकृति स्वयं उन्हें अपने युगल रूप में चिढ़ा रही थी। जब भी कभी लॉन में, छत की मुँडेर पर गौरैया के जोड़े को अठखेलियाँ करते देखते, पत्थर मार उड़ा देते। गुपचुप टाइम्स का मैट्रिमोनियल देखते। देखते कि ''सीनियर सिटिजन, हाइलीक्वालीफाइड सीनीयर ऑफिसर 59, लिविंग अलोन वांट्स अ लाइफ पार्टनर।''

सोचते—'जब ये स्साला शादी की सोच सकता है, तो मैं क्यों नहीं' रूपरेखा बनाते—''रिटायर्ड लेफ्टिनेंट कर्नल, 62, लुक्स 50 इयर्स, फायनेन्शियली वेरी साउंड, इनडिपेंडेंट...वांट्स अ लाइफपार्टनर अंडर फिफ्टी।'' एक खूबसूरत इन्द्रजाल के दिवास्वप्न में देर तक घूमघामकर लौटते फिर हर बार अपनी इस बेवकूफी भरी सोच पर खाक डालते। कभी-कभी यह आवेग देर तक बना रहता तो वे इस सोच को क्रियान्वित करने की ठान लेते।

एक बार तो उन्हें इंजेक्शन लगाने उनके कमरे में आये उनके बड़े बेटे विकास ने लिफाफे में रखा उनका यह विज्ञापन का पत्र पढ़ लिया।

''पापा क्या है यह!''

''कुछ नहीं। तेरे केशव अंकल को खुराफात सूझी थी कि कर्नल चोपड़ा को बेवकूफ बनाया जाए। सो बस हम दोनों...।''

''पापा!क्या खाली बैठे ही खुराफात सूझ रही है आजकल आपको? पता नहीं क्या होता जा रहा है आपको...कल मंजुला कह रही थी कि आप जोर-जोर से केशव अंकल के साथ फौजी गालियों के साथ बात कर रहे थे। विन्नी भी वहीं खड़ी थी।''

''तो क्या! अब दोस्तों को आने से मना कर दूँ! तुम लोग चाहते हो, सारी दुनिया से कटकर मैं उस एक कमरे का कैदी होकर रह जाऊँ, वाह! क्या सुविधासम्पन्न कैद है।''

''मैंने ऐसा कब कहा? पर गालियाँ...घर के बच्चों और औरतों के सामने...।''

ससुर-बहू के बीच अच्छी-भली बच्चों की पढ़ाई पर बात चल रही होती...तो अचानक वे आजकल के चैनल पर बात करते-करते सेक्स एजुकेशन पर बात करने लगते, जहाँ तक बात विषय से जुड़ी रहती और तथ्यात्मक होती...बहुएँ बुरा नहीं मानतीं। लेकिन जब वे खूब रुचि लेकर इसी विषय पर आगे बढ़ जाते और गन्दे चुटकुलों पर उतर आते या फिर कह देते...''क्या दिन भर तुम पति-पत्नी बेडरूम में घुसे रहते हो। कभी गर्मी की रातों में छत पर सोने का सुख लिया है? हम और सुशीला तो...'' फिर तो आपत्ति होना स्वाभाविक था।

बहुएँ पढ़ी-लिखी हैं, सो हर विषय पर उनसे खुलकर बात कर लेती थीं, लेकिन वे ही उनसे बातें करते-करते न जाने कब अजीब-सा फिकरा कस देते कि वे खीझकर अपने कमरों में चल देतीं। फिर नाश्ता वहीं मँगवा लेतीं। यही वजह है कि उनके पास उन्हें दोनों ने अब बैठना ही बन्द कर दिया है। यहाँ तक कि किशोरावस्था

को छू रही पोती विन्नी को भी उनके पास बैठने से मना कर दिया गया है। यह आभास उन्हें बहुत कचोटता है पर फिर भी...

जब बहुएँ अपने-अपने अस्पताल, मेडिकल कॉलेज चली जाती हैं, तब वे घर की मिसरानी के पीछे पड़ जाते हैं—"आज खाना क्या बनाओगी?"

"जो बहू जी कै गयी हैं, सोई बनाय देंगे। परमल धरे हैं कल्ल के। दाल बनानी है।"

"कभी हमारी मर्जी भी चलेगी घर में?"

"आप भी बताय दें...हमारा का है, बना देंगे। जो बहू जी चिड़चिड़ाएँ तो...।"

"शि...इस घर का मालिक तो मैं हूँ, बहू की छोड़...मेरे लिए आलू के पराँठे देसी घी में बना दे।"

"फूलवती, तू भी ले ले एक पराँठा।"

"ना बाऊजी, मेरा तो एकादसी का बरत है।"

"तू किसके लिए व्रत उपवास करती है री। तू तो...मेरा मतलब तेरा आ़दमी तो...।"

"भाग ही गया है न। जिन्दा तो है।"

"क्यों मनवार कराती है, चल एक कप दूध ही पी ले।"

"हमसे न होगा...बुढ़ापे में ये चोंचला..."

"बुढ़ापा...तुझे... अरी तू तो अभी पैंतीस की भी नहीं है। मैं तो बूढ़ा हुआ नहीं तू कहाँ से हो गयी है!"

"रहन दो बाऊजी...आप बहुतई बेजा बात करने लगे हैं। बहू जी से कह दीजो हमसे न बनेगा खाना। जा रहे हैं, कुंडी बन्द कर लो।" मिसरानी कुढ़कर बर्तन पटकती चली जाती। शाम को बहुओं से शिकायत जरूर करती होगी जो बहुओं के तेवर चढ़े रहते। न जाने क्यों उन्हें इस किस्म के अनजाने तनाव में एक अजीब-सा सुख मिल रहा था। एक चिनगारी उनके विवेक के दामन से उलझी थी और वे उसका गुपचुप जलना देख रहे थे। उस जलने में न जाने कैसा सुख छिपा था।

एक दिन तो हद ही हो गयी थी। मंजुला की एक बहन है, अंजलि। हिन्दी साहित्य में एम. ए. कर रही है, दिल्ली विश्वविद्यालय से। उस दिन कॉलेज बन्द था या क्लासेज जल्दी छूट गयी थीं...वह अपने हॉस्टल से मंजुला से मिलने के लिए चली आयी। मंजुला तब तक अस्पताल से लौटी नहीं थी...वह अपनी बहन के कमरे में ही इन्तजार कर रही थी।...उन्होंने उसे गेट से आते देख लिया था...वे झूले से उठकर चले आये, "कब आयीं अंजलि?"

"बस अभी ही आयी हूँ। अंकल जी, दीदी नहीं आयी अब तक?"

"अरे, हम तो हैं न...तुम्हारी दीदी भी बस आती होगीं...बैठो-बैठो। यहाँ बैठो...अरे मेरे पास बैठो यहाँ। हाँ, और कहो कैसा चल रहा है..."

बात शुरू हुई थी कॉलेज, हिन्दी साहित्य से। भारत विभाजन पर लिखे गये साहित्य से शुरू होकर मंटो पर आयी और फिर उनकी विवादास्पद कहानियों से होकर 'खोल दो' पर आकर अटक गयी। वे पूरी कहानी का खुलासा करने बैठ गये।

''एंड में पता है अंजलि, क्या होता है, वह लड़की जिसका इतनी बार रेप हो चुका होता है...डॉक्टर के खिड़की खोल दो कहने पर बेहोशी की हालत में अपने पिता के सामने ही सलवार खोल देती है।''

उनका पीला चेहरा उत्तेजना से ललछौंहा हो उठा था।

अंजलि को कुछ नहीं, बहुत कुछ अटपटा लगा...वह उठकर नमस्कार करके जाने लगी तो आशीर्वाद के बहाने वे उसकी पीठ पर हाथ फिराते-फिराते अचानक उनके हाथ ब्रा के स्ट्रेप्स तक पहुँच गये। अंजलि हाथ झटककर तमतमाया हुआ चेहरा लेकर घर से बाहर निकली। सामने गुजरते हुए ऑटोवाले को आवाज देकर रुकवाया और हॉस्टल पहुँचकर ही दम लिया। शायद वहीं से अपनी बहन को तमाम विस्तार से फोन किया होगा।

वह यह हद थी उनके विवेक की छूटती लगाम की। बात अंजलि से होकर, मंजुला तक फिर पूरे आवेश के साथ चिनगारी बनकर विकास तक पहुँची। मंजुला अपने आपे में नहीं थी।

''मेरी ही बहन मिली थी उन्हें...! बस यही वक्त है उन्हें...यहाँ से जाने को कह दें।''

''पागल हो क्या? यह घर मेरा नहीं, पापा का है। किस मुँह से कह दूँ ऐसा कुछ...''

''तो चलो हम ही कहीं चलें...कहीं भी फ्लैट ले लो।'' छोटी बहू नीलिमा वहीं खड़ी हँस रही थी...

''तो क्या हुआ दीदी, हाथ ही तो फिराया है पीठ पर। मेडिकल कॉलेज में पी. जी. करते हुए खूँसट हेड्स भी तो हर फीमेल रेजिडेंट को तभी पास करते हैं...जब हम चुपचाप उनके इस कामुक आशीर्वाद को ग्रहण करते रहें...भूल गयीं क्या? फिर ऐसे ओल्डीज हाथ फिरा कर ही...कुछ कर तो पाते नहीं।''

''बस-बस! अब तो पानी सिर से गुजर गया विकास। आप बात करते हैं या मैं ही कह दूँ? मैं तंग आ गयी हूँ, इस सठियाये बूढ़े से...रात-रात भर हमारे बेडरूम से कान सटाये चहलकदमी करते रहते हैं, सुबह उठकर पूछते हैं...रात क्या...''

''मंजुला...'' विकास चीख पड़ा था। ''तुम दोनों भी हद करती हो...भूलो मत मेरे पिता हैं वे। मैं बचपन से जानता हूँ उन्हें...हो न हो वे किसी मानसिक परेशानी से गुजर रहे हैं। जिस इन्सान ने अपने चालीसवें दशक में शादी का विकल्प होते हुए

भी महज बच्चों का मुँह देखकर शादी नहीं की...वरना वन्दना मासी...।'' विकास कुछ सोचकर चुप हो गया।

''वन्दना मासी! क्याऽ कहना चाहते हो?''

''कुछ नहीं।''

विकास स्वयं ही उलझ रहा था, आखिर पापा को क्या होता जा रहा है? 'पापा' पापा न होकर किसी और ही 'एय्याश' व्यक्तित्व में ढल रहे हैं। कल शाम के झुटपुटे में सीढ़ियों में बैठे थे...और उसके मेडिकल असिस्टेंट की दो साल की बेटी को गोद में बिठा रखा था और उसे सहलाये जा रहे थे...निःशब्द।

''पापा! आप वहाँ क्या कर रहे हैं? गौतम कब से अपनी बच्ची को बाहर ढूँढ़ रहा है।''

उसने जोर से चिल्लाकर पूछा था तो घबरा गये थे, बच्ची सीढ़ी उतरकर नीचे आ गयी उसके पास दो चॉकलेट्स थे। विकास को अजीब लगा!

उस दिन आसान नहीं था विकास के लिए सो पाना। अब यह सब असहनीय हो चला है, अधिक उपेक्षित किया तो कोई भी हादसा खड़ा हो सकता है, घर की नेकनामी में छेद करता हुआ। सीढ़ियों से सिर झुकाये उतरते और पीठ करके अपने कमरे में घुसते हुए पापा का वह चिरपरिचित चमचमाता प्रभामंडल छिन्न-भिन्न क्यों लगा? अचानक उनकी श्रद्धाजनक प्रतिमा में यह दरार क्यों आ गयी है? क्या सच में कोई निर्णायक पल आ गया है? क्या अब स्वयं लिहाज की जमीन से ऊपर उठकर और उन्हें उनके बड़प्पन के आसमान से उतार कर आमने-सामने बात करनी ही होगी? कैसे कर सकेगा वह? ना! उससे नहीं होगा। निमिष से बात करेगा, वह थोड़ा स्पष्टवादी है।

अपने कमरे में बैठे वे स्वयं हतप्रभ थे। एक कोमल, सिहरन भरे स्पर्श की चाह...गले में काँटे चुभोती प्यास बन गयी है। कैसा निर्वात था जो उन्हें खींच ले रहा एक अँधेरे से भरी सुरंग में और उस ओर था आग उगलता ड्रेगन...फन्तासियाँ, दुलराते स्पर्शों की नेह भरी उद्‌भ्रान्ति...नंगे...छिले हुए टीसते सुख का बुखार। हाँ बुखार ही चढ़ आया था उन्हें। उस दिन वे डायनिंग टेबल पर नहीं गये रात के भोजन के लिए। कहलवा दिया...बस दूध-कार्नफ्लैक्स भेज दो। देर रात तक अपना आत्मविश्लेषण करते रहे और बुखार से तपते हुए देर तक कँपकँपाते हाथों से डायरी में अपनी न जाने क्या कुछ लिखते रहे।

उसी रात विकास ने छोटे भाई निमिष को बुलाकर बात की—

''यार पता नहीं! पापा को क्या होता जा रहा है। अजीब से रोमैंटिक से होते जा रहे हैं। हमारी पत्नियों को कुछ भी कह देंगे। अकेले में घर की आया के पीछे घूमेंगे। एक दिन तो मैट्रिमानियल पोस्ट करने को उतारू बैठे थे अपना। समझ

नहीं आ रहा।''

''कम ऑन। पापा जैसे सोबर और आदर्शवादी इन्सान को लेकर ऐसे मत सोच। अकेलापन या डिप्रेशन होगा। किसी से बातचीत करने के लिए बड़े लोग स्टैंडर्ड नहीं देखते...मंजुला की मम्मी भी तो सब्जीवाले को रोककर घर का पुराण सुनाने लगती हैं।''

''फिर भी...ऐसे कैसे चलेगा...भैया! कुछ तो करना पड़ेगा...आप कहो तो मैं...''

''नहीं...तुझे तो पता है पापा को बातचीत करने की शुरू से ही कहाँ आदत थी। वे बात नहीं करते थे। बोलते थे तो इतनी गहरी बात कि हर कोई कायल हो जाए। अब हर किसी को पकड़कर ऊटपटाँग बातें करते हैं।...कल ही तो...मिसरानी से कह रहे थे—मैं अलग फ्लैट ले रहा हूँ। पैसा है ही मेरे पास। बस नहीं है तो कोई औरत नहीं है। है कोई तेरी नजर में विधवा, छोड़ी हुई चलेगी।''

''हाँ, उस दिन मुझे भी अजीब लगा। हमारे बेडरूम में धड़ाक से रात को घुस गये, बोले, ''बड़ा जल्दी सो गये। कल तो संडे है।' और अब एक नया शगूफा...केशव अंकल के साथ बियर पीना शुरू कर दिया। याऽर भैया जो फौजी टीटोटलर रहा हो...वो आज...।''

''...धीरे बोल निमिष। अंजलि वाली बात...बतायी होगी...नीलिमा ने तुझे...।''

''हाँ! सुनकर बहुत गुस्सा आया था। पर आपका लिहाज करके चुप हो गया।''

''निमिष...हो न हो कहीं कुछ गड़बड़ है...हो न हो मुझे ये केस प्रोस्टेट का लग रहा है। प्रोस्टेट के बढ़ने से ही मरीज को इरोटिक फीलिंग्स आने लगती हैं।''

''क्या भैया आप तो हर बात मेडिकल टर्म में ले जाते हैं, यह तो सीधा-सादा सायकिक केस है बल्कि पापा सठिया रहे हैं। प्रोस्टेट उनकी पिछले महीने ही तो चेक करवा चुका हूँ मैं।''

''एक बार और करवा लें?''

''जैसा आप ठीक समझें।''

''मेरे पास टाइम नहीं है, तुम और नीलिमा अपने पी. जी. एक्जाम्स में लगे हुए हो। मंजुला के साथ भेजूँगा, टेस्ट के लिए उसके मेडिकल कॉलेज तो वह चिढ़ ही जाएगी। वो और नीलिमा तो बात ही नहीं कर रहे पापा जी से आजकल, बायकॉट कर दिया है उनका।''

''भैया...क्यों न एक बार पापा को साइकियाट्रिस्ट के पास ले जाएँ। और हाँ भैया, पता नहीं आपको भाभी ने बताया कि नहीं—उस दिन झूले पर एकाएक बेहोश हो गये थे और अजीब आवाज निकाल रहे थे...होश में आकर मंजुला भाभी से कहते हैं—'नीति का एयरोप्लेन क्रेश हो गया है। वह नहीं बची। अब हवन करवाना ही होगा

तेरहवीं का।' ये अजीब-अजीब से भ्रम होना तो ठीक नहीं है भाई।''

''साइकियाट्रिस्ट तो ठीक है, मैं एक बार अजय से बात करता हूँ, वह न्यूरॉलॉजिस्ट है...देखें...वह क्या कहता है। मुझे कुछ और ही गड़बड़ लग रही है।''

अगले ही दिन विकास सारे काम छोड़ कर अपने न्यूरॉलोजिस्ट मित्र अजय के अस्पताल पहुँचा।

''यस, ऑफ कोर्स यार! तू स्थिति की गम्भीरता क्यों पहले नहीं समझा! जहाँ तक मैं अंकल को जानता हूँ...एक बाहर वाले की हैसियत से...वे बहुत सन्तुलित व्यक्ति हैं, अचानक यह भावनात्मक बदलाव किसी खास वजह से ही होगा। कई बार ऐसा हो जाता है। किसी भी दिन मेरे पास आकर एम. आर. आई. करवा ले।''

''ठीक है, तेरे पास लाता हूँ किसी दिन।''

''कल ही ले आ। कल मैं फ्री भी हूँ।''

जल्दी ही...एम. आर. आई. और सी टी स्कैन की रिपोर्ट विकास के हाथों में थी। रिपोर्ट पढ़ते ही उसे ऐसा लगा कि उस पर घड़ों पानी पड़ गया हो। एक डॉक्टर होकर वह क्या-क्या सोच गया, पापा के बारे में। अजय का शक सही ही निकला। वह तो कह ही रहा था कि—''हो न हो इस चेन्ज्ड बिहेवियर, इमप्रॉपर बिहेवियर, हेल्यूसिनेशन्स की वजह कोई ब्रेन ट्यूमर है, वह भी राइट या लेफ्ट फ्रंटल लोब ट्यूमर जिसके दबाव से मस्तिष्क का वह हिस्सा संवेदनशील हो जाता है जो हमारी सेक्सुअल इम्पल्सेज को नियन्त्रित करता है। वे पर्सनालिटी डिसऑर्डर का शिकार हैं। इसका काफी हद तक फ्रंटल लोब ट्यूमर को जिम्मेदार ठहराया जा सकता है। कई बार इस ट्यूमर वाले मरीज पैडिफिलिक हो जाते हैं यानी बच्चों के साथ सेक्सुअली...कुल मिलाकर मेरे कहने का मतलब है विकास यह दिमाग के उस हिस्से को नष्ट कर देता है जो हिस्सा हमें चेताता है कि 'थिंक बिफोर एक्ट'। अब तू खुद सोच ले अंकल किस समस्या से दो-चार हो रहे हैं। ऐसे में उनके साथ तुम सभी को उन्हें बिना जताये सामान्य रहना होगा। उन्हें प्यार और सहानुभूति की खास जरूरत है। फिर जितना जल्दी हो सके उन्हें ऑपरेशन के लिए तैयार कर लो।''

वह डॉक्टर होकर भी चकित है, मानव तन के साथ-साथ मन और उसके संवेदनों पर मस्तिष्क की अद्भुत नियन्त्रण क्षमता पर। अब एक नयी चुनौती सामने थी...पापा को ऑपरेशन के लिए तैयार करना। ऑपरेशन, वह भी ब्रेन ट्यूमर जैसा दुसाध्य ऑपरेशन। आज ही बात करेगा वह। वह बहुत देर तक पापा से बात करने की भूमिका पर सोच-विचार करता रहा। टहलता रहा लॉन में। फिर उँगलियाँ चटखाकर पापा के कमरे की राह ली। पापा कमरे में नहीं थे, उनकी चप्पलें बाथरूम के बाहर उल्टी पड़ी थीं। उनके कैनवास के जूते वहाँ नहीं थे...शायद टहलने निकल गये हैं। उसने पूरे कमरे पर निगाह डाली। पापा का कमरा, जो अब पहले की-सी

तरतीबी से नहीं जमा है। पापा के व्यक्तित्व में से जो 'सधापन' खो गया है, वही सधापन कमरे से भी गायब है। सलवटों से भरा बिस्तर, उल्टी पड़ी चप्पलें। चश्मे के काँच पर लगे दाग। खुला हुआ पेन...और यह...! डायरी...! पापा तो कभी डायरी नहीं लिखते थे। लेख जरूर लिखते थे, वह भी या तो भारत की विगत युद्ध नीतियों पर, या अध्यात्म पर। वह पहले कभी पापा के पत्र या डायरी पढ़ने की बात सोच ही नहीं सकता था। पर अब वह स्वयं को रोक नहीं सका। डायरी पर उल्टा पड़ा धुँधला चश्मा, खुला पेन हटाकर पढ़ने लगा।

"मैं तो वैसा ही हूँ—जैसा हमेशा से था। मैं तो उसी को सत्य माना जो सत्य था। लेकिन जो झूठ था, मैंने उसे सत्य बनाने की कब कोशिश की? मैं तो वही था—भला, ऊँचे विचारों वाला, थोड़ा तंगदिल (परम्पराओं-संस्कारों को लेकर)। मेरे अस्तित्व के कारको, तुमने मुझे विरासत में एक संवेदनशील हृदय तो दिया, इसी हृदय ने जहाँ मेरे संसार की खुशियों से पूर्ण किया, वहीं यही हृदय अपनी किस्मत में अकेलेपन का दुर्भाग्य क्यों लेकर आया?"

ओ मेरी आन्तरिक शक्तियो, आज मुझे स्वयं को अपने अन्दर के मैं को प्रकट कर लेने दो। मेरे आस-पास मेरे अपनों की भीड़ है। उन्हें आज मेरी स्वीकारोक्तियों को सुनने दो। मेरी विवेकहीनता पर लजाने दो। मेरी अपूर्णता पर अफसोस प्रकट करने दो। मैं आज तक इस दुनिया के सामने दुनियावी तरीकों से मुखातिब रहा हूँ। पर क्या आज इस संसार का रुख पहचानने मैं कोई भूल कर रहा हूँ? या यह संसार ही मेरे अस्तित्व को नकार रहा है? मैं अपने अन्दर के पुरुष को कभी व्यक्त नहीं किया...पर मैं नपुंसक नहीं। हाँ! मैं नपुंसक नहीं! वह बात अलग थी कि सुशीला के साथ गुजारे वक्त में इतना सुख और तृप्ति थी कि उसके जाने के बाद कभी कोई तृष्णा जगी ही नहीं। उसके हँसमुख विनम्र स्वभाव, लुभावने चेहरे और सम्पूर्ण समर्पण ने मेरे हृदय पर पूर्ण स्वामित्व रखा है उसके जाने के बाद भी। मैं अब भी उसके व्यवहार, हाव-भावों की कल्पना करता रहा हूँ, उसकी नेह भरी भाषा याद है। उसने मुझे जाने से पहले अध्यात्म के प्रति इतना आश्वस्त कर दिया था कि मैंने उसके जाने के बाद अध्यात्म को अपना लिया था। अध्यात्म के प्रति मेरी रुचि उसी की देन है। पहले मैं सतही तौर पर जुड़ा, इसका पूर्ण विकास उसके चले जाने के बाद हुआ।

सुशीला की छोटी बहन वन्दना के प्रति रोमानी रुझान होते हुए भी, मेरी भावनात्मक शुद्धता कभी यौनेच्छा पर हावी नहीं हुई, वह वक्त था जब विवेक की जरा-सी कमी मुझे वासना के भँवर में ढकेल सकती थी। लेकिन अब मैं पाता हूँ कि पहले चेतन-अवचेतन की वे बातें जो बेमेल प्रतीत होती थीं, एक-दूसरे से घनिष्ठता से जुड़ी हैं। मैं जितना इच्छाओं और भावनाओं से आवेशित होता, उतना ही मैं अपनी लगाम खींचता था। जितनी मैं लगाम खींचता वे भावनाएँ अड़ियल घोड़े-सी अड़

जाती थीं। तब मैं स्वयं को दंड देता था। एकान्तवास का, उपवास का, ध्यान का, मनन का।

फिर मैं बुरा कैसे बन सका? मेरे आस-पास तो सज्जनता का निवास है। ऊँचे आदर्श...सुशीला के जाने के बाद मैंने किसी से कोई इच्छा रखना छोड़ दिया था। मेरे बच्चे-बहुएँ भले ही मेरी इच्छानुसार हू-ब-हू न चलते हों पर वे मेरा सम्मान हमेशा करते थे। मेरी अपनी इच्छाओं को लेकर मैं कभी कोई प्रतिक्रिया करता ही कब था? और शायद वे यही सोचते रहे कि मैं इच्छाओं से रहित इनसान हूँ। ऐसा सोचकर वे कितना खुश थे! है ना! लेकिन पिछले दिनों क्या हुआ कि वे भावनाएँ, इच्छाएँ जो मेरे जीवन से जा चुकी थीं लौट आयी हैं दुगुने वेग से। भावनाएँ जिन्होंने मेरे मन को बेजा अहंकार से भर दिया है। हठधर्मिता भर दी है। दुर्बलता और आत्मनियन्त्रण के बीच मेरा विवेक टूटे पुल-सा झूलता रहा है। मैं अस्थिर हो रहा हूँ।

मैं आज नहीं जानता कि जो मैं कर रहा हूँ उसका दूरगामी परिणाम क्या होगा। मैं बहुत दूर तक अब पहुँचना भी नहीं चाहता। मुझे अब मृत्यु के बाद के रहस्यों को भी नहीं जानना। मेरी आध्यात्मिक खोज मेरी मन की कमजोरियों पर आकर ठिठक गयी है। झूठ है, कर्म, उनके परिणाम...झूठ है अध्यात्म। आज मुझे मौत से भय नहीं लगता। मुझे पता है मौत शून्य की पारदर्शी झिल्ली है, जिसे चेतना फिर कभी भेद नहीं पाती। मुझे आजकल किसी से भय नहीं लगता, बल्कि एक उत्कंठा महसूस करता हूँ। घायल हाथी की तरह चट्टानों से भिड़ जाना चाहता हूँ। इस भिड़ जाने में भय नहीं उत्कंठा है। एक ऐसी उत्कंठा जो देह को सुरसुराती हुई मन को छीलकर...मस्तिष्क को सुन्न''... बस यहीं छूट गया था पेन...शायद।

''कहाँ हो पापा!''

विकास उमड़ती आँखें और पका हुआ मन लिये हतप्रभ है। उसके सामने हैं उसके पिता के दृढ़, संयमी, स्वयंसिद्ध व्यक्तित्व के विपरीत एक कमजोर, बूढ़े-बीमार विधुर की आत्म-स्वीकारोक्तियाँ!

□

अवक्षेप

कहानी लिखना क्या आसान काम है?

रवीन्द्रनाथ टैगोर के अनुसार, ''रचना का जन्म लेना और प्रसवपीड़ा एक समान है।' मेरे लिए तो यह और भी दुष्कर है। मेरे लिए कहानी लिखना स्वयं जन्म लेता हुआ शिशु होना है। अनजाने फिसलन भरे रास्तों पर, अनजाने दबावों और खींचतान के बीच अजनबी जगह पर, अनजाने ठंडे हाथों में उतर आना है, कहानी लिखना। कम-से-कम इस बार तो यही महसूस हुआ है। स्वानुभूत कहानी हो तो...कहानी लिखना, सूखते खुरंटों को उखाड़-उखाड़ कर हरा करना है। कल्पना या फन्तासी हो तो...कहानी लिखना अवचेतन की गुह्य, अनदेखी गलियों से गुजरना है। कहानी लिखना, कोकून में कैद कीड़े का, अपनी ही बनायी कैद से तमाम जद्दोजहद के बाद बाहर निकलना है। मुझे नहीं पता यह कहानी कल्पना है या सत्य? फन्तासी है या अर्धसत्य? मेरे जीवन में उलझकर, गुजर गयी कोई घटना है या मन पर पड़ा कोई अतीत का निशान! मुझे सच में नहीं पता। जब से इसे लिखते मैं स्वयं इन्सोम्निया का शिकार हो गयी हूँ, पूरे हफ्ते से सोयी कहाँ हूँ? अजीबो-गरीब सपनों के बीच-बीच में से पसीना-पसीना होकर कई बार मध्यरात्रि में उठ बैठी हूँ। यकीन मानिए, अब इस कहानी के आदि-अन्त पर भी मेरा अधिकार नहीं रहा है। मुझे नहीं पता अन्त होते-होते यह कहानी कहाँ पहुँचनेवाली है। कहानी लिखने के पहले ही दिन की तो बात है, मैंने उस रात सपने में देखा—शहर के बीचों-बीच, एक रेजीडेंसी कैम्पस है। इतिहास कहता है, पहले यहाँ अँग्रेजों की रेजीडेंसी थी, पर अब इस रेजीडेंसी के पेड़ों से भरे विस्तृत क्षेत्र और इमारतों में एक कन्या महाविद्यालय, उसका हॉस्टल, एक सीनियर सेकेंड्री गर्ल्स स्कूल, एक एस. टी. सी. गर्ल्स स्कूल और उनका छात्रावास, एक मेडिकल कॉलेज का पी. जी. गर्ल्स स्कूल हॉस्टल है, एक उजाड़ कोने में आदिवासी कन्या छात्रावास भी है। इनमें से कुछ इमारतें नयी हैं, कुछ पुरानी ऐतिहासिक इमारतों को बढ़ा-घटाकर स्कूल-कॉलेज लायक बना लिया गया है। इस रेजीडेंसी के तीन गेट हैं। एक कन्या महाविद्यालय का मेन गेट हे, जो बाकी शहर

की बढ़िया मुख्य सड़कों से जुड़ा है। एक कन्या महाविद्यालय को हॉस्टल से जोड़ती सड़क है, उसके बीच से काटकर एक सड़क रेजीडेंसी सीनियर सेकेंड्री स्कूल को जाती है...तो उसके उस तरफ स्कूल की निकासी का एक बड़ा गेट है, उसके बाहर पुलिस चौकी है। पुलिस चौकी के बाहर निकलकर चेतक सर्कल है, जहाँ शहर के पिक्चर हॉल हैं, कुछ उम्दा रेस्टोरेंट्स भी हैं। तीसरा गेट पीछे को है, एस. टी. सी. स्कूल का प्रवेश व निकास। इसके बाहर कई अच्छी सम्भ्रान्त बस्तियाँ हैं और थोड़ा बाहर निकलकर, थोड़ा रोड़ चढ़कर चौराहे के पार मेडिकल कॉलेज है। बीच की सड़कें यहाँ-वहाँ से गर्ल्स हॉस्टल से जुड़ी हुई हैं।

लेकिन रेजिडेंसी सैकेंड्री गर्ल्स स्कूल के खेल के मैदान के पार, जिधर आदिवासी हॉस्टल है, उधर से बाहर निकलने का गेट नहीं है...न पुलिस चौकी...न शहर को जोड़ती चहल-पहल से भरी सड़कें...न कॉलोनियाँ...जैसा कि पहले मैंने कहा वह उजाड़ कोना है...उसके पार भी शहर की मध्यमवर्गीय या गरीब बस्तियाँ हैं। इस बड़े मैदान के एक कोने में एक कैंटीन है। यह मैदान हर हॉस्टल, कॉलेज स्कूल के ठीक बीचों-बीच है। वैसे यह कैंटीन रेजिडेंसी सीनियर सेकेंड्री गर्ल्स स्कूल की है। कन्या महाविद्यालय की भी अपनी अलग कैंटीन है। लेकिन इस कैंटीनवाले के समोसे बढ़िया हैं और सस्ते भी तो, इस वजह से यहाँ गंगा-जमुनी मिलन रहता है लड़कियों का। यहाँ हरी ट्यूनिक पहने सीनियर सैकेंड्री गर्ल्स स्कूल की लड़कियाँ तो घिरी होती ही हैं। गुलाबी चेक का कुरता और सफेद सलवार-चुन्नी पहने कन्या महाविद्यालय की लड़कियाँ भी समोसों-चाय पर टूटी रहती हैं। सफेद साड़ी वाली छात्राएँ भी दिख जाती हैं। कभी-कभी बाउंड्री फाँदकर आयी दो-चार धाकड़ आदिवासी लड़कियाँ भी दिख जाती हैं, चाव से समोसे खाती, जिनके चेहरों व हाथों पर गुदने गुदे होते हैं, गहरा चमकीला काला रंग, अनगढ़ नक्श!

अरे!...और यह मैं हूँ, यहाँ एंटीगोनम की बेल के गुलाबी फूल तोड़ती! हाँ! यहीं तो कन्या महाविद्यालय के हॉस्टल में रहती हूँ मैं।

मेरी नींद खुल गयी है—वह माहौल और वे दिन कल की ही की-सी बात तो लगते हैं। मैंने अपना ग्रेजुएशन और पोस्ट ग्रेजुएशन यहीं से तो किया था। मैं चकित हूँ—कैसे वह पूरा का पूरा माहौल सपने में उतर आया?

पर कल रात...क्या मैं कुछ ऐसा ही लिख रही थी...हॉस्टल वगैरह...? हाँ, कल रात मैंने एक कहानी की शुरुआत की थी...कुछ दिन पहले न्यूज में देखी हुई एक विवादास्पद घटना पर लिखने की कोशिश कर रही थी—"सर्वोदय विद्यालय के कन्या छात्रावास में दो लड़कियों ने यौनशोषण से त्रस्त होकर आत्महत्या की।"

वह शहर, वह रेजीडेंसी कैम्पस हू-ब-हू मेरे सपनों में आता रहा...जब तक मैं कहानी लिखती रही...।

इस इलाके में अँग्रेजों के लगाये बड़े दुर्लभ पेड़ थे...मोरपंखी के लम्बे-लम्बे पेड़, जैकेरेंडा, गुलमोहर, अमलतास जाने कौन-कौन से लाल, जामुनी, पीले, नीले फूलों के पेड़। कितने तो फलों के पेड़ थे। आम, इमली, जामुन, अमरूद, बेल...फलों के मौसम में लड़कियाँ उन पर झूली रहती थीं। अँग्रेजों की लगायी एंटीगोनम की गुलाबी फूलों वाली लतरें तो अब पूरे कैम्पस में खरपतवार की तरह उगती थीं। लेकिन इन पेड़ों का बहुतायत में होना बहुत अच्छा भी नहीं था। कई बार किन्हीं-किन्हीं रास्तों और पुरानी सड़कों पर दिन में भी रात का-सा अँधेरा छाया रहता था। मुझे अर्धजाग्रत अवस्था में वह बात याद आ गयी।

बी. एस.सी. में एडमिशन के पहले वर्ष और पहले ही महीने की बात है। जूलोजी प्रेक्टीकल में डिसेक्शन के बाद ही लैब में मुझे उलटी हो गयी, तो हमारी लेक्चरर ने मुझे हॉस्टल जाकर आराम करने को कहा। और...और...मैं शॉर्टकट लेकर जूलोजी डिपार्टमेंट के पिछवाड़े से निकल, आदिवासी कन्या छात्रावास की पगडंडी पकड़ हॉस्टल की तरफ मुड़ रही थी कि...मुझे एक अधेड़ आदमी दिखा, पेड़ की तरफ मुँह करके लघुशंका से निवृत हो रहा था...मैं चलती रही...हाय! वह जिप खोले हुए ही अपने जननांग का प्रदर्शन करता हुआ अचानक सीधा हो गया। मैं बेवकूफ ठिठककर खड़ी हो गयी...मैंने जो देखा...उससे मेरी मितली बढ़ गयी और मैं हाथ में पकड़ी प्रेक्टीकल फाइल और पेन्सिल बॉक्स वहीं फेंक कर भागती चली गयी। वह उम्र और वह अनुभव दोनों ही ऐसे थे कि चाहकर भी मैं किसी से कह नहीं पायी। न वार्डन से शिकायत की, न मेट्रन को बताया।

आज सोचती हूँ, सीधे पुलिस चौकी क्यों नहीं भागी? हॉस्टल जाकर इतना क्यों रोयी? मेडिकल गर्ल्स हॉस्टल में रहनेवाली अपनी चचेरी बहन के अलावा किसी को क्यों नहीं बताया...उन्होंने भी तो यह कहकर टाल दिया—"अरे, कितनी उलटियाँ करेगी? हम तो रोज ही जिन्दा और मुर्दों का यही सब देखा करते हैं। ले, खा यह गोली और यहीं मेरे कमरे में सो रह। शाम को वार्ड से आकर तुझे हॉस्टल छोड़ दूँगी।"

तब मुझे दिन ही कितने हुए थे, कॉलेज में एडमिशन लिये हुए?

फिर तो पुराने हो गये थे हम, मैंने सबक सीख लिया था, अकेले नहीं आना-जाना है। पहले मैं बहुत धाकड़ थी, एन. सी. सी. कैडेट, लगता था, मेरा कोई क्या बिगाड़ लेगा? पर उस घटना ने, उस विकृत प्रदर्शन ने ऊपर से तो मेरा कुछ नहीं बिगाड़ा पर अन्दर मन के, जाने कहाँ जाकर एक गन्दगी-सी चिपक गयी थी, जो रगड़-रगड़कर भी नहीं छूटती थी। वह पहला कटु अनुभव था, लड़की होने का! अब तो फर्क ही नहीं पड़ता, इन्हीं रास्तों पर कितने शोहदे, अधेड़ गन्दी-गन्दी बातें बुदबुदाते चले जाते हैं। हालाँकि बात पहुँची थी, वार्डन तक-प्रिन्सिपल तक, पुलिस चौकी तक भी, फिर तो दिन में भी एक सिपाही गश्त करने लगा था।

जल्दी ही हॉस्टल की छतों पर घूम-घूमकर, पढ़ते-पढ़ते, मुझे पढ़ने के लिए एक एकान्त और धूप-छाँव वाला कोना मिल गया था। बस तभी मुझे पता चला था कि हमारे हॉस्टल के पीछे की विंग की छत से रेजिडेंसी का खेल-मैदान लगा है, पीछे से वह आदिवासी हॉस्टल भी दिखता है। यह मेरा प्रिय कोना था, एंटीगोनम की लतर से ढँका, मोरपंखी के एक विशाल पेड़ की छाँव लेता, पानी की टंकी के पीछे छिपा यह दुर्लभ स्थान। जहाँ मैं पढ़ती तो थी ही, कभी-कभी नयी बहार के उन नये दिवास्वप्नों में खो जाती थी, कभी-कभी एक सहज उत्सुकता के तहत मैं अपने प्रिय कोने से पढ़ते-पढ़ते आदिवासी हॉस्टल की गतिविधियाँ देखा करती थी। वे लड़कियाँ कभी कपड़े धोते, बाल सुखाते, कभी-कभी एक-दूसरे की चोटी गूँथती कोई लोकगीत गाते दिख जाती थीं। मुझे लगता वह हॉस्टल दिन के इतने उजालों में भी एक किस्म के अँधेरों में घिरा रहता है। इस हॉस्टल की लड़कियों के चेहरों की तरह इनकी दीवारें, मुँडेरें काली क्यों हैं? यहाँ कभी क्या कोई पुताई नहीं होती? सरकारी बातें तो इतनी होती हैं। मुफ्त शिक्षा, बेहतर सुविधाएँ, बेहतर अवसर—आदिवासी लड़कियों के लिए आरक्षण का एक बड़ा हिस्सा। फिर भी ये हम से बेहतर क्यों नहीं हैं?

मैं उस कोने से देखती, हर उम्र की आदिवासी लड़कियाँ, आठ साल से लेकर अठारह साल तक, ये सभी रेजिडेंसी स्कूल में पढ़ती थीं। वे सभी मुझे कभी कपड़े धोती दिखतीं तो, कभी बाहर चूल्हें पर चाय बनाती। लेकिन कभी वे हमारी तरह शोर नहीं मचाती थीं, न खेलती थीं। हालाँकि उनमें से दो राज्यस्तरीय पुरस्कार प्राप्त एथलीट भी थीं। मैंने उन्हें अपने कॉलेज के खेल मैदान में प्रैक्टिस करते देखा था।

एक दिन हमारी हॉस्टल की एक सीनियर, सोशयोलॉजी में एम. फिल. कर रही पद्मा दीदी ने मुझसे पूछा, क्या मैं उनके साथ जरा आदिवासी छात्रावास तक चलूँगी? मैंने अपनी उसी पुरानी उत्सुकता के तहत हाँ कर दिया।

दीवारें पास से उतनी काली नहीं थीं, जितनी दूर से दिखती थीं, थोड़ी सलेटी थीं। बड़ा-सा गेट था, जिस पर लिखा हुआ 'शासकीय आदिवासी महिला छात्रावास' धुँधला पड़ गया था। एक टूटी दीवार पर शिलान्यास का अवशेष—वह पत्थर किसी नेता की गौरव-गाथा कह रहा था। हम खेल मैदान पार करके, मोटे लोहे के खुले गेट के अन्दर हॉस्टल के अहाते में खड़े थे। सूखा, झड़बेरी की झाड़ियों, जंगली पेड़ों, बड़ी-बड़ी सूखी घास से भरा वह अहाता, जिसमें जगह-जगह जंगली झबरी पूँछ वाले चूहों के बिल थे। हमें देखते ही उछलकूद मचाते चूहे गड्ढों में घुस गये थे। एकाध दुस्साहसी चूहा...दोनों हाथ गिलहरी की तरह उठाये पीछे के पैरों से खड़ा एक सूखी रोटी खा रहा था। पास ऊँचाई पर टूटी-फूटी सीढ़ियों पर चढ़कर एक पंक्ति में कुछ मटमैले कमरे थे। दुपहर ढल रही थी पर एक अलसायापन माहौल पर तारी था। एक

अलसाई शान्ति धूप के साथ-साथ मैदान और हॉस्टल की छत पर पसरी थी। पद्मा दीदी के हाथ में उनके डेजर्टेशन वर्क के कुछ छपे हुए पर्चे थे, यह शायद एक प्रश्नावली थी, अजीबोगरीब प्रश्नोंवाली। वे हमसे भी कई बार यह सब भरवा चुकी हैं। यहाँ कोई चौकीदार नहीं था। एक मैट्रननुमा अधेड़ आदिवासी स्त्री एक पेड़ के नीचे चारपाई पर बैठी थी। गले में लटकी चिमटी से दाँत कुरेदती। पास ही बीड़ी का बंडल पड़ा था। गोल-गोल भेदक आँखें और चपटी नाक और मोटे होठ। माथे पर गोदने की कई बिन्दियाँ थीं, पर उसने सिन्थेटिक, छींट का हरा सलवार-कुर्ता पहना था, दुपट्टा चारपाई पर, तकिये की जगह सिरहाने गोल-मोल बिछा था। वह हमसे बुरी तरह बोली—

"क्या है?"

"मैं रिसर्च कर रही हूँ, मुझे यहाँ की लड़कियों से ये पर्चे भरवाने थे।"

"आपने किससे परमिसन ली?"

"किसी से नहीं मैडम, ये सादे पर्चे हैं, सवालों के जवाब लड़कियों से भरवाने हैं। जैसे उनकी उमर, माता-पिता क्या करते हैं, गाँव, क्या पढ़ती हैं?"

"मतलब...! हमारी लड़कियाँ अभी पढ़ रही हैं फिर आना। भागो, भागो।"

तब तक लड़कियाँ जो पढ़ तो कतई नहीं रही थीं। कमरों से बाहर निकल आयीं। मैंने उन्हें ध्यान से देखा, छोटी-छोटी लड़कियाँ...जंगली मैना-सी...मानो यहाँ आकर वह स्वच्छन्दता भूल गयी हों, जबरन एक उदासीनता तह जमा कर चेहरे पर पोते हुए थीं पर कहीं भीतर एक मिट्ठू-सा कौतूहल आँखों की कोटरों में से झाँक रहा था। बड़ी लड़कियाँ एक तटस्थता के साथ हमारे कपड़ों और हमारे चेहरों को आँक रही थीं। वे गलियारे के चूना उखड़े खम्भों से सटी खड़ी थीं। खम्भे ही नहीं एक-दूसरे से भी सटी। लगभग एक से कटाव के अनगढ़ साँवले चेहरे। एकाध थोड़ा गोरा चेहरा, और बाल भूरे-भूरे। तरह-तरह के गोदने। सभी के नाक-कान छिदे हुए पर आदिवासी गहने नदारद थे। वे सभी अलग-अलग रंगों के मगर लगभग एक-सी प्रिंट के सूती कपड़े पहने थीं, उम्र के हिसाब से। बच्चियों ने फ्रॉक, लड़कियों ने सलवार-कुर्ते। शायद खाना-फीस, किताबों के साथ कपड़े भी उन्हें सरकारी अनुदान से मिलते हैं।

"ए, सुना नहीं क्या?" मैट्रन फिर गुर्रायी।

"अरे! आप समझ ही नहीं रहे हो...हम बस सर्वे के लिए आये हैं, भील जनजाति की लड़कियों पर। देखो अगर तुमने मुझे अन्दर नहीं जाने दिया तो मुझे क्षेत्रीय जनजाति विभाग के दफ्तर जाकर शिकायत करनी पड़ेगी। यह सरकारी सर्वे है। मैं वहीं से पूछकर ये पर्चे लेकर आयी हूँ।"

मैट्रन पद्मा दीदी के छद्म रौब से डर गयी।

तभी उन बड़ी लड़कियों मैं से एक सीधे दालान में उतर आयी, "क्या बात है बइण जी?" पास से देखकर मैं पहचान गयी यह वही एथलीट लड़की है। लम्बा हरा, कुर्ता, बेढंगी सिली, पीली हो आयी सफेद सलवार पहने। अनगढ़ नाक में मोटी गुलाबी नग की लौंग, गहरा काला रंग, बड़ी आँखें...मोटे होठ...जिन्हें आज आप 'क्यूपिड की बो' की उपमा दे सकते हैं। लम्बा, दुरुस्त मांसपेशियों से कसा-कसा बदन।

"तू अन्दर जा...।"

"आने दो इनको, मैं जानती हूँ इन दीदी को।" उसने मेरी तरफ उँगली कर दी।

"ठीक है, बेनुड़ी तेरी जिम्मेदारी।" मैट्रन पर उसके भी रौब का असर हुआ। वह चुपचाप चारपाई पर लेटकर बीड़ी पीने लगी। पद्मा दीदी ने रास्ते में आदिवासी लोगों के बारे में बहुत कुछ बताया था—कि इनमें ज्यादातर लड़कियाँ भील जनजाति की हैं। सही अर्थों में वन-कन्याएँ। सर्वे का क्वेश्चनेयर भरवाते में पता चला कि कुछेक लड़कियाँ जो थोड़े गोरे रंग की थीं, वे कंजर जनजाति की थीं, ये कंजर कन्याएँ जरा फैशनेबल-सी थीं। सुर्ख़ नेलपॉलिश लगाये, काजल लदी आँखें और उनमें एक कटाक्ष, तीखे होठ जिनमें एक जन्मजात विलास! एक लड़की गाड़ियालोहार जनजाति की भी थी। गाड़ियालोहार वही लोग हैं, जिन्होंने महाराणा प्रताप का युद्ध में साथ दिया था अपनी कृषिभूमि दान कर कसम खायी थी कि वे अब कभी घर बनाकर नहीं रहेंगे, गाड़ियों में घर बनाएँगे और प्रदेशभर में घूमेंगे। भील, कंजर, गाड़ियालोहार कुल मिलाकर दस-बारह आदिवासी लड़कियाँ। आधे कमरे लगभग खाली ही थे। पद्मा दीदी को लड़कियों ने घेर लिया था। वे स्वयं ही पूछ-पूछकर प्रश्नावली भर रही थीं, और खरीदकर लाया केक बाँट रही थीं। मैं एक बेंच पर बैठकर यहाँ-वहाँ ताक रही थी। इस छात्रावास के कमरे क्या थे, दड़बे ही थे। न जाने कब से पुताई नहीं हुई थी। मैंने बेंच पर बैठे-बैठे कमरों में झाँका, कमोबेश हर कमरे का एक ही-सा परिदृश्य—अलमारियाँ नदारद, बस कुछ ताखें थीं जिन पर आदिवासी लड़कियों ने अपने पीतल-काँसे के बर्तन जमा रखे थे। या कंघा और शीशा। कमरे के बीच में चारपाई की मूँज की रस्सी बँधी थी जिस पर कपड़े, स्कूल की युनिफॉर्म बेतरतीबी से टँगे थे। टेबल नहीं थी, डेस्क थीं, उन पर किताबें थीं। प्रकाश के लिए मकड़ी के जालों से ढका धूमिल बल्ब, काँच की खिड़की बन्द थी। उस पर मोटा काला कागज चिपका था। कैसे पढ़ती होंगी इतनी कम रोशनी में?

जिन लड़कियों ने प्रश्नावली भर दी थी वे कुतूहलवश मेरे पास भी आ गयीं। उनमें से एक एथलीट भी थी।

"आप मीरा गर्ल्स कॉलेज में हो न?"

"हाँ।"

"आपको बास्केट बॉल खेलते हुए देखा था।"

"हाँ, मैंने भी तुम्हें देखा था। क्या तुम यहीं रेजिडेंसी स्कूल में पढ़ती हो?"

"हाँ।"

"भर दिया पर्चा?"

"हाँ, पर्चा तो भर दिया। पर म्हैं सोच्यो पर्चा माँ पूछोला कि..." मेरे चेहरे पर राजस्थानी न समझ पाने की उलझन देखकर वही हिन्दी में बोलने लगी, "हम कैसे यहाँ रहते हैं, क्या खाते हैं? हमें मिलनेवाली छातरवर्ती (छात्रवृत्ति) को कौन खा जाता है। पण पर्चे में तो होर ई बाताँ हैं। हमारी जात, रीत-रिवाज, एक से ज्यादा सादी, औरतों की खरीद-बेच के बारे में प्रश्न हैं।" पता नहीं उसकी बात में तंज था, कड़वाहट थी या सरलता! कुछ लड़कियाँ आपस में आधी हिन्दी-आधी बागड़ी (राजस्थान के बागड़ क्षेत्र डूँगरपुर-बाँसवाड़ा की बोली) में बात कर रही थीं। "वो बात ये है कि वे जो दीदी हैं, ये ही विषय पढ़ती हैं, जिसमें जातियाँ और उनके रीति-रिवाज के बारे में होता है, तुम भी तो पढ़ते होंगे न सामाजिक विज्ञान में।" मैंने बेजा सफाई दी, उसका असन्तोष और उमड़ पड़ा।

"पैले भी कितनेक संस्थावाले, एनजीओ की औरतें आयीं, मैट्रन और इंचारज ने झूठ-झूठ बता के फुटा दिया।"

"तुम्हारा नाम क्या है?"

"बेनु।"

"बेनु, कुछ समस्या है क्या...?" उसके असन्तोष ने मेरी उत्सुकता बढ़ा दी थी।

"समस्या क्या एक है, दीदी? इश्श...मेट्रन आ री है। पढ़ाई की बात करो।"

"किस कक्षा में पढ़ती हो?..."

पदमा दीदी का काम पूरा हो चुका था। छोटी लड़कियों को उन्होंने टॉफियाँ पकड़ायीं और हम वापस आ गये। लेकिन बेनु के साथ सिलसिला बना रहा तब तक जब तक कि...वह अचानक गायब नहीं हो गयी। एक दिन अचानक अखबार की सुर्खियों में आकर उसने मुझे चौंका दिया।

गायब होने से थोड़ा पहले वह अक्सर मुझसे हॉस्टल मिलने आया करती थी। या फिर हम मिलते थे, खेल के मैदानों में। कैंटीन में। पेड़ों से छायादार रास्तों में।

"मनु जीजी, कल खेलने नहीं आयीं आप?"

"नहीं, मेरा जूलॉजी का प्रैक्टिकल था।"

"मैं स्टेट लेबल पर सलेक्ट हो गयी।"

"अच्छा! यह अच्छी खबर है। चाय पिएगी, चलें कैंटीन?"

''जयपुर जाना पड़ेगा।''

''कब?''

''अगले महीने ही। लेकिन वो कमीनी मेट्रन लिखत में परेमिसन नहीं दे रही। इंचारज भी भग गया है।''

''क्यों?''

''कुत्ती राँड, कहती है कि पैले माँ-बाप से दसखत लेकर के आ। डंगरपुर से भी आगे सालमगढ़ तहसील के पास हमारा गाँव है। आणे-आणे में तीन दिन तो लगेंगे ही...दीदी पैसे हों तो...''

''पैसे! बेन पहले तू मेरे पहले के सौ रुपये लौटा।''

''पैले के दो महीने की छातरवर्ती इंचारज ने अटका रखी है। पाँच सौ पूरे तो कभी देता ही नहीं। खा-पीके दो सौ टिकाता है, फेर भी चार सौ बनते हैं, मिलते ही दे दूँगी।''

''ऐसा क्यों करता है?''

''करता है, उसके बाप का राज है, नहीं करेगा अगर उसके बिस्तर पे कपड़े काढ़ के...राँड रा...''

''क्या बकवास करती रहती है बेनु?''

''बताया नहीं आपको पैले...छोटकी चिरमी...दस्स बरस की...इंचारज के पास फीस के पैसे लेने गयी और पूरी चड्डी लाल।''

''मुझे मत बताया कर यह सब, जाकर पुलिस को बता... ।'' मैं घबरा गयी थी।

''पुलिस? वो हमारे यहाँ की दोनों कंजड़िनें हैं न, उनको ले जाके इंचारज पुलिस को खुश रखता है।''

''मैट्रन?''

''वो रंडी तो पैसे के बदले अपनी बेटी बेच दे।''

माना मैं उस साल अठारह की हुई थी और कहने भर को वयस्कों में शुमार हो गयी थी, मगर ये ग्यारहवीं कक्षा में पढ़नेवाली स्कूल की लड़की क्या बातें कर रही थी? मेरा मन घबरा गया था उन बातों से। मैंने उसे पैसे तो नहीं दिये बल्कि उससे कतराना भी शुरू कर दिया। पद्मा दीदी ने डरा अलग दिया...''मनस्वी, तू चुप बैठ। उससे बात मत किया कर। वो खुद कम नहीं है। मैंने उसे उसके कोच के साथ घूमते देखा है। वह कोई बच्ची नहीं है। उसकी शादी भी हो चुकी है पर सब छोड़-छोड़ के पढ़ने चली आयी थी।''

''गलत तो नहीं किया दीदी...कितनी आदिवासी लड़कियाँ...''

''बस, बताया न उससे मत मिला कर। अपने पैसे जल्दी ही वापस ले लेना।''

"पर दीदी वो छोटी उम्र की भील लड़कियाँ?"

"ऐसी बातें छिपती हैं क्या? एक दिन खुलेंगी। फिर हम क्या कर सकते हैं? हम यहाँ पढ़ने आये हैं। इससे सालों पहले से आदिवासी छात्रावास यहाँ है। यह सब तो..." उन्होंने मुझे समझाकर भगा दिया था। बेनु मुझसे फिर नहीं मिली। शायद वह अपनी स्टेट लेवल पर होनेवाली टूर्नामेंट की तैयारियों में व्यस्त थी।

आदिवासी कन्या छात्रावास की ऐसी बातें मैंने कई बार बेनु के मुँह से सुनी थीं...इन सब बातों के बाद मैंने उससे मिलना तो बन्द कर दिया था, लेकिन बहुत विचलित रही मैं। भीरु थी मैं? नहीं, उम्र की विवशता थी, मैं खुद बी. एससी. ही तो कर रही थी। किससे जाकर क्या कहती?...कौन सुनता तब मेरी? बेनु की ही किसी ने नहीं सुनी तब...तब बात अलग है...

इस कहानी के जन्म के दौरान मैंने फिर सपना देखा—

मैं बेखबर अपने मनपसन्द कोने में बैठकर अगले दिन होनेवाली केमिस्ट्री के पेपर की तैयारी कर रही हूँ, सर्दियों के दिन थे। सुबह की मीठी धूप अचानक कड़वी हो गयी है। आदिवासी छात्रावास में शोर गूँजा। चीख-चिल्लाहटें, छोटी लड़कियों का रोना... दस-पन्द्रह मिनट में पुलिस आ गयी है। मुझे छत पर से कुछ नहीं दिखा, मैं कुछ समझ नहीं सकी...पर उन छोटी लड़कियों की घुटती हुई चीख इतनी दिल दहला देनेवाली थी कि मैं घबराकर नीचे आयी हूँ। कमरे में जाकर मैं कपड़े बदलकर आदिवासी छात्रावास दौड़ जाती...अगर पद्मा दीदी ने वहीं हाथ पकड़कर घसीटकर मुझे अपने कमरे में बन्द न कर लिया होता।

"बेवकूफ है क्या?"

"हुआ क्या है?"

"सुनेगी? सुनना चाहती है न? सुन और फिर जा...आदिवासी हॉस्टल में दो लड़कियों ने आत्महत्या की है।" वे डाँट रही थीं।

"..." मैं कुछ समझ ही नहीं पायी।

"अब मैंने तुझे देखा ना बेनु के आसपास तो मुझे तेरे पेरेंट्स को फोन करना पड़ेगा कि आपकी बेटी किसी बड़ी मुसीबत में पड़ने वाली है। अभी तू चुपचाप यहाँ से जाकर अपनी कजिन सुनयना के पास मेडिकल हॉस्टल चली जा, वहीं पढ़कर एग्जाम देना।"

नींद फिर आयी नहीं...मैं कैसे सोती! सपना था? पूरी रात उन्हीं रास्तों में भटकी हूँ। उदयपुर का रेजिडेंसी इलाका...जहाँ की शै, हर दरख्त, हर बेल-बूटा, टूटी दीवारें, कच्चे-पक्के रास्ते बहुत जाने-पहचाने थे। उन लोगों के बीच पहुँच गयी हूँ जिनके साथ

वह अहम् वक्त सात साल का गुजरा था, शुरू का चहकते-महकते। बीच का डरते-सहमते। बाद का एक ऊब और तटस्थता के साथ।

पर यह बात तो सच थी, बी. एस-सी. फाइनल ईयर में मेरे ऑर्गेनिक केमेस्ट्री के पेपर के दिन कुछ तो हुआ था। पर क्या? एक ऑटोवाले का मर्डर! हमारे ही कैम्पस में! मेरा आर्गेनिक केमेस्ट्री का पेपर बिगड़ गया था। गनीमत थी कि वह आखिरी था। उसके बाद लम्बा गैप फिर प्रेक्टिकल एग्जाम्स थे। पर जब पेपर देकर आयी तो पूरा हॉस्टल न्यूजपेपर्स की टेबल पर जमा था। सब सकते में थे। क्या यह कैम्पस अब सुरक्षित रह गया था, गर्ल्स हॉस्टल के लिए? बी. एस-सी. के बाद भी यहीं से एम. एस-सी. करना विवशता थी और मैंने की...उसी डर और अविश्वास के साथ आज जिस तटस्थता से कह रही हूँ, इस तटस्थता की अवस्था तक पहुँचना क्या आसान था?

इन्सोमिनिया शब्द तब मैं जानती नहीं थी, न ही तब यह शब्द महिलाओं में आम था आज की तरह । तब नींद न आने, डरने की बात पर लड़कियों को उनके माता-पिता मनोचिकित्सक के पास नहीं ले जाया करते थे। लेकिन मुझ पर इससे भी कुछ गम्भीर गुजरा था जिसके निशान अब तक अन्तस पर गहरे हैं। शायद यही वजह है कि—वह रेजिडेंसी कैम्पस हू-ब-हू यूँ मेरे सपनों में आ गया, इतने सालों बाद!

मैं उस बेनु से नहीं मिली फिर पता नहीं वह कहाँ चली गयी? बहुत दिनों बाद जिससे मिली तो वह बेनु थोड़े ही न थी...वह तो बनमाला...थी।

लेकिन कल रात अचानक वही बेनु सपने में आकर उस कैंटीन की बेंच पर बैठकर मुझसे क्या कह रही थी? ठीक से याद नहीं आ रहा था...कोई कड़ी टूट कर हाथों से छूट-छूट जा रही थी। इन्होंने मुझे अचानक जो जगा दिया था..."अरे! मनु, तुम कैसी आवाजें निकाल रही हो?" और वह कड़ी वहीं टूट गयी...मैं किस हॉस्टल की टूटी दीवार की बात कह रही थी?

ओह! याद आ गया...

सपने में—वही कैंटीन, टीन की छत वाला...सामने घास का मैदान, बगल में एक गड्ढा जिसके आसपास गुलाबी ऐंटीगोनम के फूल खिले थे। मैं और बेनु लकड़ी की सँकरी बेंच पर बैठे हैं खुले आसमान के नीचे। सिर के ऊपर एक बादल का टुकड़ा तैर रहा था। मैं उसी यूनिफार्म में...गुलाबी...सफेद...नहीं...सफेद स्कर्ट था, हाथ में बॉस्केटबॉल थी। उसने क्या पहना था? दिखा नहीं...चेहरा भी स्पष्ट नहीं। गोदना याद है...तोता-मैना वाला हाथ की सँवलाई त्वचा पर नीला गाढ़ा गोदना।

मैंने उससे चीखकर पूछा था—"कहाँ जाकर मर गयी थी कम्बख्त, कितनी चिन्ता हुई तेरी! जयपुर से कब लौटी?" फूट-फूटकर रो दी हूँ मैं पूछते-पूछते।

"कहाँ? कहाँ गयी जैपुर? जाने नयीं दिया न कुत्ते इंचारज ने।"

"... ... ...।"

"कोच सर ने कहा भी उससे कि वो शिकायत करेंगे इंचारज की...जनजाती विभाग में, बड़े साब से एक प्रतिभाशाली भील छात्रा को तुम खुद ही आगे नहीं आणे देते।"

"... ... ..."

"कोच सर ने एप्लीकेशन लिखवायी, मैंने सब कुछ लिख दिया था उसमें। छोटी लड़कियों के साथ छेड़खानी, पुलिस चौकी वालों का कंजरियों के कमरे में आना...मैट्रन भी कुत्ती कंजर जाती की थी न। भीलनियों की जात भले ही छोटी हो, आन बड़ी होती है, इज्जत भी।"

"... ... ..."

"वो अपलीकेसण मेरे कन्ने थी। पेटी-बकस में। मैट्रन ने पीछे से निकाल ली, ताला तोड़ के पेटी का। उसी दिन कोच सर और मैं जाते...जनजाती के दफ्तर...क्योंकि मेरा जैपुर जाना बहुत जरूरी था। स्टेट के बाद, नेसनल फिर इंटरनेसनल...कोच सर कहते हैं कि तू बहुत ऊपर जाएगी बेनु।"

"... ... ..."

"कहाँ जा सकी। आते ही इंचारज और मैट्रन ने खूब मारा...हाथ छुड़ा के रात के अँधेरे में भागी थी मैं...वो हॉस्टल के पीछे की टूटी दीवार...से कूद के...शहर के उस तरफ...माथे पे चोट लगी...लहू ही लहू...पर पकड़ लिया...उस हड़क्ये कुत्ते ने, दोनों ने मिलकर गला टीप दिया। फिर रस्सी लटका दी गले में..."

"... ... ..."

"कौन? मुन्नी? उसे क्या हुआ? न, मुझे नहीं पता। वो तो घर गयी हुई थी। ना! ना! वो मेरे साथ नहीं थी। उसे भी मार डाला क्या.... ?" वह चीख रही है मुझे झिंझोड़ते हुए।

मैं फिर उठ बैठी हूँ पसीने में तर-ब-तर। कौन मुन्नी? कौन बेनु? यह कैसा सपना था?

"क्या हुआ मनु?" इन्होंने मुझे झिंझोड़कर पूछा।

"... ... ...।" मैं पसीने-पसीने बुत बने, रजाई उघाड़े बैठी काँप रही थी।

"वो हॉस्टल की टूटी दीवार...?"

"मनु! सपना देखा?"

"...हाँ शायद पर...ऐसा लगा सच ही था।"

"डर गयी हो, सो जाओ।" वे करवट बदलकर सो गये।

मैं नींद में अपना आप टटोल रही हूँ। अजीब-सी नींद में स्वयं से पूछ रही हूँ—

कौन थी यह बेनु? कहीं 'बनमाला' तो नहीं? अरे! अभी पिछले महीने मेरे जन्मदिन पर तो फोन आया था उसका। यह कहानी तो उसकी ही कहानी है, उसके सिर का वह निशान और उसका इतिहास...उसीने तो बताया था। पर उसने तो कभी आत्महत्या नहीं की। वह अखबार की सुर्खियों में जरूर आयी थी। लेकिन इस तरह—'पहली भील आदिवासी लड़की आर. पी. एम. बनी।' मैंने उसे बधाई दी थी, पता ढूँढ़कर...तब से वह मुझसे फोन पर सम्पर्क रखती आयी है। दो बार वह घर भी आयी है। उसने कोच से विवाह कर लिया था, जयपुर जाकर उसी ने, उसके कोच देवराजसिंह मीणा ने उसे आगे पढ़ाया और इस गरिमामय पड़ाव तक उसे ले आया।

मेरे हाथ-पैर बरफ हो रहे हैं। कुछ समझ नहीं आ रहा है। यह सब क्या है? मेरी समाचारवाली कहानी बनमाला से क्यों जा जुड़ी है? वह तो जिन्दा है। अपने जाँबाज व्यक्तित्व के साथ। एक पुलिस अधिकारी के जिम्मेदार पद पर बैठ, न जाने ऐसे कितने साधुओं, नारीनिकेतनों, छात्रावासों के गँदले गुदड़ों की बखिया उधेड़े हैं और वहाँ के निकृष्ट कर्मचारियों को पिस्सू-सा निकाल फेंका है। पूरे सप्ताह कहानी लिखने के दौरान मुझे न जाने क्या-क्या याद आता रहा है, और मैं अपनी मूल कहानी से भटककर—उदयपुर, रेजिडेंसी के उस विस्मृत इलाके में घूमती रही हूँ। पर गनीमत है, पूरी तो हुई, अब कहीं जाकर मेरा मन सँभला है। बस पेन और डायरी को रख दिया है, भीतर...अलमारी में...! अब एक-दो महीने कोई कहानी नहीं लिखूँगी। उफ! कम-से-कम किसी अखबार की छपी दारुण खबर को प्लॉट बनाकर तो कभी नहीं, ये खबरों जब आपके अतीत से कहीं छूकर गुजरती हैं तो अवचेतन पर जाकर, नाना प्रकार की रासायनिक क्रियाओं से गुजरकर, सपनों के धरातल पर 'प्रेसीपिटेट (अवक्षेपित)' होती हैं।

□

कुरजाँ

''यह देखना डॉक्टर...तुम्हारे इस मेडिकल जरनल में क्या लिखा है, यह कहते हैं कि शरीर की हरेक कोशिका में मेमोरी स्टोर्ड होती है। ये तथ्य तब सामने आया जब अमेरिका में एक लड़की के शरीर में, एक ऐसे व्यक्ति का गुर्दा ट्रान्सप्लांट किया गया, जिसका मर्डर हुआ था...तो उसे अपने उसी तरह कत्ल होने के सपने आने लगे थे, जिस तरह उसके मृत डोनर को मारा गया था। अब इसे क्या कहोगे तुम?'' वह मेरे क्लीनिक में आता और इसी किस्म की हैरतअंगेज चीजें पढ़ने में दिलचस्पी दिखाता था।

मेरा यह चिरकुमार मरीज...एक सेवानिवृत्त शिक्षाविद् था। अपनी नौकरी के दिनों के किस्से सुनाया करता था। रेगिस्तानी इलाकों, आसाम के अन्दरूनी हिस्सों, गुजरात के कच्छी क्षेत्र और हर उस जगह के किस्से, जहाँ-जहाँ वह पदस्थ रहा था। कहाँ-कहाँ तो जाकर अध्यापकी नहीं की उसने! या ये कहूँ, मेरा ये दोस्त घाट-घाट का पानी पिये हुए था। एक शिक्षाविद् होने के नाते, जाने कितनी परियोजनाओं में उसने काम किया था। एकाकीपन, भाग्य की ठोकरों और भटकावों के बावजूद इस प्यारे इन्सान ने सहृदयता का दामन नहीं छोड़ा था। उसकी पारदर्शिता और सहजता ही हमारी मित्रता के मूल में थी।

अपने अन्तिम दिनों में...वह मुझसे 'विच क्राफ्ट' पर बहुत-सी बातें करने लगा था। उन दिनों उसने एक अनोखी घटना का और रेगिस्तानी इलाके की एक खूबसूरत डायन का जिक्र मुझसे किया था, ''वह कहती थी डॉक्टर, जब उसकी माँ अपने ऊपर किसी की आत्मा बुलाया करती थी...तो उसके बाद दिनों-दिनों निढाल पड़ी रहा करती थी। उसके शरीर के अंग-अंग में ऐसे पस्ती छा जाती थी जैसे कि वह महीनों बीमार रह चुकी हो। इसे तुम अपने मेडिकल की भाषा में क्या कहोगे?''

उसका, हर बात के विश्लेषण में 'मेरी मेडिकल की भाषा' से दरियाफ्त किया जाना, कभी-कभी मुझे खिजा देने की हद पर पहुँचा देता।

उसकी किस्सागोई और अनोखी कहानियों को सुनने-सुनाने के शौक के चलते

मैं उससे अक्सर कहा करता था कि तुम लिखना क्यों नहीं शुरू करते?

वह हमेशा यह कहकर टाल देता कि—"यार, इतना धीरज किसमें है? फिर अब शरीर भी साथ नहीं देता।" फिर भी, मेरे बहुत कहने पर उसने रेगिस्तानी डायन की उस कहानी को कलमबद्ध भी किया था। मैं उसे आपके सामने रख रहा हूँ। ये रही वो फाइल...ये रहे...उसके हाथ के लिखे पन्द्रह पन्ने।

—डायन! तो भी हाड़-मांस की जीती-जागती, साँस लेती? जवान-खूबसूरत। मेरी याददाश्त यूँ अचानक क्षीण पड़ जाए, ऐसा तो कभी नहीं हुआ। मैं स्कूल से रोज ही दोपहर में घर आता हूँ, खाना खाता हूँ, कुछ देर लेटकर स्कूल लौट जाता हूँ। मेरा स्कूल दो शिफ्टों में चलता है इसलिए सुबह सात से शाम पाँच बजे तक के बीच मुझे एक अन्तराल की आवश्यकता महसूस होती ही है। इसी अन्तराल के दौरान कल मैं हवेली के फाटक में घुसा ही था कि पीछे-पीछे वह घुस आयी। एक युवा औरत। लम्बी, सतर देह। लम्बा चेहरा, ऊँची उठी गालों की हड्डियाँ, झुलस कर गोरी से ताँबई हो आयी रंगत...उस चेहरे पर दो बड़ी हरी-नीली आँखें यूँ लग रही थीं, जैसे मीलों फैले रेगिस्तान में पास-पास सटे दो शीतल सरोवर हों। फटे हुए जामुनी ओढ़ने से बिखरे हुए भूरे घुँघराले बाल बाहर झाँक रहे थे। उसने लम्बी कुर्ती और घेरदार काला लहँगा पहना था। गले में चिरमी के मनकों की मालाएँ। कुल मिलाकर गौर किया जानेवाला वजूद।

मैंने सोचा, होगी कोई...मकानमालकिन से मिलने आयी होगी। मैं जल्दी से अँधेरी घुमावदार सीढ़ियाँ चढ़ने लगा...वह भी मेरे पीछे लपककर चढ़ी। सीढ़ियों में दुबके दो चमगादड़, सीढ़ियों के बाद दालान पार करके मैं अपने कमरे का ताला खोलने लगा...वह वहीं सीढ़ियों के बाहर चुप, गुमसुम खड़ी रही। मैंने अन्दर आ गया। चढ़ते हुए सूरज की धूप कमरे में एकान्त पाकर पसर गयी थी। मैंने दरवाजा भिड़ा दिया। ढकी हुई थाली उठायी ही थी कि...दरवाजे पर सहमी मगर अनाड़ी-सी दस्तक हुई। मुझे उस अजनबी औरत की इस हरकत पर हैरत हुई। मैं खीझकर बोला—कौन है? क्या काम है?

मिनमिनाते स्वर में उत्तर मिला—"माट्साब मैं हूँ। कुछ बात करनी थी आपसे।"

मैं झटके से उठा और दरवाजा खोलकर, त्यौरियाँ चढ़ाकर बोला, "क्या काम है?"

"बस दो घड़ी...मेरी बात सुन लो मास्टर साब। मेरे बच्चे का दाखिला..."

"स्कूल की बात स्कूल में आकर करना। अभी जाओ।" मैंने त्यौरियाँ ढीली नहीं की।

"स्कूल...वहाँ तो आपका चपरासी कालू अन्दर आने नहीं देता है।"

''ऐसा क्यों? तुम कौन हो? नाम क्या है?''

''बस हूँ एक बदकिस्मत। नाम तो कुरजाँ है...पर लोग तो... ।'' उसकी आवाज काँप रही थी।

''इसी गाँव की हो? कहाँ रहती हो?''

''हाँ, अब तो इसी गाँव की हूँ। खारी बावड़ी के पीछे...मसानघाट से थोड़ा पहले रहती हूँ।'' उसने ठंडे स्वर में कहा।

''ठीक है...कालू को कह दूँगा...आने से मना न करे। कल स्कूल आ जाना, बच्चे को लेकर।'' उत्तर में उसने पलकें उठाकर देखा...नीले ठहरे हुए सरोवर िझलमिलाये। रेगिस्तानी भटकावों और प्यास से त्रस्त मैं, मानो उन सरोवरों में कूद पड़ा।

उसके बाद मुझे कुछ याद नहीं रहा कि मैं किन रास्तों पर आत्मविस्मृत होकर चलता चला गया और सूखी हुई, खारी बावड़ी के किनारे पर असमंजस की स्थिति में खड़ा हुआ कालू को मिला।''वह अजीब से नाम की औरत...कुरजाँ...अभी आगे-आगे ही तो चल रही थी...कहाँ गायब हो गयी?''

उसने मेरे ठंडे हाथ थपथपाये।

''कौन कुरजाँ? वो डाकण राँड! डाकण यानी कि डायन है...वो। कुछ समझे माट्साब?''

''मैं नहीं मानता यह बकवास... !''

''सारा गाँव जानता है उसे। आप नये हो...ना।''

''पागल हुए हो क्या? वह डायन कैसे हो सकती है...एक जीती-जागती, साँस लेती जवान औरत।''

वह सच में ही पागलों की तरह दाँत निपोरने लगा फिर जोर से एक तरफ थूक कर आस्तीन से उसने अपना मुँह पोंछा और बड़बड़ाने लगा।

''हैडमाट्साब...तो बताओ सारा घर चौपट खुला छोड़ के, खाने की थाली में अधखाया कौर छोड़ के आप स्कूल की जगह इस सूखी बावड़ी की तरफ क्या लेने आये हो?''

''हाँ, याद आया...वह बता रही थी कि उसके लड़के को स्कूल में दाखिल करना है, पता नहीं किस बेख्याली में...बेखबरी में...मैं यहाँ...''

''बस साब जी, यही तो वसीकरण था...डाकण का।''

''चुप रहो। भूल से भी यह बात कहना मत किसी से। मैं अपनी मर्जी से ही चला आया था... ।'' अपनी बेख्याली पर स्कूल में किस्सेबाजी हो, यह मैं नहीं चाहता था। मगर यूँ याददाश्त अचानक क्षीण पड़ जाए, ऐसा तो कभी नहीं हुआ। तो क्या मैं कुछ देर को सम्मोहित हो गया था? हँह...सुबह से खाली पेट रहने की वजह से कुछ

देर को सिर चकरा गया होगा या फिर क्या यह मोमेंटरी मेमोरी लॉस था? उफ! उसके बाद, कल पूरे दिन सिर दुखता ही रहा था।

लेकिन आज वह स्कूल क्यों नहीं आयी? कालू को तो मैंने आगाह कर ही दिया था। कभी मिली तो पूछूँगा जरूर। सारे फर्श और बिस्तर को किरकिरा करके आँधी थम चुकी थी। इसी किरकिराहट के साथ अब जीना सीखना था।

अजीब सन्निपात के रोगी के-से दिन थे, जब मेरा इस गाँव 'जींवसर' में हैडमास्टरी के लिए चयन हुआ था। घटनाओं के विस्तार में गया तो अवसाद में डूब जाने की सम्भावना है, बड़ी मुश्किल से सँभला हूँ। बस, ये जानिए कि लम्बी बेरोजगारी के चलते प्रेमिका ने कहीं और शादी कर ली थी, उम्र थी कि बीतती चली जा रही थी...घर में उपस्थित मेरा चेहरा पिता को तनावग्रस्त करता था, माँ को उदास... मैं अपनी परिस्थितियों से उकताकर सुन्न-सा कमरे में पड़ा रहता। उसी सुन्न मन:स्थिति में संक्षिप्त-सा सामान बाँध, अपने शहर से दो सौ चालीस किलोमीटर की बस यात्रा, फिर पन्द्रह किलोमीटर की जीप यात्रा करके इस सीमावर्ती रेगिस्तानी गाँव में चला आया था, थार मरुस्थल का अन्दरूनी, पिछड़ा हुआ एक ऐसा इलाका जिसकी थाह पाना बहुत कठिन था। यूँ भी पश्चिमी सीमावर्ती इलाकों में मुकम्मल तौर पर बसे गाँव कहाँ होते हैं? एकाकी हवेलियाँ होती हैं...अपने ही सन्नाटों में सिहरती या फिर थोड़ी-थोड़ी दूर पर बसी ढाणियाँ होती हैं...और होता है दूर तक फैला रेतीला विस्तार। ऐसी जगहों पर जिन्दगियाँ बहुत लम्बी महसूस होती हैं, उम्र बस रेंगा करती है।

शुरू में, मैं बहुत अकेला महसूस करता था...जो किताबें अपने साथ लाया था, सबकी सब पढ़ डाली थीं। मन घबराने लगा तो, मुझे लगा कि स्थानीय लोगों से मेल-जोल बढ़ाया जाए...पर जल्द ही मैं जान गया कि गाँव के सम्पन्न लोग, बाहरी लोगों से मिलना-जुलना पसन्द नहीं करते थे। आम गरीब लोग तो डरे हुए, भीरु लोग थे। बरसों पहले समाप्त हो चुकी जमींदार प्रथा के बावजूद यहाँ के रावले के प्रति आतंकजनित सम्मान आम आदमी की रगों में बस गया था। मुझे रावले के दबंग पुरुषों को देखकर हैरत होती थी कि वे गाँव के आम आदमी से मिलने पर अब भी नजराना स्वीकार करते थे। "खम्मा घणी होकम" सरल ग्रामीण दुहरे हो जाते, मगर उनकी गर्दनें अभिमान से अकड़ी रहतीं।

इस गाँव के और इसके आस-पास की ढाणियों के लोग बहुत ही सीधे-सरल और पिछड़े हुए थे। उनकी अलग ही दुनिया थी, ऐसा लगता था कि कुछ साधनों...जैसे जीपों, ट्रांजिस्टरों के अलावा बाकी की दुनिया से वे पूरी तरह नावाकिफ थे। ये अन्धविश्वासी देहाती हर किसी के रौब में जल्दी ही आ जाते हैं। बिना किसी प्रयत्न के कोई भी आदमी अपने आपको 'सरकारी' बताकर उन पर अपना प्रभुत्व जमा सकता था। चपरासियों तक को वो खुदा समझते थे। पटवारी, तहसीलदार के तो पैर छूते थे।

सीमा सुरक्षा बल के अफसरों-जवानों से वे दूर भागते थे...वे कुछ पूछताछ करते तो वे झुक-झुककर उनके पैर छूने लगते मगर कुछ बताने के नाम पर खाली आँखों से ताकते। सीमा सुरक्षा बल के अफसरों को लगता था कि इस कस्बे की कुछ मुसलमान जनजातियों के तार सीमापार से जुड़े हैं, किन्तु ये बड़े घाघ हैं...इनसे कुछ भी उगलवाना कठिन है। सीमा सुरक्षा बल की अपनी कठिनाइयाँ और कर्तव्य थे...इस गाँव और ढाणियों के कुछ लोगों के खेत...भारतीय सीमा से बाहर भी पसरे थे...कुछ जनजातियाँ दोनों सीमाओं के बीचों-बीच न घर की न घाट की स्थिति में बसी थीं। लेकिन मेरे ख्याल से, वे जीवन की पार न पा सकनेवाली, मूलभूत कठिनाइयों से ही उबर नहीं पाते थे कि वे कुछ भी ऐसा सोच पाएँ या कर पाएँ जो स्मगलिंग या जासूसी से जुड़ा हो। अपने निर्दोष होने के बावजूद सीमा सुरक्षा बल के जवानों का डर उन्हें काठ किये रहता था।

इस गाँव में गिनी-चुनी ही हवेलियाँ थीं, जो वणिक जाति के व्यवसायियों की थीं। ज्यादातर खाली पड़ी थीं या किराये पर उठी हुई थीं, किसी-किसी हवेली में अपने अतीत से जुड़े वृद्ध, साँस लेते प्रेतों की तरह अपने कुछ सेवकों के साथ रहा करते। उनकी अगली पीढ़ी के लोग व्यवसाय हेतु ज्यादातर मुम्बई, सूरत, मद्रास, कोलकाता में रहते थे। जिनमें अन्य जातियों के लोग रहते थे, गरीब किसान, चरवाहे तथा जनजातियों के लोग समूहों में कच्ची ढाणियों में रहा करते। तेज हवाएँ इनके इन कच्चे झोंपड़ों के छप्पर मज़ाक-मज़ाक में उड़ा ले जाती थीं, मगर इनके रँगीले साफों की बँधान ढीला करने में ये हवाएँ अक्षम रहतीं।

हिन्दू, जीरे बाजरे की खेती करते, भेड़-बकरियों का दूध बेचते। मुसलमान भेड़ों की खरखरी ऊन, ऊँट के चमड़े का सामान बेचते। मेहनती तो थे ये लोग, पर उनकी मेहनत रेत में से बस रेत ही उगलवा सकती थी या रेतीले जानवर और आँधियाँ। भेड़ों का दूध, ऊन, जीरा, ऊँट का चमड़ा, बाजरे के दो-चार बोरी दानों के बदले वे बाड़मेर जाकर जरूरत का अन्य सामान खरीद कर लाते। ये सीधे-सादे आचार-विचार के लोग आपस में एक-दूसरे के प्रति ईर्ष्यालु भी हो उठते। अनाज के दाने-दाने के लिए खून खराबा कर देते। पानी की बूँद के लिए औरतें बाल खींच-खींचकर झगड़तीं। प्राकृतिक विपदाओं से निरन्तर आक्रान्त उनकी संस्कृतियों में अन्धविश्वासों ने गहरी जड़ें जमा रखी थीं। अन्धविश्वास उनके आदिम आवेगों को कभी नियन्त्रित तो कभी अनियन्त्रित करता था।

मैंने फिर आज शाम कालू से उस 'डाकण' के बारे में पूछा था मगर वह मुँह फुलाकर बैठ गया।

"उसे स्कूल में क्यों नहीं घुसने देते हो? सरकारी स्कूल सबके लिए होते हैं।"

"डाकणों की औलादों को स्कूल में रखोगे तो बाकी के लोग बच्चे भेजना बन्द

कर देंगे।'' वह चिढ़कर बोला।

''कर दें मेरी बला से, कल से उसका बच्चा स्कूल आएगा। वैसे वो औरत है कौन? इसी गाँव की है?''

''आप मानते नहीं हो न साब जी, तो बताने का क्या फायदा?''

मैंने बहुत पूछा मगर वह चुप रहा। खाना बनाकर उसने चुपचाप थाली मेरे सामने रख दी। मैं जब खाना खाने लगा तो अनायास ही उसने बोलना शुरू किया।

''आपने देखी थीं उसकी बिल्ली की नाईं हरी-नीली आँखें?''

''हूँऽऽ।'' मैं खाना चबाता रहा। यहाँ का खाना तीखा है और पानी खारा। छह महीनों में भी मैं इन दोनों की आदत नहीं डाल सका हूँ। ये कालू, मेरे स्कूल का चतुर्थ श्रेणी कर्मचारी, यही कहता है...''साब जी, तीखा नहीं खाओगे तो इस भारी पानी को पचाना मुश्किल है। कबज हो जाएगी।''

तीखे खाने की वजह से मेरी नाक और आँखें बहने लगीं, सहन न हुआ तो मैं खुद उठकर पानी ले आया। उसने बिना ध्यान दिये बदस्तूर बोलना जारी रखा—

''कुछेक साल पहले इसे गाँव से बाहर काढ़ दिया था। बहुत पहले, जिस साल यहाँ छोटी माता फैली थी, उसी साल जाने कहाँ से ये चली आयी थी साब...आयी थी तब सबसे यही कहती थी कि रावले में उसका धणी, ठाकुर साब के यहाँ दो साल का बन्धक मजूर बनके आया था...दो साल बीत गये, लौट के घर नहीं पहुँचा। रावले में किसी ने घुसने नहीं दिया, ठाकर-सा ने कह दिया कि उनके तो...कोई बन्धक मजूर नहीं है। कोई कहता, जाजूस था, कोई स्मगलर बताता...जिसे बी एस एफ वालों ने मार गिराया। पहले गाँव के मंगनियार लोगों की ढाणियों की तरफ अपने गोद के बच्चे के साथ रहने लगी। जड़ी-बूटियाँ देती औरतों को, इलाज करती। विश्वास जीत लिया लुगाइयों का। मनमाना पैसा और घर-घर जाकर अनाज माँगने लगी तो औरतों ने मना करना शुरू किया...फिर तो जो इसे मना करे उसके घर में बच्चे बीमार पड़ जाएँ, मौत हो जाए। मेरी ही औरत के जब तीसरा बच्चा होने को था तो हम देवता के यहाँ से लड़का होने की भभूत लाये...ये राँड सामने पड़ गयी...कि तीसरी भी लड़की पैदा हो गयी। एक बार तो, यहाँ के रावळे में ये डाकण जबरदस्ती पहुँच गयी। छोटे ठाकर सा के घर में पैली औलाद हुई थी, औरतें सूरज पूजने जा ही रही थीं...कि जो बालक ने रोना शुरू किया तो शाम तक चुप ही नहीं हुआ, शरीर मरोड़ने लगा...आँखें फेर लीं। पैले तो ठाकुर ने इसे पैसे-वैसे देके बच्चे से टोटका हटाने को कहा, तो कहने लगी...मेरा टोटका नहीं है...इस रावले के ही बुरे करमों की छाया है...फिर तो ठाकर-सा ने अपने आदमियों से इसके सिर पे जो सौ जूते लगवाये तो...ये डाकण मानी और बच्चे पर से टोटका हटाया...। ठाकर-सा ने इसे मरवाने की सोची तो खड़े-खड़े सारी फसल का जीरा काला पड़ने लग गया। जिसके खेत में देखो जीरा काला। फिर बड़ी

ठकुराणी-सा ने कहा मारो मत, पता नहीं क्या सराप लगा दे ये करमफूटी औरत। बस गाँव के बाहर काढ़ दो। तब से इससे गाँव वाले कोई नाता नहीं रखते। ये खारी बावड़ी के पीछे, मसान के रास्ते में झोंपड़ा डाल के रहने लगी है। सुना, अब तो धीरे-धीरे इसने एक कोठरी पक्की करा ली है। कोई-कोई इलाज, जादू, जन्तर-मन्तर, करानेवाली नीच, राँड-लुगाइयाँ चुपके-छाने अब भी जाती हैं, उनसे ये मनमाना पैसा लूटती है। गाँव के भले लोग कोई उधर नहीं जाते। आप भी दूर ही रहना।''

''और इसका बेटा?''

''है ना...आठेक साल का होगा। कभी-कभी दिखता है, बाजार में सौदा-सुलफ लेता हुआ। बड़ा तेज है। उलटे जवाब देता है। गालियाँ बकता है, इसकी माँ को कुछ कह के तो देखो!'' मेरी उत्सुकता अपने चरम पर थी। सहानुभूति भी हो आयी उस माँ-बेटा की जीवन-कथा पर।

उस दिन स्कूल में चल रहे दाखिलों के चलते हालाँकि खाना मैं शाम चार बजे खा पाया था, आधी छुट्टी में घर भी नहीं गया था सो स्कूल से जल्दी घर को निकल पड़ा था। खाना खाते ही उस आकर्षक चुड़ैल को लेकर उत्सुकता कुलबुलाने लगी थी। मैं घूमता हुआ खारी बावड़ी की तरफ निकल पड़ा। मैं वहीं जाकर ठिठक गया, जहाँ उस दिन कालू ने मुझे आत्मविस्मृति की अटपटी हालत में पकड़ा था। हैरानी भी हुई कि उस दिन मुझे यह, यहीं पैरों के नीचे पसरी पगडंडी क्यों नहीं दिखाई दी थी...जो आज दिखाई दे रही है? लम्बी घास के बगल से, चुपचाप सरककर जाती हुई पगडंडी...यहीं-कहीं तो आकर वह ओझल हो गयी थी। निश्चय ही रात आयी आँधी के मारे यह घास लेट गयी है और पगडंडी स्पष्ट दिख पा रही है। मैं उसी पर बढ़ गया।

अचानक बढ़ते-बढ़ते, पैरों के नीचे बिछी भुरभुरी रेत, सफेद और ठोस परत में तब्दील होने लगी। जैसे कभी यहाँ नमकीन पानी की झील रही हो। दरारें और लम्बा सफेद रहस्यमय विस्तार...यहाँ, कहाँ होगा उसका घर? इन हवाओं में या इस सफेद जमीन के नीचे? या ताड़ के पेड़ों पर अटके चीलों के घोसलों में? जब मैं घूमा तो पीछे की ओर रेतीले टीले पर एक कच्चा-पक्का-सा घर दिखा। घर के दरवाजे अधखुले पड़े थे। मैं चलकर वहीं पहुँच गया। अन्दर कोठरी में उजाला बस नाम को था। उसकी आकृति खाट पर बैठी दिखाई दी।

''नमस्ते। मैं...।''

''कौन है?'' वह वहीं से गुर्रायी, ''यहाँ क्या लेने आये हो?''

''अन्दर आ सकता हूँ...''

उसने मेरा चेहरा देखा तो आश्वस्त होने की जगह असमंजस में पड़ गयी। फिर हल्की-सी मुस्कान के साथ बोली—"कहाँ बिठलाऊँ माट्साब तुम्हें अब? चिमगादड़ के मेहमान बने हो तो उल्टा ही लटकना होगा, है कि नहीं?" मैं अचकचाया...मैंने ध्यान दिया कि वह स्थानीय भाषा नहीं बोलती थी। वह तो उर्दू मिश्रित कोई अलग ही बोली है।

"कहाँ है आपका बेटा? जिसका दाखिला कराना था।" कहकर मैं अन्दर चला आया था।

"वह घर में कब टिकता है? अभी तक भेड़ें चराकर नहीं लौटा।" वह एक छोटी कमीज में सिर झुकाये बटन लगाती रही, पाँच मिनट तक कोठरी में सन्नाटा हिचकियाँ लेता रहा, मैं सोच ही रहा था कि यूँ ही खड़ा रहूँ या चलने की इजाजत माँग लूँ। तभी उसने दाँत से धागा तोड़ा और खाट से उठ खड़ी हुई, "बैठो माट्साब।"

मैं बैठ गया।

"माँ..." कहकर एक दुबला-सा गोरा बच्चा हाथ में बबूल की संटी और एक पीले रंग में रँगा भेड़ का मेमना लिये कोठरी में दाखिल हुआ।

"नहीं रे...डर मत ये हेडमास्टर साहब हैं स्कूल के।"

"इन्हीं को ला रही थीं तुम कि ये गायब हो गये थे कल..."

"मैं गायब हो गया था? या ये...।" मैं अचकचा गया। वे दोनों हँसने लगे।

"चाय नहीं पिलाएगी अम्मा मेहमान को?"

"भेड़ के दूध की चाय, ये पिएँगे?" कहकर कुरजाँ कोठरी के शहतीर से टँगी एक टोकरी में से कपड़े में बड़े सँभालकर रखी चाय की पत्ती निकालने लगी।

चाय इतनी भी बुरी नहीं थी। इलायची की गन्ध में भेड़ के दूध की गन्ध दब-सी गयी थी। चाय पकड़ाकर कुरजाँ बाहर चली गयी। वे दोनों चुपचाप चाय पीने लगे।

मैं बच्चे से पूछने लगा, "स्कूल में पढ़ोगे?"

"हाँ।"

"नाम क्या है?"

"जुगनू।"

"कुछ पढ़ना आता है?"

"हाँ! एक से सौ तक गिनती...अपना नाम लिख लेता हूँ।"

वह बाहर से अन्दर आकर बोली..."हाँ, मगर उर्दू में।...चाय पी ली हो माटसाब तो रुख़सत हो लो...साँझ ढल गयी तो इस रेगिस्तान में रास्ता मिलना मुश्किल होगा। गोल-गोल भटकते यहीं दम तोड़ दोगे। इस खारी बावड़ी के फैलाव में।" बाहर से वह लम्बी रस्सी में बँधे, सुखाये हुए नीलगाय के नमकीन मांस के टुकड़े बटोरकर लायी थी।

"नीलगाय का सूखा मांस खाते हो माटसाब? खाते हो तो ले जाओ।"

"नहीं। मैं मांस नहीं खाता।"

"जुगनू, तू भेड़ें सँभाल। मैं छोड़के आऊँ इन्हें, बाड़मेर की सड़क के इस पार तक।"

वह मुझसे पहले ही निकलकर पगडंडी पर चल पड़ी। मैं आगे बढ़कर उसके साथ चलने लगा। कुछ दूर चलकर बेर की झाड़ियों से बनी मेंड़ के सामने वह खड़ी हो गयी।

"वो जो पगडंडी देखते हो, वही जो थूर के पेड़ों के बीच से जा रही है?"

"हाँ।"

"बस उसी पर सीधे चले जाना। बीच में एक भैंरू जी का थान मिलेगा, वहाँ से उल्टे हाथ पे मुड़ लेना। फिर रेत के धौरे शुरू हो जाएँगे। उन पर चलते चले जाना। आगे तुम्हें बाड़मेर रोड मिलेगी...।"

"लेकिन आया तो मैं किसी छोटी पगडंडी वाले रास्ते से था...!"

"वहाँ लम्बी घास में साँप छिपे रहते हैं, अँधेरा भी घना रहता है...वहाँ भटक जाओगे, यह रास्ता इकहरा है, बस जरा लम्बा है।"

वह जब बायाँ हाथ उठाकर रास्ता दिखा रही थी तो मैं कनखियों से उस अनूठे चेहरे को देख रहा था। उसके चेहरे का कटाव स्थानीय ग्रामीणों से भिन्न था। वेशभूषा भी। वह हठात् पीछे मुड़ गयी, मैं उसे जाते देखता रहा। उसकी चाल में से एक गर्व उत्सर्जित हो रहा था और एक शानदार फकीराना उदासीनता। मुझे लगा इस विलक्षण रूप के चलते ही वह दन्तकथाओं और अटकलों से घिर गयी होगी।

मैं भटकता हुआ कमरे पर लौट आया। मेरा कमरा हवेली की पहली मंजिल पर था। नीचे हवेली की वृद्ध मकान-मालकिन दो नौकरानियों के साथ रहती थी। पहली मंजिल के चार विशाल कमरों में से एक मुझे किराये पर दिया गया था, जिसकी पीली दीवारों पर छोटे-छोटे कई आले थे और छत पर सुन्दर चित्रकारी की हुई थी, दरवाजों के ऊपर बने रोशनदानों पर रंगीन शीशों की फुलवारी-सी बनी थी। सुन्दर, बारीक काम। पहली मंजिल पर बने सारे कमरे ऐसे ही विशाल थे। मगर सब के सब खाली।

मैंने देखा, मेरे साथ ही दो चमगादड़ें कमरे में घुस आयी थीं। लगातार हाँफती हुई मेरे चौकोर कमरे के चक्कर लगाने लगी...मैं दरवाजा खोलकर रजाई ओढ़कर लेट गया मगर वो हाँफते-हाँफते कमरे से बाहर निकलने की जगह रजाई पर ही फद्द से गिर पड़ी। उस दिन खाने की थाली यूँ ही ढकी रह गयी। कमरा यूँ ही खुला रहा। मैं चमगादड़ों के उड़ने के इन्तजार में रजाई में मुँह किये ही सो गया। सुबह मेरे जगने से पहले ही कमरे में घुसकर कालू बड़बड़ाने लगा—"मना करता हूँ साब जी को उस

डाकण से दूर रहो। माने नहीं, गये उस तरफ...देखो, आज फिर दरवाजा खुला है और खुद बेहोश हैं। अरे बाप! कैसा ताप चढ़ा है।'' हल्की हरारत की वजह से उस दिन मैं स्कूल नहीं गया। कुरजाँ के बारे में सोचता रहा और अजीबोगरीब सपने देखता रहा।

जुगनू का दाखिला स्कूल में मैंने कर लिया था। अध्यापकों के बीच सुगबुगाहट और विद्रोह को मैंने महसूस किया लेकिन अपरोक्ष रूप से प्रार्थना के समय छात्रों को सम्बोधित करते समय मैंने अपना सन्देश सम्प्रेषित कर दिया था कि इस विद्यालय में मैं किसी किस्म के जातिवाद, छुआछूत और अन्धविश्वास को सहन नहीं करूँगा।

जुगनू की तरतीबवार पढ़ाई हुई ही नहीं थी सो आठ वर्ष का होने के बावजूद उसे दूसरी कक्षा में डाला गया...जिसका पाठ्यक्रम भी उसके बस के बाहर था। किसी अध्यापक से उसकी तरफ अतिरिक्त ध्यान देने को कहना व्यर्थ था, मैंने ही उसे शाम के समय अपने कमरे पर आकर एक घंटे पढ़ने के लिए कह दिया।

जुगनू का बातूनीपन अब उजागर होने लगा था। उसके पास स्थानीय रेगिस्तान को लेकर अद्भुत जानकारियाँ थीं। चाहे वो रेतीले साँपों के नाम हों...या रेगिस्तानी लोमड़ियों के व्यवहार की जानकारी हो। लेकिन उसे पढ़ाने में मुझे भी पसीने आ जाते। पढ़ते-पढ़ते वह न जाने कौन-कौन से कुतूहल उठा लेता...शहर कैसे होते हैं? वहाँ कितने लोग रहते हैं? कभी दुखी होकर वह अपनी माँ की बात करता...कि गाँव के लोग उसकी माँ को डाकण, कुत्ती, राँड और जाने कितनी गन्दी गालियाँ बकते हैं। बारिश हो और रुके ना तो भी उसकी माँ का टोटका कहते हैं, न हो तो...फिर तो है ही उसका जादू-टोना। कभी कहता, वह बड़ा होकर माँ को शहर ले जाएगा। जहाँ उसकी माँ को कोई नहीं जानेगा। न डाकण कहेगा।

कभी जुगनू के पढ़ने न आने पर, मुझे उसके झोंपड़े में जाने का बहाना मिल जाता। रेगिस्तान और बेरों की झाड़ियों से घिरा उसका ठिकाना और लोगों की उसके बारे में तरह-तरह की भ्रान्तियाँ...उसके इर्द-गिर्द एक रोमांचक प्रभामंडल बुनती थीं। मैं जुगनू से मुखातिब होकर अप्रत्यक्षतः उससे बातें किया करता।

''इस उजड़े वीरान रेगिस्तान में अकेले रहते डर नहीं लगता?''

जुगनू ने उदासीन भाव से कन्धे उचका दिये।

''डर क्यों लगेगा माट्साब? यहाँ शेर-चीते नहीं रहते...।''

''मेरा मतलब जानवरों से नहीं था...रेतीले तूफानों से था। निर्जन में अकेले रहना...मुसीबत पड़े तो कोई सहायता के लिए भी न आ सके।'' कहा मैंने जुगनू से था पर देख मैं उसकी माँ को रहा था।

''हमारे लिए यही अच्छा है कि लोग मुझे और जुगनू को अकेले छोड़

दें...लेकिन...।'' कुरजाँ के होठों के टाँके टूटे।

''लेकिन?''

वह चुपचाप सिर मोड़कर खिड़की के बाहर देखने लगी। वह शान्त रहने का भरसक उपक्रम कर रही थी। उसकी आँखें बाहर जमी हुई थीं और भृकुटियाँ क्रुद्ध मुद्रा में एक-दूसरे के समीप सिमट आयीं।

''वही पुलिस का दरोगा और बी एस एफ के भूखे भेड़िये।''

तो मेरा अन्देशा सही था कि बी एस एफ के जवान और पुलिस का दारोगा जरूर इन्हें तंग करता होगा।

''उनका तुमसे क्या लेना?''

उसने फूत्कारते हुए समूची कटुता जवाब में उँडेल दी।

''अकेली औरत गोश्त की भुनी हुई नमकीन बोटी से ज्यादा क्या होती है! मेरे घरवाले को तो जबरदस्ती स्मगलर-जासूस करार कर दिया...जबकि वह मरा तो यहीं रावले की बेगारी में है। दारोगा को रपट लिखने को कहा तो वह उल्टा मुझे ही तंग करने लगा।''

'' ... ...''

''माट्साब हमारे पुरखे घुमन्तू कबीले के थे...कभी इस पार तो कभी उस पार...न हिन्दू न मुसलमान...जान की साँसत लगी रहती थी...बॉर्डर के आस-पास रहने में सो...एक जगह बसने के इरादे से वो रावले आया था...एक हजार का करार था दो साल की बन्धक मजूरी का...वो लौटा ही नहीं न पैसा भेजा...उसका एक साथी भाग आया, उसी ने खबर दी कि उसका कुछ सुराग नहीं है। मैं अपने पीहर में इस पार ही थी...कोसों पैदल चलके जींवसर आयी...उसके इन्तजार में तब से यहीं हूँ। अपना और बच्चे का पेट पालने को अपने कबीले का हुनर आजमाती थी। वही तो मेरे खून में था। साँप और हड़क्ये कुत्ते के काटे का जहर उतारना, जड़ी-बूटी करना, किस्मत बाँचना, बुरे साये उतारना। हमारे कबीले की औरतें वैद-ओझा का हुनर जानती हैं। जींवसर के गँवारों ने रावले की शह में मुझे डाकण ही बना डाला।'' आँसू उसकी आँखों में खून की तरह उतरे थे पर वह रोयी नहीं। पी गयी। उसकी यही बात मुझे विशेष रूप से प्रभावित करती थी...उसका अपने आप पर अटूट विश्वास।

मेरे उस झोंपड़े में पहुँचने पर वह हमेशा और सौम्य रहती...अपने कामों में मसरूफ। किन्तु न जाने, उसकी किन भंगिमाओं से मैं यह जान गया था कि उसे हल्की-सी खुशी होती है, मेरे आने की। कभी-कभी हमारे बीच अजीब से मूक क्षण आ जाते जब अनायास हमारी आँखें चार हो जातीं। ऐसे में उसकी नीली आँखों में हल्की नमी

घिर आती और उसकी कनपटी के पास उभरी पतली नीली नस हल्के-हल्के सिहरने लगती। ऐसे ही पलों में, उसके प्रति मेरा कुतूहल अपनी पराकाष्ठा पर पहुँच जाता।

"कुरजाँ, यह नाम पहले कभी नहीं सुना...क्या मायने इसके?"

"कुरजाँ एक पंछी होता है...मोर जैसा बड़ा, चमकने वाले सुरमई पंख, काली कलँगी...आँख के पास सफेद घेरा। आपने देखा नहीं? इसके गीत नहीं सुने? कहते हैं, जाड़े की चाँदनी रातों में ये पंछी जन्नत से उतरकर रेगिस्तानी झीलों के किनारे बड़ी तादाद में डेरा डालते हैं...जाड़े भर रहकर फागुन आने पर उड़ जाते हैं। माँ कहती थी कि कुरजाँ एक ही बार जोड़ा बनाते हैं जिन्दगी में, वो जोड़ा टूटे तो अकेले, झुंड से अलग यहीं छूट जाते हैं, फिर जन्नत नहीं लौटते, धीरे-धीरे गरम रेत पर जान दे देते हैं।" कहते हुए उसके चेहरे पर उदासी का सुरमई-रुपहला रंग उभरा तो नीले सरोवरों पर धुन्ध छा गयी।

"जड़ी-बूटी के इलाज के अलावा तुम क्या करती हो?...जादू टोना, मेरा मतलब बुरी आत्माएँ उतारना या अच्छी आत्माएँ बुलाना?" मेरे इस गुस्ताख़ सवाल पर वह हिचकी। उसने मेरी आँखों में ताककर मेरा इरादा भाँपना चाहा, चाहे क्या भाँपा कि आश्वस्त होकर बताने लगी। "नहीं, मैंने वह हुनर नहीं सीखा, बहुत कभी, किसी के बहुत जिद करने पर मेरी माँ बुलाती थी...अपने जिस्म में किसी की रूह को...और बहुत पैसे लेती थी...बल्कि सोना...अँगूठी या बाली...लेकिन उसके बाद महीनों उसका दम निकला रहता वह पस्त रहती... आवारा रूह उसके जिस्म में बेलौस भटककर उसे बेदम कर जाती थीं। मैंने सीखना चाहा पर उसने मने कर दी...जवान, कुँवारी लड़कियों को यह सब नहीं सिखाया जाता था। हमारे कबीले की बूढ़ियाँ ही ये सब किया करती थीं।"

"तुम बता रही थीं तुम भाग्य भी बाँचती हो?"

"अब यह सब कौन मानता है माट्साब।"

"मेरा देख के बताओ न!"

"क्या करेंगे जानकर? पता नहीं, माँ के दिये वो ताश के पत्ते मैंने कहाँ रख छोड़े हैं। याद नहीं।"

"अम्माँ, मैं लाऊँ? वो, वहाँ उस डब्बे में रखे हैं।" पढ़ता हुआ जुगनू बीच में उचका और टाँड पर रखे एक पुराने टिन के डिब्बे में से मैले-कुचैले ताश ले आया...

"देखो न अम्माँ..." जुगनू उत्साह में था।

उसने अनमने मन से कुछ बुदबुदाकर तीन ताश निकाले...

"कुछ रखिए इस पर...सिक्का..."

मैंने जेब से पचास का नोट निकालकर उसकी हथेली पर रख दिया।

"इतना नहीं...।"

"रख लो..."

उसने आँखें मूँद लीं, फिर हथेली पलकों के पास ले जाकर पत्ते खोले...एक सम्मोहन में डूबकर, सपाट स्वर में बोलने लगी—

"तुम अच्छे हो मगर दिल के कमजोर। सोचते बहुत हो। जरा-जरा-सी बात दिल से लगा बैठते हो। पैसा कमाओगे पर बचेगा नहीं। माँ-बाप के प्यारे हो...पर उनके ग़म के बाइस ही बनोगे। तुम्हारी चिन्ता रहेगी उनको। जल्दी ही जगह बदलोगे, मतलब यहाँ से तबादला होने के आसार हैं। पैरों में फेरा है, घूमते रहोगे यहाँ से वहाँ। बहुत बूढ़े होकर नहीं मरोगे।"

"कहो न, जल्दी ही मर जाओगे।"

"नहीं, न जल्दी न देर में।"

"हह...ये तो आम बातें हैं जो कोई भी बता दे।" मैंने मजाक बनाया।

वह उदास हो गयी। फिर हिलाया। पलकें उठाकर संजीदगी से बोली।

"तुम ताजिन्दगी कुँआरे रहोगे।"

"अच्छा!" मैं हँसी उड़ाने के लहजे से बोला।

"मत मानो।"

"अच्छा तुमने कभी अपना भविष्य नहीं देखा।"

"हमसे तो भाग्य का देवता रूठा ही रहता है, दूसरों के भाग बाँचने वाले उसे दूसरों की खातिर इतना नींद से जगाते हैं कि खुद किस्मत बाँचने वाले सदा दुःखी रहते हैं।"

कुछ दिनों बाद ही रेबारियों की बस्ती में आखातीज के मौके पर सामूहिक विवाह की रस्म का एक बड़ा आयोजन होना तय हुआ, ठाकुर साब और गाँव के प्रतिष्ठित लोगों के साथ मेरे नाम का भी बुलावा आया था। मैं हवेली के चौकीदार को जगे रहने की हिदायत देकर रावळे में चला आया। वहाँ से ठाकुर साहब और उनके लवाजमे के साथ मैं भी पहुँचा रेबारियों के मोहल्ले में। ठाकुर साहब का स्वागत रस्म के अनुकूल ढंग से हुआ, वही, उनका खम्माघणी करके नजराना पेश किया जाना...नजराने में, चाँदी के कुछ सिक्के। पैर छुए जाना—हाथ चूमा जाना। मुझे वितृष्णा हुई। इनके सामन्तवादी मिजाज कब बदलेंगे आखिर? तम्बू बँधा था और अँधियारे मुहल्ले में गैस के हंडों की रोशनी की गयी थी जिससे सारा मंडप प्रकाशमान था। इन हंडों के जगर-मगर प्रकाश में गरीब रेबारियों का अभाव और उस अभाव में बरसों से जी रहे लोगों के चेहरे पर स्थायी तौर पर रहनेवाली बेचारगी उभरकर सामने आ रही था। मैंने महसूस

किया, उनके इन अभावों और बेचारगी के समक्ष, मेरे इर्द-गिर्द बैठे तथाकथित प्रतिष्ठित चेहरे भौंडे और हास्यास्पद लग रहे थे। जल्दी ही पंडाल नये कपड़ों में सज्जित छोटे-छोटे दूल्हों से भर गया। उनमें से कई अपने पिता के कन्धों पर ऊँघ रहे थे या फिर माँ की गोद में बैठे अँगूठा चूस रहे थे। कुछ थोड़े बड़े थे सो अपनी छोटी तलवारों या कटारों से खेल रहे थे, खिलखिला रहे थे। मेरा मन कहीं आहत हुआ कि मैं एक सरकारी कर्मचारी होते हुए इस गैरकानूनी प्रथा में शरीक हुआ हूँ। ठाकुर साहब की बगल में बी डी ओ और प्रधान बैठे विदेशी मदिरा का आनन्द उठा रहे थे। उधर दरोगा और पटवारी रेबारी औरतों पर अश्लील टिप्पणी करके हँस रहे थे। ऊब और उदासी की चिरपरिचित अनुभूति मेरे मन पर घिर आयी। नेपथ्य में कहीं बजनेवाले ढोल की निरन्तर थाप मेरे दिमाग में पीड़ादायक रूप से प्रतिध्वनित हो रही थी। मैंने स्वयं से पूछा—"मैं यहाँ क्या कर रहा हूँ?"

मेरा मन कचोट उठा, तो मैंने हठात् ठाकुर साहब से पूछ ही लिया, "ये तो बाल-विवाह है, ठाकुर साहब। अब तो..."

"हेडमास्टर साहब, आप तो मुँह बन्द करके इनकी मेहमाननवाजी का आनन्द लो। ये तो अपनी पुरानी परम्पराएँ हैं...इन्हें मिटाणा मुश्किल है। हमारी तो खुद की सादी थाली में बैठी दो साल की दुल्हन से हुई थी। अब हमारे बच्चे बाहर पढ़णे लगे हैं तो देर से ब्याव करते हैं...पढ़ी-लिखी बहुएँ आ गयी हैं तो उन्होंने गाँव आणा ही कम कर दिया है। रावळे-हवेलियाँ तो सूनी पड़ गयी हैं...ये परम्पराएँ अब गाँव के इन मोहल्लों में ही बची रह गयी हैं। इन गरीबों के बहाने हमारी अपनी प्रथाएँ और संस्कार बचे हुए हैं।"

मैं चुप रह गया। तभी शोर उठा और नन्ही-नन्ही दुल्हनें थालियों में बाहर लायी गयीं। चमकीले चुभन वाले नये घाघरे-ओढ़नों में, बेहाल, रोती, ऊँघती। चाँदी के अनगढ़ जेवरों से लदीं। गैस के हंडों की रोशनी में बहुत ही अनोखा दृश्य बन पड़ा था फेरों का। सामूहिक फेरे। दूल्हों के पिता और दुल्हनों की माएँ गोद में लेकर फेरे फिरा रहे थे। वे मासूम सजे सँवरे, गठरी बने बच्चे अपने भविष्यों और गृहस्थी समस्याओं से बेखबर नींद में डूबे या निंदासे, अधजगे फेरों के साथ घूम रहे थे। औरतें मंगलगीत गा रही थीं।

तभी भीड़ बनाकर खड़े बच्चों के एक झुंड पर मेरी नजर गयी...जो शादी में आमन्त्रित तो नहीं थे...पर तमाशबीन बने खड़े हुए थे। उनसे थोड़ी दूर पर टेंट के एक खम्भे से लगा हुआ...झाँकता-सा अकेला जुगनू भी खड़ा था। हल्की-हल्की ठंड में भी केवल एक बनियान और पाजामा पहनकर वह बाल-विवाह का तमाशा देख रहा था...उसके हमउम्र, उससे छोटे दूल्हों की नयी पोशाकें, तलवारें...थालियों में बैठी उनकी नन्ही-मुन्नी दुल्हनें! मेरी नजर विवाह के शोरगुल से हटकर अब जुगनू पर

केन्द्रित थी...क्या सोचता होगा यह बच्चा? स्कूल, मोहल्ले, गाँव से निष्कासित...एकाकी... शापित बचपन। फिर मेरा ध्यान हटकर उसकी माँ पर जा टिका...वो दो नीले सरोवरों का नखलिस्तान! मन में हूक-सी उठी।

तभी महिलाओं की तरफ से एक शोर गूँजा...''अरे या डाकण अठै...राँड मर अठा सूँ...अठै कई कर री है थूँ?'' एक बुढ़िया ने चीखकर, उस पर अपने हाथ का डंडा फेंका।

''काकी-सा बालक है, शादी की रौनकें देखी तो इधर भाग आया, इसी को लेने आयी थी।''

मैंने देखा...कुरजाँ जुगनू का हाथ खींचती हुई तमतमाती हुई वहाँ से चली जा रही थी। अपमान के दंश से तिलमिलाकर उसने ब्याह का तमाशा देखने की जिद करते नन्हे बच्चे के गाल पर दो तमाचे जड़ दिये थे।

ठाकुर साहब और उनके लवाज़मे का खाना तो छुआछूत की वजह से, स्वयं ठाकुर साहब के घर से आये बामण ने बनाया था। बाकी लोगों का खाना पीछे कहीं बन रहा था। खाना खाकर मैं जल्दी ही लौट आया और देर रात तक बैठ कुछ जरूरी कागजात और फाइलें निपटा रहा था। तभी कालू भागता हुआ आया, ''साब जी, जल्दी चलो, रेबारियों के ब्याव में डाकण के आने से खाना जहर हो गया। लोग उल्टी-दस्त कर रहे हैं। कितनेक तो बेहोश हैं। कुछ बच्चे तो लग रहा है के...नहीं बचणे के साब जी।''

मैं भागता हुआ अस्पताल पहुँचा जो कि लोगों से अँटा पड़ा था, डॉक्टर लम्बी छुट्टी पर था, ठाकुर साहब के होते हुए पास के कस्बे से दवाइयाँ और डॉक्टर को लाने का प्रबन्ध न हो सका। इतने हंगामे और खबर भेजे जाने के बावजूद वे गीदड़ की तरह चुपचाप रावळे नाम की अपनी नाँद में दुबके रहे। कहलवा दिया कि जीप में पेट्रोल नहीं है और स्वयं ड्राइवर शादी का खाना खाकर बीमार हो गया है। कुछ दूसरे लोगों ने और मैंने पैसे जमा करके जीप मँगवायी, जब तक पास के कस्बे से डॉक्टर आता, गाँव के कम्पाउंडर ने कमान सँभाल ली थी। मैंने कालू को भेजकर प्राथमिक चिकित्सा जानने वाले ट्रेंड स्काउट छात्रों को बुलवा लिया। स्वयं भागा स्कूल से फर्स्ट एड बॉक्स लाने, जिसे हाल ही में मैंने जरूरी दवाओं और सामानों से भरवाया था। रात भर जागकर भी दो नन्हे दूल्हों और चार साल की एक दुल्हन को और एक बुड्ढे को नहीं बचाया जा सका। लोग आहत थे, क्रुद्ध थे। गलती खाना पकानेवालों की थी, बासी मांस लाने वालों की थी। निष्क्रियता और गैरजिम्मेदारी दिखायी थी सरकारी तन्त्र ने और रावले में रहनेवाले गाँव के तथाकथित मालिकों ने...जिनके सारा गाँव पैर पूजता था...लेकिन गालियाँ मिलीं गाँव के बाहर बसी निर्वासित डाकण और उसकी औलाद को। अगले दिन जब ठाकुर साब अपने लवाजमे के साथ पधारे, मैं अस्पताल में नहीं था। बात फिर

उठी अपशकुन की और डाकण के गाँव में देखे जाने की। गाँव के जवान लड़के शायद ऐसे ही किसी मौके और दुष्प्रेरणा की तलाश में थे।

अगले दिन भी लोगों की हालत में सुधार की गति धीमी थी पर हालात काबू में थे। मैं रात ग्यारह बजे के करीब अस्पताल से लौट रहा था। कालू मेरे साथ था...टॉर्च...घनी निस्तब्धता में मोर की आवाज ऐसी लग रही थी मानो वह कोई दुख भरा भेद छिपा रहा हो। शादी-ब्याह के घरों से उठी उन विकल पुकारों से पीछा छुड़ाना मुश्किल जान पड़ रहा था।

"देखा साहब डाकण का काम...देखी थोड़े ही गयी उसे गाँव की खुसी...कहती थी इसी गाँव में गायब हुआ है उसका घरवाला..."

"चुप रहो कालू, बासी मीट खाने की वजह से हुई मौतों का सम्बन्ध तुम किसी औरत के शाप से कैसे जोड़ सकते हो? उसे नाराजगी है तो रावले से, आम गाँव के लोगों से उसका क्या लेना? उसके डाकण होने की बात हो न हो इन ठाकुरों ने ही फैलायी है...क्योंकि उसका घरवाला रावले में बन्धक मजूर था। वहीं से वह गुम हो गया। जाने जमीन खा गयी कि आसमान निगल गया या इन्हीं ठाकुरों ने...मियाद पूरी होने पे..."

"नईं साब...शुरू से मैं इसे जानता हूँ। जब ये औरत गाँव में आयी थी औरतों के दिमाग फिरने लगे थे, राँड़ें इसके पास बच्चा गिराने की दवा लेने जाने लगी थीं। एक-दूसरे के बच्चों पर टोने-टोटके कराने लगी थीं। तास के पत्तों से भाग बाँचणे के नाम पे ये ठगिनी उन्हें बहकाने लगी थी।"

"अरे! बंजारन औरत है, जड़ी-बूटी का काम जानती होगी...फिर खाने कमाने के लिए इसे कुछ तो करना ही था न!"

"पता नहीं साहब...।"

"आज तो मौत को इतना पास से देख तो लिया तूने...जब मौत आती है तो यह शरीर ही एक-एक साँस के लिए लड़ता है। जब पेट में जहर होता है तब न भैरूँ जी, न बाला जी काम आते...तब किन्हीं चुड़ैलों का जादू-टोना भी नहीं काम आता...काम आता है नमक का खारा पानी...और पेट की सफाई। इंजेक्शन और ग्लूकोज। मांस के बासी होने की रिपोर्ट तो आज डॉक्टर ने खाना जाँचते ही दे दी थी। कल दुपहर भैंरूजी के थान पे कटा भैंसा परातों में खुला पड़ा रहा...आज शाम को पकाया...तो जहर तो फैलेगा ही ना।"

"सर्दियों में तो...।"

"कालू जी...मांस कटते ही धीरे-धीरे सड़ना शुरू हो जाता है। चाहे सर्दी हो कि बरसात...।" पता नहीं कालू के दिमाग में मेरी बातें घुसीं कि नहीं पर उसने आगे बहस करना बन्द कर दिया था। टॉर्च लेकर वह आगे-आगे चलता रहा। अचानक

बोला, ''ठाकर साब ने हरी झंडी दे दी थी, गाँव के छोरों को...डाकण को निकाल बाहर करने की।''

''क्या? किसे?'' वह चौंका।

''वो कुरजाँ डाकण को।''

''फिर से कहो?'' मैंने उसे कन्धों से पकड़कर झकझोर दिया। वह सकपका गया।

''चलो मेरे साथ।'' हम दोनों लगभग दौड़ते हुए कुरजाँ के ठिकाने पर पहुँचे।

चाँदनी का फीका आलोक झोंपड़ी की टूटे केवलू की छत में से रिसता हुआ, चमकीला कटी चिप्पियों की शक्ल से कुरजाँ के आधे उघड़े भूरे घायल शरीर पर छिटका हुआ था। ऐसे लग रहा था, वह किसी मंच पर पड़ी है...अन्तिम दृश्य में...और उसे घेरकर प्रकाश डाला गया है...उसके पीछे केवल अन्धकार था। मैंने कालू से टार्च लेकर उस पर डाली। उसने सहमकर अपना बायाँ हाथ आँखों पर रख लिया। अपने फटे कपड़ों को ढकने लगी। उसके गालों और गले के पास खरोंचों के गहरे निशान थे...दायीं भौंह के पास से कट गया था जहाँ खून जमकर काला पड़ गया था। तभी मेरे पैरों से कुछ टकराया।

''अरे! ये जुगनू को क्या हुआ?'' कुरजाँ के पैरों के पास जुगनू अचेत पड़ था, उसकी कनपटी के पास से लहू बह रहा था।

कालू यह दृश्य देखकर अवाक् था। रोशनी के अनजाने वृत्त में पड़ी कुरजाँ का राख पुता चेहरा, ठहरी हुई नीली पुतलियाँ...फटा ओढ़ना...चिथड़ा घाघरा...लगभग फाड़कर फेंक दी गयी कुर्ती के अवशेष...बायीं भौंह के पास बहता हुआ खून।

वह उठ बैठी। हमारे सवालों का कोई उत्तर नहीं था वहाँ...वह खामोश थी...कुरजाँ की खामोशी और तटस्थता कालू को सिहरा रही थी। शायद अब उसे समझ आ रही थी एक निरीह चुड़ैल की विवशता।

''कालू, उठा इस बच्चे को, अस्पताल चलें...।'' कुरजाँ ने कालू का हाथ थाम लिया।

''नहीं। अस्पताल नहीं।''

''बच्चा मर जाएगा।''

वह सिसकने लगी।

''ये ठीक ही कहती है, अस्पताल जाना ठीक नहीं है माट्साब। वहाँ लोग इसे देखकर और पागल हो जाएँगे।''

कालू ने बच्चे के घाव साफ करके, फर्स्ट एड बॉक्स में से पट्टी निकाल कर बाँधी और हवेली जाकर मेरी अलमारी में रखी ब्रांडी ले आया और उसकी छाती की

मालिश करने लगा। कुरजाँ को मैंने अपना दुशाला दे दिया था। वह फिर से वहीं फर्श पर ढह गयी। अपनी उसी तटस्थ पथरीली खामोशी के साथ। जुगनू अचेतावस्था में कराहता रहा। कालू को मैंने वहीं रुककर बाहर पहरा देने को कह दिया था सुबह होने तक। मेरा वहाँ रुकना ठीक न होगा।

मैं हवेली में पड़ा रात भर जागता रहा, कुछ समझ नहीं आ रहा था पर अभी मैंने आशा नहीं छोड़ी थी, अनेक संकल्पों और विकल्पों की शरण में जाकर भी मन कोई हल नहीं ढूँढ़ पा रहा था। पौ फटते ही मैं वहाँ जा पहुँचा। कालू बाहर ही बैठा मिला। मैं अन्दर गया, जुगनू को होश आ गया था। कुरजाँ ने गठरी सँभाल रखी थी और दुशाला कस के देह पर लपेट लिया था।

"कहाँ जाने की तैयारी है?" मैंने पूछा।

"कालू भाई जी से कहें...हमें पाणेरी के बसटैंड तक छोड़ के आएँ।"

"कहाँ जाओगी बहन?" कालू अन्दर आ गया।

"पता नहीं...अब इस गाँव में रहना नहीं हो सकेगा।"

मैं आवेश में आ गया।

"क्यों? कल रात को कुछ तुम्हारे साथ हुआ है, उसकी शिकायत नहीं करेंगे हम सदर थाने जाकर?"

"कौन पुलिस माट्साब, जो रावळे का हुक्म बजाती है?"

"...।"

"कल रात मेरे साथ जो हुआ, उसकी परवाह नहीं...पहले भी रात को दरवाजा खटकाते थे, रावले के हाकम, बी एस एफ के जवान...खुद पुलिस के दरोगा...बत्तीस दाँतों के बीच जबान की तरह कैसी बची, मैं ही जानती हूँ। पर गाँव के छोरों ने पहली बार हिम्मत की...भेड़ें भगा दीं। मुर्गियाँ खोल दीं। जानवरों के टपरे में आग लगा दी। मेरे कपड़े-फाड़े...बदसलूकी की...मेरी छोड़ो, जुगनू के साथ जो हुआ उसने मेरी हिम्मत तोड़ दी है माट्साब। कितना मारा उसे, टाँगों से उठाकर गोल घुमा के जमीन पे छोड़ दिया।"...कहकर वह पीड़ा से सिसक उठी। एक खामोशी में उसकी हल्की सिसकियाँ गूँजती रहीं। उधर जुगनू की भी कराहटें बढ़ती जा रही थीं।

कालू, समस्या का हल लेकर कुरजाँ के सामने खड़ा हो गया।

"मेरी समझ से तो...आज दिन-दिन किसी तरह ये यहीं काटें, रात होते ही मैं और आप चलकर इनको मेरे गाँव के खेत पर बने कच्चे घर में छोड़ आएँ। मेरा गाँव, यहाँ से बस पन्द्रह कोस पर है। मामला निपटने तक ये वहीं रहें। फिर आप जानें या ये जानें...बस पुलिस के झंझट से मुझे दूर रखना साब जी।" बहुत राहत तो मिली

थी मुझे, कालू की इस व्यवस्था से पर मैं जानता था, यह स्थायी व्यवस्था नहीं थी। मैंने कुरजाँ को लेकर उस रात गम्भीरता से सोचा...उसके स्थायित्व को लेकर, जुगनू को गोद लेने की औपचारिकताओं पर। अब वक्त नहीं लगा मुझे निर्णय लेने में, सुबह स्कूल पहुँचते ही मैंने जींवसर से तबादले और लम्बी छुट्टी पर जाने की अर्जी डाल दी थी...। इसी शाम को ही मैं कुरजाँ को अपना निर्णय बता कर, उसकी 'भविष्यवाणी' को गलत साबित करने की चुनौती देकर चौंकाने वाला था।

"चले गये वो दोनों...।" शाम पाँच बजे मैं स्कूल से निकलने की तैयारी में ही था। तभी कालू अपना क्लान्त चेहरा लिये आ खड़ा हुआ।

"कहाँ?"

"पता नहीं?"

"झोंपड़ी खाली मिली। पाणेरी के बसटेंड भी गया मगर वहाँ नहीं थे। एक जान-पैचाण वाला मिला, वो बता रहा था के उसने दोफैर में 'डाकण' को जाते देखा था, छोरे के साथ बस में। बाड़मेर की तरफ।...ये तास के पत्ते वहाँ बिखरे पड़े थे।"

मैंने वो ताश के पत्ते उससे छीन लिये, बेहद पुराने, साधारण ताश के पत्ते। मैं उन्हें बेचैनी से पलटने लगा।

"डायन कहीं की, अपना कहा सच करके चले गयी।" हताशा और गुस्से में मैं चीख पड़ा, कालू आश्चर्य से मुँह खोले मेरे चेहरे को ताकता रह गया।

उसके बाद मैं वहाँ छह महीने और रहा। जैसा कि मैंने पहले जिक्र किया था, समय वहाँ बहुत लम्बा होता है।...वहाँ कोई घंटे नहीं गिनता, न वर्ष। वहाँ मौसम ही नहीं आते...न बसन्त...न बहार। मैं जब तक वहाँ रहा, एक अनन्तता में जीने का पुरज़ोर यक़ीन बना रहा। लौटा तो लगा, मैं अपना एक जीवन वहाँ छोड़ आया था।

कहानी तो यहीं खत्म हो गयी थी। उसकी इस कहानी की फाइल के पीछे, मुझे एक छोटा नोट मिला—"स्मृति द्वारा वापस लाकर अतीत की चीजों को मोटे तौर पर देखना और बात करना तो आसान है, डॉक्टर...पर बारीक कहानी बुनना, अतीत की आवारा रूह को अपनी देह पर बुलाने जैसा होता है। मैं बहुत पस्त मगर मुक्त महसूस कर रहा हूँ। अब सोऊँगा।"

नींद में ही चला गया था वह। बहुत दिनों तक उसकी अनुपस्थिति मेरे मन में एक उलझी कहानी-सी अटकी रही।

□

बिगड़ैल बच्चे

वे तीन युवा सुबह–सुबह छह बजे, पिंक सिटी ट्रेन में मेरे बाद चढ़े थे। रेल के इस सबसे पीछे वाले, सुनसान पड़े डिब्बे की मानो रुकी हुई साँसें एक–एक चल पड़ी हों...तेज स्वर में बातचीत, छेड़छाड़ करते हुए वे तीनों सामान स्वयं लादे, विदेशी पर्यटकों की नकल में साफ–साफ देशी नजर आ रहे थे। बात–बात में...फकिन...फकअप...फकऑल...! मुझे बहुत नागवार गुजर रहा था।

आते ही धम्म से उन्होंने सारा सामान सामने की सीट पर पटक दिया था। एक खुल्लम–खुल्ला–सी मध्यवर्गीय मगर आधुनिक किस्म की लापरवाही उनकी हर बात से झलक रही थी। चाहे वह बातचीत का लहजा हो या सामान फेंकने का ढंग हो, चाल–ढाल या कि बाल हों, चप्पलें हों, चाहे बिना मोजों वाले जूते हों या...फेडेड जीन्स हो। वे जो कर रहे थे उनकी नजर में फैशन था, आधुनिकता थी। इस आधुनिकता में उनका मध्यवर्गीय अभाव कुछ ढँक रहा था तो कुछ उघड़ रहा था।

पिंकी सिटी दिल्ली के सायरोहिल्ला स्टेशन से सीधे छह बजे चलती है और दोपहर तीन बजे जयपुर पहुँचती है, सो सुबह साढ़े पाँच बजे ही मुझे मेरा बेटा ट्रेन में बिठाकर, सामान व्यवस्थित कर, सामने के स्टाल से एक कप एस्प्रेसो कॉफी लाकर, मुझे पकड़ा कर चला गया था। पहले से बैठा...बल्कि खाली बैठा भारतीय यात्री...उस पर महिला यात्री...और फिर मेरे जैसा कल्पनाशील यात्री, हर नये चढ़नेवाले यात्री की वेशभूषा, शक्ल, बातचीत के लहजे, नामों के चलन के अनुसार उसका प्रदेश–परिवेश भाँपने का प्रयास करता है, यकीन मानिए बस वैसा ही कुछ मैं भी कर रही थी। अजीब किस्म का शौक है ना...दूसरों के मामले में नाक घुसाने का नितान्त भारतीय शौक!

निश्चित रूप से तीनों गोआ के निवासी लग रहे थे, केवल शक्लो–सूरत से ही मैंने

यह निश्चय नहीं किया था...क्योंकि लड़की ने जो टी-शर्ट पहनी थी उस पर सामने ही लिखा था—'माय गोआ, द हैवन ऑन द अर्थ'। गले में काले धागे में चाँदी का बड़ा-सा क्रॉस लटका हुआ था। यही नहीं वे कभी अँग्रेजी में और कभी कोंकणी भाषा में बात कर रहे थे। अपने गिटार, कैमरा, वॉकमैन के अलावा तीन पुराने-से बैग, ढेर सारे चिप्स के पैकेट और कोल्ड ड्रिंक की बॉटल्स और कुछ पत्रिकाएँ लेकर वे तीनों चढ़े थे...अब वे मेरे एकदम सामनेवाली सीटों पर अस्त-व्यस्त-से जम गये। एक लड़की तो थी ही, बाकी दो लड़के थे। एक छोटा, एक बड़ा।

तीनों उत्तर भारत के टूरिस्ट मैप पर सिर से सिर जोड़कर नजर गड़ाकर कुछ कार्यक्रम बना रहे थे...कोंकणी में। लापरवाही से उनका कैमरा सीट के कोने में रखा था, मैं मन-ही-मन कुनमुनायी, लगता है इन्हें उत्तर भारत...खासतौर पर दिल्ली के जेबकतरों-उठाईगीरों का कोई अनुभव ही नहीं है या कभी कुछ सुना भी नहीं। मैंने सोचा आगाह करूँ...पर मेरी तरफ डाली गयी उनकी उदासीन दृष्टि अब तक मुझे चिढ़ा गयी थी सो मैंने सोचा—'हँ मुझे ही क्या पड़ी है!'

मैप देखने के बाद तीनों अपनी-अपनी जगह पर खिसक गये। बैग ऊपर वाली बर्थ पर लापरवाही से फेंक दिये गये थे। गिटार बड़ेवाले लड़के ने अपने गोद में बहुत प्यार से रख लिया जैसे कोई पालतू जानवर हो। वॉकमैन छोटे ने कान पर लगा लिया, खाने-पीने का सामान लड़की ने अपने पास के बैग में डाल लिया था। लड़की साँवली होने के बावजूद आकर्षक थी। दरम्याने कद की, पतली और प्यारी-सी। हाँ, बाल बेढंगे-से थे...घुँघराले काले बालों के बीच की कई लटें कत्थई और सुनहरे रंग में रँगा रखी थीं। मुझे अपने कॉलेज की मिसेज बतरा याद आ गयीं, वो अपने खिचड़ी बालों में मेहँदी लगाकर जब उन्हें रँग लेती थीं तो उनकी सफेद लटें ऐसी ही लगा करती थीं, कुछ सुनहरी, कुछ लाल, कुछ काली...पर यह फैशन है आजकल का, बेढंगा फैशन! मेरे अन्दर की प्रौढ़ होती महिला किचकिचायी।

लड़कों में से छोटा लड़का, चेहरे-मोहरे से उसका भाई लग रहा था, हाँ भई...उसकी नाक और होठों की बनावट बिलकुल लड़की जैसी ही थी...वह लड़की जरा लुनाई लिये हुए साँवली थी और यह बिल्कुल काला, वही...जिसने कानों में अब वॉकमैन के इयर प्लग लगा रखे थे और पैर हिलाते हुए गुनगुनाता जा रहा था।...कभी-कभी वह आसपास के वातावरण से बेखबर जरा ऊँची आवाज में गाने लगता था...तब लड़की उसे कोहनी मार देती थी।

बड़े लड़के के हाथ गिटार के तारों को हल्के-हल्के सहला रहे थे। वह कोई अँग्रेजी गीत गुनगुना रहा था और मीठी नजरों से लड़की को देख रहा था। लड़की ने मुस्कुराकर नजरें खिड़की के बाहर दौड़ा दीं। स्टेशन पर चहल-पहल बढ़ गयी थी। जिस खिड़की के पास वह लड़की बैठी थी...वहाँ दो-चार सड़क छाप मनचले

मँडराने लगे थे। ठेठ सड़कछाप हिन्दी के कुछ गन्दे फिकरे कसे गये जो लड़की को समझ नहीं आये पर वह लड़की होने की छठी इन्द्रिय से समझ गयी कि उसके कपड़ों पर कुछ कहा गया है। उसने आधी खुली पीठ वाला, छोटा-सा, बड़े गले का नाभिदर्शना टॉप पहना हुआ था। नाभि में चाँदी की बाली पहनी हुई थी। बड़ा लड़का उसका असमंजस तुरन्त समझ गया, आवेश की हल्की परछाईं उसके चेहरे पर आयी। उसने उसे बैग में से निकालकर एक लम्बी बाँह की शर्ट पकड़ा दी थी। फिर छोटे लड़के को खिसकाकर खिड़की के पास बिठा दिया था। लड़की को बीच में बिठाकर वह उसके एकदम करीब उसके कन्धों पर अपनी बाँह का सहारा देकर बैठ गया। लड़की ने लापरवाही से उसकी दी हुई शर्ट को पहन लिया था, लेकिन बिना बटन लगाये। अब तक ट्रेन ने सीटी दे दी थी। जिन्हें इस ट्रेन में चढ़ना था, चढ़ गये थे और अपनी-अपनी जगह खोजने लगे थे। यह एक सेकेंड क्लास का डिब्बा था। मेरे बगल में एक अधेड़ सज्जन आ बैठे थे...और उनकी पत्नी भी । छोटा लड़का अब एकदम मेरे सामने था...उसने हरा बरमूडा और फूलों की छींट वाली पीली शर्ट पहन रखी थी। सामने के कुछ खड़े बाल सुनहरे होने की हद तक ब्लीच किये हुए थे। ट्रेन चलते ही इस छोटे लड़के ने वॉकमैन की आवाज बढ़ा दी थी। इतनी कि मैं तक सुन पा रही थी। एक घना शोर और बीच-बीच में किसी पॉप गायिका की आवाज। एक मिनट बाद जब मुझसे शोर सहन नहीं हुआ तो मैंने उसके पास थोड़ा झुककर पूछ ही लिया, ''मैडोना है ना?'' मैंने सोचा वह बात में छिपे व्यंग्य को समझेगा और आवाज धीमी कर देगा।

'हँह...', उसने कहा।

लड़की ने सिर हिलाया बुरा-सा मुँह बनाया और कहा, ''शी इज़ नॉट फॉर अवर जेनरेशन...ही लाइक्स शकीरा एंड ब्रिटनी।''

मैं साथ लायी किताबों में से कुछ भी नहीं पढ़ पा रही थी। पन्द्रह मिनट तक मैं वह कानफाड़ू संगीत सुनती रही। अधेड़ व्यक्ति मेरी परेशानी भाँप रहे थे। उन्होंने छोटे लड़के के घुटनों पर थपथपाया। उसने इयरफोन हटाया और उनकी तरफ चिढ़े हुए अन्दाज़ में देखने लगा। संगीत इयरफोन्स में से निकलकर ट्रेन के सरपट संगीत से पूरी टक्कर ले रहा था।

''व्हेयर एवर...व्हेयर एवर...टंन टन्नना''

''टों...छक छक छुक छुक...टटटूँ...।''

''अगर तुम इतना तेज म्यूजिक सुनोगे तो तुम्हारे कान खराब हो जाएँगे।'' अधेड़ सज्जन ने विनम्रता से धीरे से कहा।

लड़के ने सिर हिला दिया, यह संकेत देते हुए कि, पहली बात तो वह कुछ सुन नहीं पा रहा दूसरे उसे हिन्दी नहीं समझ आती।

उन्होंने थोड़ी तेज आवाज में अंग्रेजी में कहा, ''इफ यू विल लिसन लाउड म्यूजिक योर हियरिंग विल बी डैमेज्ड।''

''व्हाट?'' उसने तेज आवाज में पूछा और वॉकमैन बन्द कर दिया।

''ही इज सेइंग...यूर आर गोइंग टू रुइन योर हियरिंग, इफ यू विल कंटीन्यू प्ले म्यूजिक सो लाऊड।'' मैं सन्नाटे में जोर से चीख पड़ी।

अचानक वे तीनों जोर से हँस पड़े। छोटे लड़के ने हँसी रोकते हुए टूटी-फूटी हिन्दी में गोअन ढंग से कहा—'अच्छा...शुक्रिया।' और इयरफोन को गले से लटका लिया और वॉकमैन बरमूडा की लम्बी लटकती जेब में डाल लिया, जिससे वह और लटक गयी।

मैं झेंपकर उठ खड़ी हुई और हैंड टॉवेल लेकर बाथरूम जाने का उपक्रम करने लगी। मेरे मुड़ते ही आवाज आयी...'व्हाट फकिन कन्सर्न दे ओल्डीज़ हैव?' यह आवाज लड़की की थी। 'शटअप लीजा। शी इज राइट।' यह गम्भीर आवाज बड़े लड़के की थी।

मैं बाथरूम से लौटी तो बड़ा लड़का डेबॉनेयर का सेंटरस्प्रेड देख रहा था। लड़की भी साथ झुकी थी...बीच-बीच में बड़े लड़के की धीमी आवाज में की गयी किसी टिप्पणी पर वह उसके बाल खींच देती या पीठ पर मुक्का जमा देती। वह अधेड़ सज्जन और उनकी पत्नी अब मेरी ओर सहानुभूति के साथ मुखातिब थे। आपसी परिचय से पता चला कि वे डॉक्टर हैं। उनकी पत्नी अध्यापिका। ''यह हाल है हमारे देश की युवा पीढ़ी का!'' यह डॉक्टर साहब कह रहे थे। ''दिन पर दिन बदतमीज होते जा रहे हैं। संस्कार बचे ही नहीं।'' उनकी पत्नी ने अपने में मशगूल उस युवा त्रयी को घूरकर देखकर कहा। छोटा लड़का थोड़ा झिझका और प्रतिक्रिया में उसने अपने जाँघ तक ऊँचे चढ़ गये बरमूडा को नीचे खींच लिया और खिड़की के बाहर देखने लगा। ''हमारी भी गलती है...हमारे पास समय कहाँ है, जो इन्हें संस्कारों का पाठ पढ़ाएँ।'' मैंने ठंडी साँस लेकर कहा।

''देखने में तो मिडल क्लास लग रहे हैं...पर फैशन और रहन-सहन देखो। ये लोग तो होते ही ऐसे हैं। देख रही हैं न कितनी बेशर्मी से गन्दी-गन्दी किताबें देख रहे हैं, बड़े-बूढ़ों का लिहाज ही नहीं।'' डॉक्टर की पत्नी ने फुसफुसाकर कहा।

''बात खाली एक जाति की नहीं है, हमारी यंग जेनरेशन पूरी की पूरी ही ऐसी है। कुछ वेस्टर्न कल्चर का असर था, बचा-खुचा टी. वी. चैनलों ने पूरा कर दिया। इन लोगों को इतनी छूट है, हमें कभी थी क्या?'' डॉक्टर ने कहा।

''हाँ, हर पीढ़ी में अच्छाइयाँ और बुराइयाँ रही ही हैं।''

''हाँ जी, पर यह पीढ़ी तो...इनमें समझदारी नाम मात्र को नहीं है। देखो इन्हें...बस फालतू जोश! कुछ कर दिखाने, कुछ बनने-बनाने की न तो काबिलियत

है, न अक्ल, न हिम्मत। सोशल वेल्यूज के नाम पर जीरो...'' अपनी तर्जनी अँगूठे से जोड़कर उन्होंने जीरो बनाकर दिखाया तो वह युवा त्रयी उन्हें आश्चर्य से देखने लगी। ''...दरअसल ये लोग भोगवाद में विश्वास करते हैं...जो आज मिल रहा है भोग लो...कैसे भी पैसा कमाओ और खर्च कर लो...मजे करो बस। बाकी दुनिया जाए भाड़ में। डॉक्टर की पत्नी उन्हें घूर-घूरकर कोस रही थीं। वे तीनों समझ रहे थे कि हमारी बात का विषय वे तीनों ही हैं...शायद इसीलिए छोटा लड़का वॉकमैन सुनते-सुनते जोर से गाने लगा था और उन्हें चिढ़ाते हुए वह लड़की-लड़के से एकदम सटकर बैठ गयी। लड़का गिटार पर कोई गोअन धुन बजाने लगा था।

''भोगवाद कहें या भौतिकवाद...इससे हम भी कहाँ अछूते हैं ? हाँ पर यह युवा पीढ़ी कुछ ज्यादा ही लापरवाह है। जो भी हो इन्हीं पर हमारा भविष्य टिका है।''

''भविष्य! ये युवा हमें वृद्धाश्रम के अलावा क्या देंगे? महास्वार्थी है यह पीढ़ी। पहले कभी हमने भारत में वृद्धाश्रमों का नाम तक सुना था? हमारी सास तो आखिर तक हमारी छाती पर...मेरा मतलब हमारे साथ रहती रहीं।''

डॉक्टर ने सिर हिलाया और किसी सोच में डूब गये। मानो उनकी पत्नी ने पते की बात कही थी। फिर अखबार उठाकर पढ़ने लगे। उनकी स्थूल पत्नी नाश्ते का सामान सजाने लगी थीं। ''लीजिए न कुछ।''

''जी नहीं...मेरा व्रत है।'' मैं सफाई से झूठ बोल गयी। बचपन से माँ की बँधाई हुई गाँठ 'सफर में किसी अजनबी से कुछ लेकर मत खाना' कस गयी।

डॉक्टर ने तीनों युवाओं से एक औपचारिक आग्रह किया...उन तीनों ने बिना संकोच के एक-एक पूरी उठा ली और खाने लगे। मुँह में पूरी ठूँसे-ठूँसे लड़की ने कहा, ''वैरी डैलीशियम आंटी, विच काइंड ऑफ पिकल इज दिस?'' कहकर एक पूरी और उठा ली। उस पर उँगली से अचार फैलाकर रोल बनाने लगी।

''टैंटी।'' वे उदासीनता से बोलीं।

''व्हाट...टी?''

''टैंटी... ए वाइल्ड फ्रूट।'' डॉक्टर ने समझाया।

''ओह आई थॉट...दीज आर सी-फिशेज एग्ज।''

''नो नो, वी आर प्योर वेजेटेरियन्स।'' कहकर अध्यापिका महोदया ने अपना टिफिन उनके सामने से खींच लिया और मेरी तरफ मुँह करके खाने लगीं। मैं खिड़की से सटकर बैठ गयी। क्रीं...किच करके ट्रेन रुक गयी। शायद चेन पुलिंग थी। यह दिल्ली के बाहर का औद्योगिक क्षेत्र था। यह तो रोज का किस्सा है—अनेक स्थानीय यात्री इस ट्रेन और फिर आठ बजे तक दिल्ली से चलनेवाली हर ट्रेन में चढ़कर आते हैं फिर बार-बार चेन खींची जाती है। दो घंटों में भी दिल्ली की सीमा से ट्रेन बाहर नहीं निकल पाती। शाम की ट्रेनों में भी यही हाल रहता है। काफी समय तो बरबाद

होता ही है, साथ ही ये लोग प्रथम श्रेणी से लेकर आरक्षित शायिकाओं तक हर जगह घुसे चले आते हैं। फिर यात्रियों के साथ बदतमीजी से पेश आते हैं। कोई लड़की या सुन्दर महिला यात्री दिख जाए तो उससे सटकर बैठ जाएँगे। उसके संरक्षक आपत्ति करें तो झगड़ा...फिर तो ये लोग ट्रेन को चलने ही नहीं देंगे। ट्रेन में तोड़-फोड़ करेंगे। यह व्यवस्था का ऐसा सुराख है जो बन्द नहीं हो सकता। सालों पुराना चलन है। यही देखते-देखते मैं युवा से प्रौढ़ हो चली हूँ। आज भी मुझे इन लोगों से डर लगता है।

वो तो सौभाग्य से यह डिब्बा बहुत पीछे था सो इस डिब्बे में कोई झुंड नहीं चढ़ा...नहीं तो इस लड़की के कपड़ों और अदाओं पर यहाँ तो कत्ल हो जाते...और इसके ये दो मरगिल्ले से संरक्षक कुछ नहीं कर पाते। हिन्दी तक तो ठीक से समझ-बोल नहीं पाते। मैं भी सोचने लगी, ये खुलापन, इनकी इस कदर लापरवाही क्या इन्हें खतरों की तरफ नहीं ढकेलती? पढ़ाई, काम-धन्धा कुछ करते भी हैं कि नहीं? उम्र तो देखो, मुश्किल से अठारह-उन्नीस के होंगे, छुटका तो पन्द्रह का-सा लगता है। उस पर कैसे होंगे वे दु:साहसी माता-पिता जिन्होंने इन्हें अकेले दुनिया देखने भेज दिया। ये ही शायद ऐसे हैं...विद्रोही किस्म के बिगड़ैल बच्चे। मन किया कि मैं भी कहूँ—'ब्लडी फकिन ब्रैट्स!'

हमारे भी सहपाठी, सहकर्मी क्रिश्चियन रहे हैं...पर हमने उनमें ऐसा खुलापन कभी नहीं देखा। क्या ये किसी मुसीबत को समझदारी से सुलझा सकेंगे? खतरों से बच सकेंगे? छोड़ो...मुझे क्या पड़ी है? भाड़ में जाएँ। अच्छा ही हुआ जो मैंने अपने बेटे-बेटी को बहुत संयम और कठोर अनुशासन में पाला है। बेटा तो चलो ठीक है दिल्ली आई. आई. टी. में पढ़ रहा है, निशि...!!

मैंने एक ठंडी साँस ली...ट्रेन धीमे-धीमे सरक रही थी।

मैंने स्वयं से सवाल पूछा...क्या मैंने बच्चों को सुरक्षित और कठोर अनुशासन में रखकर बहुत महान काम किया है? क्या निशि इस कठोर अनुशासन और अतिरिक्त सुरक्षित वातावरण में पलकर बेहद दब्बू बनकर नहीं रह गयी है? बस शादी कर देने भर से क्या उसे सुरक्षित कर दिया हमने? अपनी होनहार एम. बी. ए. लड़की को मुम्बई जाकर एक मल्टीनेशनल कम्पनी में नौकर नहीं करने दी...हम दोनों ही डर गये थे। कितना रोयी थी वह...यहीं रहकर करो नौकरी...या फिर कह दिया कि शादी के बाद कर लेना नौकरी वह भी पति चाहे तो।

अब वह एक-एक पैसे को पति का मुँह देखती है, कहने को बड़ा बिजनेस है उसके परिवार में पर तीन भाइयों में सबसे छोटा उसका पति हमेशा बेवकूफ बनता है। खाने-पीने की कमी नहीं, बड़ा घर है, संयुक्त परिवार है। पर निशि अपने आप से कुछ खरीदना चाहे, कहीं घूमने जाना चाहे...वह सब नहीं हो पाता। मायके तक अब उसे अकेले ट्रेन में बच्चों के साथ आने में डर लगता है, दामाद के पास फुरसत

नहीं कि वह छोड़ जाए। बस उसी को तो लेने जा रही हूँ, निशि के पापा डायबिटिक हैं, वे घर से नहीं निकलते।

आज निशि आर्थिक रूप से स्वतन्त्र होती तो...निशि को उन्होंने उसकी पसन्द से शादी करने दी होती तो! तो...आज निशि का चेहरा इस सामने बैठी लड़की-सा चमकता! सत्ताईस साल की उमर में वह पैंतीस की नहीं लगती...हर समय एक स्थायी हताशा उसके चेहरे पर नहीं होती...लेकिन...ये बेहयाई...खतरों को आमन्त्रित करता खुलापन...! मैं असमंजस में थी। मुझे निशि के हालात पर रोना आने लगा था।

सामने की सीट पर बड़ा लड़का और लड़की एक-दूसरे पर ढलके सो रहे थे। डेबोनियर के ऊपर हैल्थ और रीडर्स डाइजेस्ट भी रखी थीं...चिप मैग्जीन अधखुली ट्रेन के फर्श पर लोट रही थी। तो...आज का युवा सब कुछ पढ़ता है! छुटके ने फिर वॉकमैन चला लिया था पर इस बार थोड़ा कम लाउड। डॉक्टर और उनकी पत्नी बड़ी तल्लीनता से रमी खेल रहे थे। मुझे अपना आप अचानक बहुत अकेला लगा। पैर लटके-लटके सूज आये थे...बल्कि सुन्न पड़ने लगे थे, मैंने उन्हें ऊपर कर लिया। ट्रेन तेज रफ्तार से उष्ण कटिबन्धीय जंगलों से गुजर रही थी। अप्रैल का महीना था, मौसम गर्म होने लगा था। सुबह के दस बजे ही दोपहर का-सा अहसास हो रहा था। भूख भी लग आयी थी। पर मेरे पास क्या धरा था? तीन सेब, एक सैंडविच, एक भूला-भटका चायवाला उधर से गुजरा तो मैंने उसे रोक लिया। मेरे पास खुले पैसे नहीं थे। छुटके से पूछा तो उसका जवाब था—''वन मिनट...'' जेब से उसने तीन रुपये निकालकर चुका दिये।

मैंने कहा भी, ''आय नीड चेन्ज ऑनली।''

''कमॉन मॉम'', कहकर वह खी-खी हँसने लगा।

''सैंडविच।''

''नो थैंक्स...'' कहकर उसने जेब से भुने हल्के-हल्के छिल्कों वाले नमकीन काजू निकाले और मेरी प्लेट में रख दिये। मैंने आश्चर्य में भरकर कृतज्ञता से कहा कि ऐसे काजू मैंने पहली बार देखे हैं बिना छिले मगर भुने हुए। उसने बताया कि उनके घर के अहाते में चार काजू के पेड़ हैं...ये काजू उन्हीं पेड़ों के हैं। आते समय मॉम ने जबरदस्ती उनके साथ बाँध दिये थे। मेरी कल्पना में एक साँवली छींट की फ्रॉक पहने, दुबली मगर हल्के से निकले पेटवाली ममतामयी क्रिश्चियन महिला की छवि तैर गयी। मैं कुछ और भी पूछना चाहती थी...एक आम भारतीय उत्सुकता के तहत उनकी निजता के पारदर्शी तरल को छूकर देखना चाहती थी। मसलन वह लड़की तुम्हारी बहन है क्या? तुम्हारी माँ ने एक पराये लड़के को तुम्हारे साथ क्योंकर भेजा होगा?

कहाँ जा रहे हो? कब लौटकर घर जाओगे? और जरा बताओ तो...क्या-क्या उगा रखा है तुम्हारी माँ ने तुम्हारे अहाते में। तुम एंग्लोइंडियन गोअन क्रिश्चियन हो कि कनवटी? छि: यह सब पूछकर वह क्या करेगी? कहीं उसने कह दिया 'यू नटी ओल्डी...व्हाट फकिन कन्सर्न डू यू हैव विद अस?' उसे क्या? भाड़ में जाए यह और इसकी बहन। कमबख्त कैसे सटकर उस जवान-जहान लड़के से चिपकी पड़ी है।

छुटके ने उत्साह से कहा कि कोई स्टेशन आ रहा है। इक्का-दुक्का घर नजर आने लगे थे। कुछ कारखाने...'अलवर आ गया। हाय! जल्दी में मिठाई लेना भूल गयी थी दिल्ली से...कमबख्त निशि ने भी तो अचानक फोन किया था कि मम्मी, मुझे सास ने कह दिया है, जा हो आ मायके, तुम कल ही भैया को भेज दो।'

"भैया कैसे आएगा निशि, उसके एक्जाम हैं।"

"तो माँ..." बेचारी रुँआसी हो गयी थी।

"तू खुद चली आ ना। जयपुर से तो कई सीधी रेल हैं दिल्ली की। करा ले रिजर्वेशन।"

"मम्मी तुम तो जानती हो, दो छोटी बच्चियों के साथ ये अकेले नहीं भेजेंगे मुझे। इन्हें फुर्सत नहीं फिर बताओ न...मैं भी कैसे आ जाऊँ, कितनी दिक्कत होगी, दोनों तो गोदी चढ़ती हैं। हाय, मम्मी कितनी मुश्किल से सास का मुँह सीधा हुआ है मेरे मायके जाने के नाम पर।"

"अच्छा-अच्छा...मैं ही..."

"कल ही चल दो न माँ। कितना तरस रही हूँ मैं।"

"देखती हूँ।"

"बस फिर सुबह-सुबह ट्रेन में बैठती कि मिठाई लेती? अलवर से ही दो किलो मिल्ककेक ले चलती हूँ। वहाँ जयपुर में तो स्टेशन पर दामाद लेने आएँगे, उनके सामने मिठाई लेती भला अच्छी लगूँगी? मैंने अलवर आता देख पर्स सँभाला। छुटके से कहा कि सामान का ख्याल रखे। डॉक्टर दम्पती ऊपर की खाली बर्थ पर जाकर लेट गये थे। लड़की कुनमुनाकर लड़के से अलग हो उठकर खड़ी हो गयी थी। उठते ही चॉकलेट निकालकर खाने लगी।"

ट्रेन रुक गयी थी। डिब्बा सच में बहुत पीछे था। मिल्ककेक की दुकान दूर थी। स्टेशन पर काफी भीड़ थी। सारी भीड़ पिंकसिटी में ही समाएगी क्या? यह सोच मैं जल्दी-जल्दी ट्रेन से उतरी और लोगों से टकराते हुए...बड़े-बड़े डग भरते हुए दुकान पर हाँफती हुई पहुँची। दो-दो डिब्बे मिठाई और पर्स सँभालती हुई...मैं अपने गन्तव्य से आधी दूरी पर ही थी कि ट्रेन ने सीटी दे दी, मेरे तो हाथ-पाँव फूल गये। भीड़ को चीरती हुई मैं आगे बढ़ रही और मुझे दूरदर्शन का एक विज्ञापन याद आ रहा था

कि भारत में स्टेशनों पर यात्रा करनेवाले कम और उन्हें छोड़ने आनेवाले ज्यादा होते हैं। उस क्षणांश में ही मुझे लग रहा था कि मैं चल नहीं पा रही...अपना डिब्बा मुझे दिखाई नहीं दे रहा...कि अचानक छोटे लड़के की चीख ने ध्यान दिलाया कि मैं डिब्बे के एकदम पास हूँ—

"आंटी!"

दरवाजे के पास भीड़ थी...मेरे पीछे भीड़ थी...मैंने किसी तरह दरवाजे का हैंडल पकड़ा और पैर बढ़ाया ही था कि ट्रेन थोड़ा तेज रेंगने लगी, हैंडल तो हाथ नहीं आया, मैं बुरी तरह से प्लेटफार्म पर गिर पड़ी। पैर ज्यादा बढ़ गया होता तो दरवाजे पर पटरियों के बीच घिसट रही होती। गिरते-गिरते मुझे छोटे लड़के की चीख सुनाई दी थी। उसके बाद मुझ पर झुकी भीड़ एक भँवर की तरह घूमती नजर आयी और फिर कुछ कहीं गड़ऽ ब से डूब गया।

ठंडे पानी की तेज छपाके से मैंने अपने चेतन का छोर ढूँढ़ा और अवचेतन की सीढ़ियाँ फाँदती हुई...होश में आने की जल्दी में मैं उस आघात की पारदर्शी झिल्ली के नीचे से मुट्ठियाँ बाँध-बाँधकर चीख रही थी...जो कि अस्पष्ट गों-गों में बदलती जा रही थी। आखिरकार मेरे प्रहारों से वह झिल्ली फटी। गर्मी और उमस से भरे रेलवे के रिटायरिंग रूम में मैं बदहवास-सी चारों तरफ देख रही थी। 'आंटी आर यू ओके? डॉक, शी ओपंड हर आइज।' छोटा लड़का मेरे चेहरे से सटा फर्श पर हड़बड़ाया-सा बैठा था। उसकी आवाज में एक नेह भरी ऊष्मा की थरथराहट थी। 'कैसी हैं आप?' एक अजनबी, रेलवे के डॉक्टर ने झुककर पूछा, " चिन्ता की कोई बात नहीं है...ये यंग्स्टर्स नहीं होते तो...इनका और खुद का शुक्रिया अदा करें। गनीमत है कि कोई सीरियस इंजरी नहीं हुई। पुराना खाया पिया काम आ गया।" हँसकर डॉक्टर ने मेरे हवास दुरुस्त करने की कोशिश की।

"बस अभी एम्बुलेंस आती होगी।"

मैंने थोड़ा उठना चाहा तो...वह लड़की आगे आ गयी...अपनी बाँह का सहारा लिये। मैंने देखा उसकी शर्ट का बड़ा हिस्सा खून से तर था। मैंने दाँयीं भौंह की तरफ पीड़ा महसूस की। छुआ तो वहाँ एक गीला स्कार्फ बँधा था, यह बड़े लड़के का था। दोनों घुटनों पर दो रूमाल बँधे थे। इतने में बड़ा लड़का पसीने में तर-ब-तर हाथ में दवाओं, पट्टियों का बंडल लेकर आ पहुँचा। 'डोंट गेटअप यू आर स्टिल ब्लीडिंग।' बड़े लड़के ने मेरी चोट पर स्कार्फ दबाते हुए कहा, "डॉक फर्स्ट गिव हर एंटी टिटनेस इंजेक्शन।"

"यंग मैन, डोंट टीच मी माय ड्यूटीज।" डॉक्टर ने हँसकर कहा और इंजेक्शन तैयार करने लगा। मैंने देखा, डॉक्टर छोटे कद का काला-सा अनगढ़ नक्श वाला

व्यक्ति था। बार-बार खुदा के लिए...खुदा का शुक्र...किये जा रहा था। शायद मुसलमान था।''

एम्बुलेंस में मैंने हिम्मत करके लड़की से अपने गिरने के बारे में पूछ ही लिया।

''ओह गॉड आंटी दैट सीन वाज हॉरीबल...एक घंटा भी नहीं हुआ है अभी तो...आप तो बहुत बुरा गिरा था प्लेटफार्म पर। हाथ छूट गया हैंडल से वरना ट्रेन के साथ...लटकता जाता। वो जो मेरा फियान्सी है न, रोजर...उसने चेन पुल किया...फिर हम तीनों सब बैग-बैगेज लेकर उतरा...आपके पास पहुँच ही नईं सकने का था...सब आदमी लोगों ने कवर कर रखा था, तब मेरा भाई चिल्लाकर सबको दूर भगाया और आपको रिटायरिंग रूम में लाया। रोजर स्टेशन मास्टर के रूम में रश करके भागा तब डॉक्टर आया और...।''

''तुम तीनों ने मेरे लिए ट्रेन छोड़ दी!''

''हाँ! वही तो जरूरी था न। आपको उन स्टुपिड लोगों के बीच छोड़ना नहीं था न? तमाशा करके रखा था न आपका। कोई उठा नहीं रहा था...''

''वो डॉक्टर जो ट्रेन में था...।''

''वोऽह। ब्लडी सेल्फिश फेलो।'' यह छुटका था, ''हिज वाइफ स्कोल्ड हिम नॉट टू कम विद अस ऐंड ही स्टेड बैक। वी लिटरली प्रेड टू हिम... बट ही टोल्ड आय कांट...गेट डाउन...आय हैव टू रीच टुडे।''

''लीव ना कीथ। होते हैं, आंटी सेल्फिश लोग भी। हमको हमारा मम्मी बोला इन्सान का सेवा ही यीशू का सेवा है। आप बताओ न, आपकी जगह हम होते तो आप नहीं रुकते क्या हमारे लिए?''

मैं सोच में पड़ गयी थी, मैं क्या करती? मैं उतरती किसी घायल के लिए? इस उमर, सूजे हुए पैरों के साथ में किसी घायल के लिए मैं क्या कर सकती थी? ये तो जवान हैं। प्रौढ़ावस्था का बहाना खड़ा हो जाता।

प्रश्न वही था...बचपन में पढ़ी कहानी 'मनुष्य, भेड़ और भेड़िया' में से मैं क्या बनती? भेड़िया तो नहीं, इन्सान बनने की हिम्मत जुटा पाती या कि शायद...उस डॉक्टर की तरह जल्दी गन्तव्य पर पहुँचने की चाह में आँखें मूँद भेड़ बनकर आगे बढ़ जाती!

लड़की बिल्कुल मेरे करीब थी, उसका खून से सना शर्ट उसके हाथों में था। बड़ा लड़का आगे डॉक्टर के पास बैठा जयपुर जाने वाली ट्रेन के बारे में बतिया रहा था।

''नो, वी वोंट लीव हर अलोन।''

''... ...''

''नो...नो। वी वांट टू लीव फॉर जयपुर एज अर्ली एज पॉसिबल। डे आफ्टर

वी हैव गॉट फर्दर रिजर्वेशन्स आल्सो।''

''...''

''थैंक्स डॉक्टर।''

हम रेलवे के अस्पताल पहुँच गये थे। डॉक्टर रशीद ने...उनका यह नाम मैंने उनके कोट पर लगे नेमटैब पर पढ़ा था। क्या करूँ यह उत्सुकता जन्मजात है। मरहम-पट्टी कर दी थी। दो एक्सरे भी हुए...पर डॉ. रशीद के अनुसार खुदा के फज़ल से सब कुछ ठीक था। अब हम तीन बजे की ट्रेन पकड़ सकते थे।

उन युवा और नेक फरिश्तों ने मुझे पूरी तरह से सँभाल रखा था। उन्हें अपने आगे के कार्यक्रमों से ज्यादा मेरी चिन्ता थी। तीनों के कपड़े मेरी वजह से खून से सन गये थे। उन्होंने अपने सामान के साथ-साथ मेरा सामान सँभाल रखा था। मैंने पास पड़ी मेज पर देखा...वहाँ मेरे पर्स के पास दोनों मिठाई के डिब्बे रखे थे। तन ताजा-ताजा साफ करके पट्टी किए गये चार-पाँच बड़े और कई छोटे टीसते जख्मों और मन आपस में उलझते तरह-तरह के विचारों से थक गया था। मैंने अस्पताल के बिस्तर पर लेटे-लेटे आँखें बन्द कर लीं। वे तीनों डॉक्टर के पीछे-पीछे अपने कपड़े बदलने चले गये थे।

दुपहर तीन बजे की ट्रेन में हम चारों फिर से बैठे थे। स्टेशन मास्टर ने हम पर एक अहसान किया था...इस ट्रेन में ए सी कम्पार्टमेंट में कूपा दिलवा दिया था। डॉक्टर रशीद घर से बिरयानी का लंच पैक करवाकर पकड़ा गये थे, ''अपना ख्याल रखिएगा बहनजी।'' जुमले के साथ। वाउ...दिस इज माय फर्स्ट चान्स व्हेन आय एम सिटिंग इन ए.सी. कम्पार्टमेंट। छुटका बहुत खुश था। उसने अपना वॉकमैन निकाला और लो वॉल्यूम में शकीरा सुनने लगा।

वे दोनों युवा प्रणयी फिर एक-दूसरे में मगन थे। लीजा रोजर की उँगलियों को गिटार पर फिसलते देख रही थी।

□

स्वाँग

वे सुबह-सुबह ही अपना थैला उठाये निकल पड़े थे। थैला क्या था, भानुमती का पिटारा था। कई दिनों से पीछे पड़ी थी, बीवी... आज सोचा, क्यों न एक पन्थ दो काज ही हो जाए। नये कलेक्टर साहब से मिल ही लिया जाए। हल्की-सी मन में आशंका काँपी, जैन साहब तो नेक इंसान थे, ख़ुद ज़मीन से उठ कर फलक पर पहुँचे थे, सो ज़मीन के आदमियों का ग़म समझते थे। ये नया बन्दा जाने कैसा हो?

उनका मुहल्ला जहाँ ख़त्म होता था, वहाँ से मुख्य चौराहे तक पहुँचने के लिए दो-ढाई किलोमीटर चलना होता है, फिर कहीं जाकर एक बड़े बरगद के नीचे से बड़े सूअरनुमा टैम्पू मिलते हैं, जो सीधे कलेक्ट्री पर उतारते हैं। बड़े मियाँ बहुत दिनों बाद अपने घर से निकले थे, सो बादलों के जमकर बरसने के बाद निकली सूरज की साफ़ रोशनी आँखों को अन्धा किये दे रही थी। उनके सघन बसे मुहल्ले में सूरज की रोशनी यूँ भी खुले दिल से कहाँ पहुँचती है? रिक्शे लायक पैसे नहीं थे, सो चौराहे तक पैदल चलना मज़बूरी थी।

कलेक्ट्री पहुँचते ही वे जैन साहब के पुराने पी.ए. से मिले। नये कलेक्टर से मिलवा देने का इसरार करते रहे।

"हमारे सुनने में आया है कि बुज़ुर्ग, एवार्ड मिले कलाकारों को बीमारी-हारी में सरकारी सहायता मिलती है?"

"मेरी जानकारी में तो नहीं आयी ये बात। एक सच्ची बात बताऊँ खाँ साहब, ये जो कलक्टर साहब हैं, वो लोककला-वला की बात नहीं समझते। जवान हैं, तरक्कीपसन्द हैं। सरकार से भत्ता पाते आये पुराने कलाकार, सरकार के लिए सफेद हाथी हैं। पुराने, बासी कलाकारों के नाम पर यह ख़र्चा उन्हें पैसे की बरबादी लगता है। फिर भी आप ज़िद पे अड़े ही हैं तो मिलवा देता हूँ। आज तीज के कारण कलेक्ट्री में उतनी भीड़ भी नहीं है। देखिए आपका काम बन जाए तो, मुझे भी सबाब मिल जाएगा। आइए पर्ची बनवा दूँ।"

"ख़ुदा तुम्हें महफ़ूज़ रखे।"

भीड़ कम होने पर भी उन्हें एक घंटा कलेक्टर साहब के दफ्तर के बाहर पड़ी, प्लास्टिक की तीन, जुड़ी हुई लाल कुर्सियों पर बैठना पड़ा। वे क़मर में उठती टीस के कारण पहलू बदलते रहे, किसी तरह उन्हें बुलवाया गया। दफ़्तर की सज्जा एकदम बदली हुई थी। एकदम नयी। पुराना पी.ए. ठीक ही कहता था। जवान लौंडा-सा है यह तो। क्या ये सुनेगा उनकी बात?

"बैठिए... चपरासी, इनका ये थैला बाहर ही रखो।"

चपरासी थैला लेकर चलने लगा, "भाई सँभाल कर रखना, नाज़ुक चीज़ें हैं।"

"जल्दी बताओ... समस्या क्या है।" वह कम्प्यूटर पर नज़र जमाये-जमाये बोला। वे अटक-अटक कर अपनी समस्या बताते रहे। वह कम्प्यूटर में लगा रहा। उन्हें लगा कि वह उन्हें सुन भी रहा है कि नहीं...वे ख़ामोश हो गये। तो वह उनसे मुखातिब हुआ।

"देखिए गफ्फार ख़ाँ साहब, यही नाम है न आपका?" उसने चिट पर नज़र डाली। "आपकी तीन महीने की रुकी पेंशन तो मिल जाएगी, मगर इलाज का पैसा या आर्थिक सहायता जैसा कोई प्रावधान हमारे ज़िले में अब तक तो नहीं आया है, न ही बजट में इतनी गुंजाइश है। क्या आपको पता है, इस ज़िले में आप जैसे बूढ़े, पेंशनयाफ्ता क़रीब तीन हज़ार कलाकार होंगे, जो राजमहल के गुणीजनखाने की शरण से निकल कर हमारी गरीब सरकार की झोली में आ गिरे हैं। ऐसे-ऐसे कलाकार, जिनकी बूढ़ी, मरती हुई कलाओं का कोई नामलेवा तक नहीं। जिनके बच्चों तक ने उनकी कला को बेकार समझ के छोड़ रखा है। आज के तरक्कीपसन्द युग में कला के क्या मायने, वह भी राजा-महाराजाओं के ज़माने की कलाएँ। आप ही कहें आपके बच्चों में से कौन आपकी विरासत को आगे बढ़ा रहा है? न सही बच्चा, है आपकी कला का कोई नामलेवा... कोई चेला?"

मुँह उतर गया था, गफ्फार ख़ाँ का। थूक गले में गटकते हुए बोले, "ठीक कहते हैं साहब, कोई नहीं है हमारी कला का नामलेवा, न कोई बच्चा, न चेला... वो जानते हैं, अहमक थे उनके बुजुर्ग... कला के लिए गलते रहे ताउम्र। उनकी नज़र में हमारी ये कला गले पड़ी अधेड़ रखैल है।... फिर भी आप कुछ दिलवा सकें हमारे इलाज़ के लिए सरकार से तो... मेहरबानी..."

"मैंने कहा न, कलाकारों के इलाज के लिए आर्थिक सहायता का कोई सरकारी प्रावधान नहीं है... वैसे आपको हुआ क्या है?"

उन्होंने ठंडे शब्दों में बीमारी का नाम बता दिया।

"च्वच! मेरे मातहत क़रीब सौ लोग हैं, कहें तो सबसे 10-10 रुपये चन्दा करा दूँ!" वे चुपचाप उठ गये कुर्सी से और सलाम करके बाहर चल पड़े। उनकी देह एक बूढ़ी सदी की तरह लग रही थी... जो चुपचाप गुज़र रही हो, बिना आहटों के। वे पुराने

पी.ए. से नज़र बचा कर कलेक्ट्री से बाहर आ गये। उन्हें आगे जाना था।

तीज का दिन था। हरियल, गुनगुनी आँच से भरा-भरा। शहर के गुलाबी परकोटे, गुलाबी भवन, दुकानें, मन्दिर भीग कर नये से दिख रहे थे। बारिश की फुहार से सारा शहर भीग कर बस सूखा ही था, और हल्की धूप में एक सौंधी-सी भाप छोड़ रहा था। ख़ासा कोठी में पर्यटन विभाग वालों ने मेले का आयोजन किया था। देसी-विदेशी टूरिस्टों को आकर्षित करने के लिए, ये हर साल ऐसा मेला करते हैं। बहुरूपिये, भवाई, गैर, घूमर, भोपा-भोपी, कालबेलिया नृत्य करने वाले नर्तकों, मँगनियार और लंगा लोक गायकों की टोलियाँ ही टोलियाँ राजस्थान के दूर-दराज हिस्सों से जैसे यहीं आ जुटती हैं। फिर पर्यटन विभाग के इन मेलों में पैसा बहुत बड़ा आकर्षण होता है लोक कलाकार के लिए। सरकार से पैसा तो मिलता ही है, लोगों से बख़्शीश में रुपया तो रुपया, कभी-कभार, डॉलर भी मिल जाता है। तफरीह होती है सो अलग।

ख़ासा कोठी के मेहराबदार द्वार पर ठुमकने वाले घोड़े और ऊँट, सवारी कराने वाले हाथी ऐसे झूम रहे थे कि जैसे किसी रावले के कुँवर का विवाह ही होने जा रहा हो। रंगीन साफा बाँधने वाले, मेंहदी लगाने वाली लुगाइयाँ, घेवर बेचने वाले, कोल और पेन्सिल से महलों-बावड़ियों के रेखा-चित्र बनाने वाले, छायाकार, टूरिस्ट गाइड, पर्यटन पर निर्भर रहने वाले बहुत से व्यवसायों के लोग आ जुटे थे। एक हरे-भरे कोने में औरतों के लिए नीम के पेड़ के ऊँचे मोटे मजबूत तने पर झूला डाला गया था। उसे गेंदे के फूलों से सजाया था, जिस पर कसूमल घाघरों और हरी-पीली लहरिया की ओढ़नी ओढ़े औरतें पींगें बढ़ाती हुई लोकगीत गा रही थीं— म्हारी बनी ने झूलन दीजो, बना छैला भँवर-सा...

मेला पूरे उफान पर था, शहर के ऊँचे तबके के लोग भी खिंचे चले आये थे... उनमें कुछ मन्त्री व उनके परिवार, व्यवसायी, शाही परिवारों के रिश्तेदार, कुछ विशिष्ट विदेशी मेहमान प्रतीत हो रहे थे। ख़ासा कोठी के बगीचे में छतरियों के नीचे धूप सेंकते हुए, अलग-अलग समूहों में बैठे थे और ठण्डी बियर का आनन्द ले रहे थे, क्योंकि राजमहल से निकलने वाली तीज माता की सवारी यहाँ से भी देखी जा सकती थी। मगर वे मेले की चहल-पहल से दूर ख़ासा कोठी के लॉन में बैठे थे... लोक-कलाकारों और मध्यमवर्गीय मेला-दर्शकों से कुछ हटकर। यह जताते हुए, जैसे कि वह मेला मध्यमवर्गीय लोगों और देसी-विदेशी सैलानियों के लिए है, उन्हें यह सब देखना होता है तो वे व्यक्तिगत तौर पर अपनी हवेलियों या बँगलों में लोक-कलाकारों को बुलवाकर आयोजित करवा लेते हैं। ख़ासा कोठी के कर्मचारी अतिरिक्त सौजन्य से उनकी आवभगत में लगे थे।

एकाएक इन सम्भ्रान्त लोगों के एक समूह के बीच से शोर उठा : "अरर हट...

भग यहाँ से। नहीं चाहिए ये सब। उठती है कि..."

अचानक रंग में भंग डालने को, उनके बीचों-बीच एक मोटी, गाड़ियालोहारन, अपने पीले दाँत दिखाती हुई, चिमटे, दराँती, खुरपी बेचने चली आयी थी। कत्थई और काला, टखनों तक ऊँचा, फटा घाघरा पहने इस औरत का मोटा पेट बाहर को निकला था। वह रह-रह कर अपनी जाँघें खुजाती और घाघरा उठा देती। इन लोगों को जुगुप्सा होने लगी... वो उसकी गन्दी वेशभूषा से घृणा कर रहे थे। कभी वह किसी सम्भ्रान्त व्यक्ति से सोफ़े पर सट कर बैठ कर खुरपी ख़रीद लेने की गुज़ारिश कर रही थी, कभी एक अँग्रेज़ महिला के सामने ज़मीन पर बैठकर हाथ चला-चला कर मोलभाव कर रही थी। डरा-धमका कर भगाये जाने पर भी वह उठ कर भद्दी कामुक मुस्कान देती, भारी छातियों को हिलाती, चोली ठीक करती हुई, उनसे सामान ख़रीद लेने का इसरार करती रही।

"ऐऽ जाती है कि बुलाएँ पुलिस को। आयोजकों से शिकायत करो... मेले के नाम पर कैसे-कैसे लोगों को सीधा ऐसी जगहों में घुसने देते हैं, कोई सुरक्षा-व्यवस्था है भी कि नही! ये पुलिसवाले बैठ के बस नाच ही देख रहे हैं क्या?" एक अधेड़ व्यक्ति चीखा।

इस पर वह अपनी मोटी आवाज़ को दुगुना ऊँचा करके चीखने लगी और अपनी भाषा में इस आशय में विलाप करने लगी कि "बुला लो, बुला लो पुलिस को... यहाँ इतने बड़े-बड़े लोग हैं, हमारी दशा पर तरस खाने वाला कोई नहीं। अरे ये नहीं बेचूँगी तो शाम को चूल्हा कैसे जलेगा, मेरे सात बच्चे और दो-दो शराबी पति खाएँगे क्या? नेता और बड़े-बड़े अफ़सर मज़े कर रहे हैं और हम जैसे गाड़ियालोहार लोग भूखे मर रहे हैं।

शोर सुन कर राजस्थान पर्यटन विभाग का एक वरिष्ठ कर्मचारी लगभग दौड़ता हुआ चला आया। आते ही उस गाड़ियालोहारन को देखकर मुस्कराने लगा। उस मोटी गाड़ियालोहारन के अश्लील और बेहूदा व्यवहार से क्षुब्ध लोगों को गुस्सा आ गया—"आप हँस रहे हैं?"

"बात तो हँसने की ही है ना, सर।"

"घणी खमा हुज़ूर। आप पहचान गये।" अब तक गाड़ियालोहारन सौजन्यतापूर्ण मुस्कुराहट देकर इन महाशय को अभिवादन कर रही थी।

सम्भ्रान्त स्त्री-पुरुषों का वह समूह हैरान-परेशान-सा उन महाशय का मुँह देख रहा था।

"सर, ये हमारे राज्य के राष्ट्रपति पुरस्कार प्राप्त बहुरूपिया कलाकार गफ्फार ख़ाँ हैं।"

एक ठहाका बुलन्द हुआ और गफ्फार खाँ अपनी गुस्ताख़ी के लिए क्षमा माँगने

लगे। उन्हें उनके स्वांग के लिए सबसे बहुत प्रशंसा मिलने लगी, जिसे वे झुककर स्वीकार करते रहे।

आज बहुरूपिया कला लगभग विलुप्तप्राय है। उत्तर भारत के अधिकांश राज्यों में यह कला कभी समाज का अहम हिस्सा हुआ करती थी। लोगों के मनोरंजन और कला के ज़रिये जीविकोपार्जन करने वालों के लिए आय का साधन थी। आये दिन मुहल्लों में कभी कोई पुलिस-चोर चले आ रहे हैं, अपने मज़ेदार संवादों के साथ, कभी सेठाणी से सड़क पर पिटता सेठ, कभी नर्तकी, तो कभी डॉक्टर... तो कभी नेता, कभी मोटी लड़ाक भटियारिन... कभी दरवेश तो कभी शिव या हनुमान बन ये कलाकार कुछ पैसों या दो कटोरी आटे के बदले घर के काम-काज से ऊबी गृहणियों के लिए, गली या मोहल्ले के चौक में ही मनोरंजन जुटा देते थे। खिड़की से झाँक या गलियारों, अहातों, छतों पर आकर वे कुछ पल हँस लिया करती थीं और दान का पुण्य भी उठा लिया करती थीं। ये उस ज़माने के नुक्कड़ नाटक हुआ करते थे जिनमें समाज प्रतिबिम्बित हुआ करता था।

पाँच सौ रुपये की बख्शीश पाकर गफ्फार ख़ाँ सन्तुष्ट हो गये। कलाकारों को बख्शीश देना राजस्थान के सम्भ्रान्त वर्ग की परम्परा रही है। बख्शीश की गुनगुनी आँच में सामन्तवाद की बू जाने कहाँ बिला गयी। "खमा घणी हुजूर, आप लोगां री दया सूं ई म्हारी कला जीवती है, दस साल पैले 'राष्ट्रपति सम्मान' देवा रे बाद, कोई चिड़ि रो पूत पूछवा कोनी आयो के गफ़ूरिया थूं जीवतो है कि मरी ग्यो। आज के मैंगाई रे ज़माना में तीन सौ रूपिया महिना री पिंशन सूं कांई व्है?"

बूढ़े लोक कलाकार गफ्फार ख़ाँ की इस बात से कुछ लोगों के मुँह बन गये, बियर का नशा उतर गया और बढ़िया खाने का स्वाद कसैला हो गया। मगर वह अपने में मगन मेले की रौनक की तरफ़ बढ़ गया।

दोपहर बीत चली थी, वे घर से लाये एक स्टील के टिफिन में रखे पराँठे और सब्ज़ी खाने लगे। धूप में तेज़ी आ गयी थी। उनके मेकअप की मोटी परत में दरारें पड़ने लगी थीं। वे मुँह धोना चाहते थे मगर... "आठ सौ रूपिया टूरिस्ट डिपार्टमिन्ट से, पाँच सौ ये, अभी तो मेला ज़मा है। अँग्रेज़ भी हैं, थोड़ा और जुड़ जाए... मन ही मन हिसाब लगाते हुए, वे धीरे-धीरे एक तम्बू में रखे अपनी पोशाकों के थैले की तरफ़ बढ़े। थैला पुराना था, उसमें रखी पोशाकें उससे भी पुरानी। कुछ तो अब जिस्म पर अँटती ही नहीं। उन्होंने तम्बू में लगी ओट के पीछे जाकर कपड़े बदले। मेकअप बदला... सब कुछ महज़ पाँच मिनट में। अब वे अधेड़ महिला कांस्टेबल बनकर... डंडा घुमाते हुए कुछ कॉलेज के युवाओं के झुंड की तरफ़ बढ़े... ए, इधर लड़की-वड़की नहीं छेड़ने का समझे। मैं कमला कांस्टेबल। लड़की छेड़ी तो अन्दर...। उन्होंने

अभी स्वाँग की भूमिका रची ही थी कि तेज़ रफ्तार गाने का शोर उठा, सारे युवा उधर को खिंच गये। ज़रा से लोग ख़ासा कोठी के चौक में खड़े उकताये से उसका स्वांग देखते रहे फिर वे भी इधर-उधर हो गये। वे अकेले ठिठके-से खड़े रह गये। फिर उधर ही बढ़ गये जहाँ भीड़ थी।

कालबेलिया नर्तकों के टोले की दो छोटी लड़कियाँ अपनी अद्वितीय लचीली, विद्युतीय तेज़ी वाली घेर-घुमेर से दर्शकों को आकर्षित करने में लगी थीं। गरबा नृत्य का डंडों का एक साथ ताल में उठना, बजना, घूमर में घूँघट डाले औरतों का एक घेरे में घूमना, भवाई नर्तक का मटकों के ऊपर मटके रखकर कील पर चलना भी दर्शकों को रोककर नहीं रख सका। वे कालबेलिया नृत्य करती इन लड़कियों की लचीली देह के, तेज़ रफ़्तार नृत्य के साथ-साथ अँखड़ियों और दाँत के नीचे दबे होंठ के लास्य में आ उलझे। पीछे को झुककर कर दोहरी होकर एक साथ सौ चक्कर घूम जाती ये लड़कियाँ मानुष नहीं नागिन की सन्तानें लग रही थीं। 'अररर र इंजण की सीटी में म्हारो मन डोले... चल्ला चल्ला रे डलैवर गाड़ी हौले हौले।'

बढ़ती भीड़ को देखकर एक मुख्य नर्तकी उठी। उसने अपना घाघरा झाड़ा। नाड़े में लगे आईने के टुकड़े में झाँककर ओढ़नी से आँखें साफ़ कीं, होठों पर ज़बान फिरायी। गाल पे लटके बालों में उँगलियों से घूँघर लपेटे। कुर्ती में नीचे हाथ डालकर कर काँचली नीचे खींची। उसकी इकहरी-पतली लचकदार देह पे सजा था, काला, ख़ूब घेरदार घाघरा, जिसकी घेरदार परतों में बीच-बीच में लाल, नीली, पीली और रुपहले रिबन से गोट लगी थी और लगे थे गोल-गोल शीशे। काली कुर्ती, कुर्ती के भीतर काली ही काँचली, काली ही रुपहली गोट वाली ओढ़नी, चौड़े माथे पर सर्पिलाकार काली बिन्दी, काली कजरारी मोटी आँखें, गहरे कत्थई मोटे, गोल, भरे-भरे होंठ। गोल छोटी नाक और देह की जैतूनी रंगत। मानो उसकी यह जैतूनी रंगत ही उसकी बहुमूल्य पोशाक थी और उसकी देह का लास्य उसका बेशकीमती गहना। उसने रंगीन छोटे मोतियों के सस्ते जेवर, नाक में चाँदी की नथ पहनी हुई थी। चेहरे पर बहुत से गोदने थे। उसकी बड़ी आँखों की कोरों पर भी तीन नीले फूल गुदे थे। उसकी देह से, उसके खड़े होने के ढंग से अद्‌भुत नर्तकी होने की महागाथा फूटने लगी। अंग-अंग ऐसे कम्पन से भरा कि... सभ्रान्त औरतों की संजीदगी उसके आगे पानी भरे। पुंगी और खंजड़ी लेकर एक अधेड़ और एक किशोर संगत कर रहे थे और दो कालबेलिया लड़कियाँ गा रही थीं, एक गाना ख़त्म कि दूसरा शुरू— रे काल्यो कूद पड्यो रे मेला में सायकल पंचर कर लायो...

''म्हारो अस्सली कली को घाघरो... की टेक के साथ वह मुख्य सँपेरन नर्तकी उन दो लड़कियों के बीचोंबीच जा बैठी। पहले घुटनों के बल बैठकर ओढ़नी का घूँघट बनाकर गुड़िया की तरह अपनी गर्दन जल्दी-जल्दी मटकाकर देखने वालों पर मुस्कान

भरे कटाक्ष फेंकने लगी। फिर जैसे ही गाने की लय तेज़ हुई, उसने एक तरंग के साथ ज़िस्म लहराया और हाथ फैलाकर पीछे को झुकती हुई घूम गयी। उसके घूमते ही उसकी गर्दन रबड़ की गुड़िया की तरह पलटकर दूसरे कन्धे पर आ टिकी। एक जादू-सा हुआ। उसके पैर और गर्दन समानान्तर एक लय पर घूमते हुए एक चाप बना रहे थे, कमर और हाथ उसी लय की द्रुत ताल पर, समानान्तर। पूरे नृत्य के दौरान लय और ताल का सम्मोहक सम्मिश्रण और बीच-बीच में आँखों और मुस्कान का विलास। जब वह दाँत खोलकर मुस्कुराती तो दाँत में जड़ी सोने की कील चमकती। जब वह नैनों की कटार साधती, आदमी तो आदमी औरतों के कलेजे हुमक उठते। लोगों के रोंगटे खड़े हो जाते। एक अमरीकी अपने दोस्त को अपना हाथ दिखाते हुए कहने लगा— लुक... गूज़ पिंपल्स।''

सच में गोरे के हाथ के सुनहरे रेशे खड़े थे और त्वचा के रोम उभर आये थे।

वह हर चक्कर के साथ केंचुल छोड़ती नागिन-सी लग रही थी। केंचुल जिसमें से वह एक नया, मारक रूप लेकर बाहर निकलती। सम्मोहक। हद तो तब हो गयी जब उसने हँसते हुए अपनी अनामिका उँगली से चाँदी का छल्ला उतारा और घास उगी ज़मीन पर रख दिया। घूम-घूमकर चक्कर खाते-खाते, वह पैरों को एक फ़ासले पर ज़माकर खड़ी हुई और ताल के साथ ठुमकते हुए देह को पीछे को झुकाने लगी, यहाँ तक कि गर्दन उसके पैरों से जा लगी, मगर उसकी देह इस दोहरी अवस्था में भी ताल पर थिरक रही थी। अब वह और झुकी, पहले गर्दन, ज़मीन के समानान्तर थी, अब माथा ज़मीन को छू रहा था। उसने थोड़ा और अपने शरीर को धनुषाकार झुकाया और अपनी लम्बी-लम्बी पलकों से वह अँगूठी उठा ली। तालियों की गड़गड़ाहटों से ख़ासा कोठी गूँज उठी। बाक़ी दो लड़कियाँ अपना नाच रोककर डफ उठाकर भीड़ से बख्शीश माँगने लगीं, ख़ुश होकर लोगों ने बहुत से पैसे उस डफ में भर दिये। एक विदेशी छायाकार जो पूरे नृत्य को शूट कर रहा था, उसने सौ डॉलर का नोट उसमें डाल दिया।

गफ्फार ख़ाँ मन ही मन कुढ़ गये। ये साली कालबेलिया, खानाबदोश औरतें आज लोककला के आकाश पर हैं और हम जैसे धूल चाट रहे हैं। मगर... ख़ुदाकसम, नाच सच में कमाल का था। गफ़्फार ख़ाँ को अपने बीते हुए दिन याद आ गये। क्या मजमा जमता था, जब वे शहर की प्रमुख रामलीला के मंच पर नाचते थे। ''कंकरिया मार के जगाया, हाय वो मेरे सपनों में आया, बालमा तू बड़ा वो है...'' तब के मुख्यमन्त्री साहब को तो यकीन ही नहीं हुआ था कि वह औरत नहीं, मर्द है, वह भी दो बच्चों का बाप। उन्हें बुलवाकर इनाम दिया और कहा था— ''शाबाश, गफूरिया।''

वह होंठ का कोना दबाकर मुस्कराते हुए अपनी अनामिका में डला छल्ला घुमाते हुए हँस दिये थे।

उन दिनों एकदम खुलता हुआ रंग हुआ करता था उनका, उसपर मेकअप की वो-वो बारीकियाँ जो उनके उस्ताद उन्हें सिखा गये थे। उनके उस्ताद ने कभी 'लक्टाकलमान' (लेक्टोकैलेमाइन)या ग्लीसरिन और जिंक का मिक्सचर नहीं लगाया था, हमेशा मुल्तानी-मिट्टी, चन्दन का ही बेस लगाते थे। गाल पर लाली की जगह गुलाब-हल्दी से बना पावडर मलते, काजल और भवें सलाई से रचाते। लिपस्टिक की जगह अखरोट की छाल मलते। हालाँकि ख़ुद उन्होंने जिंक और लक्टाकलमान और तरह-तरह के रंग अपना लिये थे धीरे-धीरे, क्योंकि पुराने तरह के शृंगार में मेहनत बहुत थी, पर सच पूछो चमड़ी ख़राब तो नहीं होती थी, इन नामुराद चीज़ों से बड़ी खुजली होती है। लेकिन उस्ताद जब मरे तब भी उनका चमकता चेहरा, उनके अखरोट की छाल से रंगे होंठ और सुरमा लगी बन्द पलकें... ऐसे लग रहे थे कि सेज पे सोयी सुन्दरी का कोई लम्बा स्वाँग ही रचे जा रहे हों। उनकी मौत बड़ी कलात्मक लगी थी उन्हें। उनकी यह कलाकाराना मौत उन्हें भीतर से तन्हा कर गयी थी। उस्तादनी ने भी उनसे मुँह फेर लिया था, जैसे उनकी वजह से ही मौत हुई हो— बात बहुत पुरानी है। उनकी मूँछ की रेखा बस सुरमई होने लगी ही थी।

स्वाँग की कहानी तो ठीक से याद नहीं। उस्ताद ने प्रिविपर्स से उखड़े हुए, राजनीति के माध्यम से किसी तरह सत्ता से जुड़े रहने की जोड़तोड़ में लगे राजमहल के लोगों के लिए स्वाँग रचा था— 'रँगा सियार'। और उनकी हिम्मत तो देखो... ऐन नाक के नीचे... राजमहल के द्वार के बाहर दिखाया वह स्वाँग। एक रँगा सियार जो सियारों के झुंड से निकाल दिया गया है, नील के कुंड में गिरकर वह पूरे जंगल का नेता बन जाता है।

जाने कैसे, कब वह स्वाँग, राजमहल के मर्म में जा बिंधा कि दीवान जी ने बुलवा भेजा उन्हें नजराणा देने के लिए। एक दरबान उन्हें जाने कहाँ, भीतर को लिवा ले गया, वे राजमहल के बारले गेट की खिड़की के पास इन्तज़ार करते रहे, दुपहर बीती, शाम बीती, रात ढलने लगी तब एक मांस का लोथ उसी गेट की खिड़की से टपका 'लद्द'। उसने ठंडी होती उस देह को पलटा तो देखा— उस्ताद!

नीले रंग के मेकअप की वजह से देह की नीलें तो दिखी नहीं पर सफ़ेद, खादी के कुर्ते पर छलछलाते खून ने सारी दास्ताँ कह दी। साँस उखड़ रही थी। वह उन्हें उठाने लगा तो, महल के परकोटों से सफ़ेद गाँधीटोपी कटी पतंग की नाई उड़ती हुई ज़मीन पे आ गिरी। उसे उसने वहीं छोड़ दिया। वह उन्हें खँडहर हो चुकी ग्वाड़ी तक लाया, उस ग्वाड़ी में राजमहल के गुणीजनखाने से भत्ता पाते लोक कलाकारों को रहने के लिए मिली थी। उस ग्वाड़ी में क़रीब पचासेक घर होंगे मगर सबको साँप सूँघ गया राजमहल की इस बेरुख़ी पर। सबने अपने दीमक खाई लकड़ी के गोखड़े बन्द

कर लिये। उसने उस्तादनी की बाँहों में थमा दी अपने उस्ताद की छरहरी, लचीली देह। तीन दिन तक उन लोगों ने जी-जान एक करके सेवा की, ग्वाड़ी का वैद बहुत बुलावे भेजने के बाद भी नहीं झाँका। उस्ताद की मूर्च्छा नहीं टूटी तो नहीं ही टूटी। उस्ताद की चलती-उखड़ती साँसों के बीच उस्तादनी और उसकी ख़ामोशी एक चादर की तरह फैली थी। तीसरी रात ख़ामोशी का जादू टूटा। उस्ताद मुस्कराये... आँखें मूँद-मूँदे। अखरोट की छाल से रंगे होंठों में से प्राण मुस्कान बनकर रेज़ा-रेज़ा, कपास के फाहों की तरह उड़कर कस कर बन्द किये गये गवाक्षों की दरारों से बाहर को तैरने लगे। उनके बदले एक मलिन, स्यापा करती हुई चाँदनी भीतर को तैर आयी थी। एक स्वाँगीली-सी मौत। वाह! उस्ताद वाह!

चुपचाप उस्तादनी ने अपना सजीला, सुहागन वेश बदल लिया, सफ़ेद स्यापा करती चाँदनी का वेश धर लिया। आधी ही रात उसकी बाँह पकड़ के ठंडी आवाज़ में कहा था, ''अब तू मेरा बेटा नहीं, न मैं तेरी माँ। लौट जा जहाँ से आया था।''

अहह!

'गफ़ूरिया।' हाँ, उन दिनों उन्हें सारा शहर इसी नाम से तो जानता था। तब शहर का फैलाव इतना थोड़े ही न था। गुलाबी शहर, गुलाबी परकोटों के भीतर ही भीतर बसता था। उनके रचे गये स्वाँगों पर भीड़ ज़मा हो जाती थी। वह हँसाते थे और लोग हँसते थे। गणगौर की सवारी में वह कभी शिवजी का रूप धरकर लुगाइयों में घुस जाते... कभी मोटी सेठाणी बनकर सर पे चरी उठाकर मटक-मटक कर चलते। कोई जनी बुरा नहीं मानती। महिलाओं के लिए वह बहुत मज़ेदार विषय थे। कपड़ों की दुकान का स्लैक्स-कुर्ता पहने, कभी पार्क में अम्ब्रैला घेर की मैक्सी पहन कर वे बैठे मिल जाते। लड़कियों में चर्चा रहती— गफूरिया अपनी शॉपिंग बॉम्बे जाकर करता है।

शहर के नामी वकील 'शौकत साहब' के घर की शादी हो कि नगर सेठ अम्बालाल जी सर्राफ के घर 'कुँवर' के जन्म का समारोह, गफूरिया के 'बन्ना-बन्नी' और 'जच्चा-बच्चा' गीतों के बिना रौनक ही नहीं जमती थी। कुछ बुलावे राजमहल के भी आते मगर वे टाल जाते।

''सलाम वकीलनी साहिबा। हाय अल्लाह। ज़रा देर हो गयी, अभी गीत शुरू तो नहीं किये ना!'' उनकी ढोलक पर जो ख़ूबसूरत समाँ बँधता कि पूछो मत। नाचने में तो उनके आगे फिलिम की हीरोईनें पानी भरती थीं, कभी वह बिछिया झुक के ठीक करते, कभी जूड़े के पिन मुँह में दबाकर विग में बना जूड़ा ठीक करते। महिलाएँ मुँह दबाकर हँसती तो, उनका भी दिल फूल-सा खिल जाता। कभी सेठाणी ने कमी नहीं रखी बख्शीश में, न वकीलनी साहिबा ने हीलहुज्जत करवायी। जो मिला वह सलीके

से ले लिया।

औरतें हँस के पूछतीं, ''गफ़ूरिया, इतनी शानदार पोशाक कहाँ से बनवायी?'' वे फिरोज़ी कामदार शरारे और जालीदार दबके की झीनी चुनरी को लहराते हुए कहते-- ''बाईसा, बाम्बे में एक फिलिम कम्पनी में मेरा ममेरा भाई, डरेस वाला है, वही नये काट के कपड़े बनवा भेजता है मेरे लिए। एकदम ऐसी डरेस तो साधना ने पहनी थी ना... एक फिलिम में... क्या नाम था...!''

एक बार बड़ा धरम संकट खड़ा हो गया था उस बार शहर में 'कमला सर्कस' आया था। जनाना अलग सीटों पर, मर्द अलग सीटों पर। बाप रे बाप! ऊँचे-ऊँचे बाँस पर गोलाई में टिके लकड़ी के बैंच थे, ताकि सबको, हर तरफ़ से सर्कस पूरा नज़र आये। बहुत नाम सुना था, सोचा पहले ख़ुद देख लें फिर घरवालों को ले जाएँगे। वह ममेरे भाई से मँगाए, 'जब-जब फूल खिले' की नंदा वाली पोशाक में थे। बैलबॉटम और टॉप और बालों के विग में एक फूल। इठलाकर चलते हुए वे कॉलेज की लड़कियों के बगल में जा बैठे। लड़कियाँ चीखने लगीं तो पुलिस वाले आ गये...

''गफ़ूरिया, कहीं और जाके बैठ।''

तो वे हैरत से बोले, ''उई, दरोगा जी, तो क्या मुए मर्दों में जा बैठूँ?''

लड़कियाँ खिलखिला के हँस पड़ीं। मगर उन्हें उठकर मर्दों में जाना ही पड़ा... वहाँ अलग दुर्गत हुई। बीच में ही मर्दों को गरियाते हुए उठना पड़ा। आह! तब की बात ही अलग थी। उन गालियों का कौन बुरा मानता था। गफ़ूरिया 'स्टार' था शहर का, गफ़ूरिये के बिना हर समारोह सूना।

आज कहाँ वह इज़्ज़त और पहचान। शहर के बड़े-बूढ़े तक उन्हें भूलने लगे हैं। वो तो सरकारी रजिस्टरों में आज भी उनका 'ए' ग्रेड कलाकारों की ज़मात में नाम दर्ज है, सो सरकारी आयोजनों का बुलावा कभी आ जाता है, कभी नहीं भी आता। राष्ट्रपति का प्रशंसापत्र, आज भी उनके घर की बैठक की सामने वाली दीवार पर मय फोटू मढ़ा हुआ लगा है। भले ही उस दीवार पर और उस तस्वीर पर वक़्त अपने मसखरे निशान छोड़ गया हो।

माज़ी के सुनहले ख़्यालों के समन्दर से बाहर निकले तो, गफ़्फ़ार ख़ाँ पर लगातार खड़े रहने के कारण थकान हावी होने लगी थी। बरसात के बाद की तीखी धूप में, ग्लिसरीन-जिंक की मोटी परतों का मेकअप तड़क गया था और खुजली पैदा कर रहा था। गिलट के ज़ेवर अब चुभ रहे थे। कन्धे पर भारी बैग लटकाकर मीलों चलने से बाजू और टाँगें दर्द कर रहे थे। उन्हें शिद्दत से महसूस होने लगा कि अब घर चला जाए। अभी पहले कपड़े बदलने होंगे, घर पहुँचने तक नमाज़ का वक़्त भी हो जाएगा। घर पर बुढ़िया इन्तज़ार करती होगी। वे लोक-कलाकारों को अलॉट हुए तम्बू के भीगे

हुए कोने में पहुँचे। जहाँ उनका थैला रखा था। उन्होंने कांस्टेबल वाली पोशाक उतारी, ज़मीन पर पड़ा सीलन की बदबू भरा, गाड़ियालोहारन वाला जामा समेटा और कुर्ता-पायजामा पहन लिया। पानी की बोतल से मुँह धोया, पुराना सड़ा-गला विग उतार कर, मेंहदी लगे खिचड़ी बालों को बुरी तरह खुजलाया। फिर बालों में गीला हाथ फेरकर, थैला उठाकर धीरे-धीरे ख़ासा कोठी के मेहराबदार गेट की तरफ बढ़े। कालबेलिया औरतें अब भी नाच रही थीं। बाहर से आये कलाकार अब सामान समेट रहे थे। तीज माता की सवारी आते ही सारी भीड़ बाहर को उमड़ पड़ेगी और सब उसके पीछे-पीछे रंगीले हाथियों की धज देखने स्टेडियम की तरफ़ बढ़ जाएँगे। ख़ासा कोठी का मेला उठ जाएगा, साल भर के लिए। भगदड़ मचे उससे पहले वे चल पड़े। ज़्यादा दूर नहीं है उनका घर, बस पाँच किलोमीटर... मेले की कमाई के उछाह में वे सुबह तो चौराहे तक पैदल चले आये थे, मगर अब लगता है रिक्शा करना पड़ेगा। उन्होंने पजामे की जेब पर हाथ फेरा। तेरह सौ रुपये और फुटकर दो-पाँच के नोटों की एक मोटी परत उन्हें आश्वस्त कर गयी। बुढ़िया का जीव राज़ी हो जाएगा। उन्होंने रिक्शा रोका और बैठ गये।

जब वह उसे निक़ाह करके लाये थे, तो कितनी नकचढ़ी थी वह।

"तुम्हारे अब्बा ने हमारे अब्बा को नहीं बताया यह सब? बताया होता तो..."

"... तो निक़ाह कुबूल नहीं करतीं... बोलो..." कहकर वे उसकी कलाई मरोड़ देते।

"तुम्हारे खानदान में तो कोई ये सब नहीं करता? तुम क्यों करते हो?"

"बेगम, हम मुसलमान ढोली हैं, जैसलमेर की तरफ़ के। हमारे अब्बा भी कलाकार हैं, सवाई माँदल बजाते थे, रजवाड़ों में। उनके ही एक खास हिन्दू दोस्त थे, मांगीलाल जी भांड, वे मेरे उस्ताद हैं। उनके औलाद नहीं थी। उन्होंने हमें माँग लिया था गोद, हम उन्हीं की कला को ज़िन्दा रखे हैं। वो होते तो हमारा ब्याह हिन्दू लड़की से, हिन्दू रवायतों से होता। वो जल्दी मर गये तो अब्बा हमें लौटाल लाये।"

"हट झुट्ठे, तुम्हारा तो सुन्नत हुआ है।"

उसे क़तई पसन्द नहीं था, उसका दिन में दो-दो बार दाढ़ी छीलना, शृंगार करना। बहुरूपिये तमाशे करना। कहीं से भी लौटती, तो बुरक़ा उतारती जाती और भुनभुनाती जाती—"और... कितना ज़लील करवाओगे हमें? आज तुम सायकिल पे बेलबॉटम पहने, लाली-पौडर लगाये, जौहरी बाज़ार में क्या तमाशा कर रहे थे? हमारी फूफी तुम्हें देखकर के जो हँसी... ताने सुनाये वो अलग। लिल्लाह, हमारे मैके टौंक तक में तुम्हारे भांडपने के चर्चे पहुँचने लगे हैं।"

"बस करो बेगम, मुँह न खुलवाओ। मैके के नाम पे एक कुठरिया को रोती हो... जिसमें अपनी सात-सात बहनों के साथ नमक का पानी पीकर, पेट पर कपड़ा बाँध

पड़ रहती थीं तो ठीक था। अब पेट भर मिलने लगा है तो जबान खुलने लगी है। पूरे सात हज़ार दिये थे अब्बा ने तुम्हारी अम्मा को, हमारे निक़ाह के लिए। जिस कलाकारी पे लानत भेजती हो, उसी कलाकारी के चलते पूरा कुनबा चलता है। पूरा शहर वाकिफ है हमसे, मुहल्ले में जिस किसी का काम अटके वह हमीं को पकड़ता है।''

''कुनबा तो जस-तस चलता है जी, आधा तो तुम्हारे अपने ज़ेवर, कपड़ों, मेकअप का ख़र्चा है। सही कहती है सकीना कि तुम तो सौ लुगाइयों की एक लुगाई हो। किसी को पता न हो कि तुम शादीशुदा और तीन बच्चों के बाप हो तो तुम्हें... वही समझे।'' वह ताली बजाती कि उनके मुँह पर झन्नाटेदार झापड़ पड़ता। बड़े दिनों तक घर में जंग चलती, बच्चे सहमते। अब्बा झुँझलाते। फिर वही झक मारकर समझौते की मुद्रा में आते... ''तुम ज़रा सी बात नहीं समझतीं कि... अब जब इत्ती दूर निकल आया हूँ तो मुश्किल है वापसी। अम्मी-अब्बू नहीं लौटा सके हमें अपने उस्ताद की कला की गोद से तो तुम क्या...तुम क्या जानो पुराने ज़माने में उस्तादों का अपने चेले पर बाप से ज़्यादा हक़ बनता था। हम मुसलमान होकर भी भांड पहले हैं। फिर भी तुम एक बहुरूपिये का साथ नहीं निभा सको तो आज़ाद हो... वैसे बेगम ज़माना ही बहुरूपिया है, हरेक आदमी एक स्वाँग रचे बैठा है।'' जाने वह उनकी कितनी बातें सुनती, कितनी दूसरे कान से निकालती। पर सच तो यह था कि न उसे कहीं और ठौर था, न ही ख़ुद इन्हें।

भाई-भाभियों को भी नहीं भाता था, उनका स्वाँग, उनकी भांडगिरी, सो दीवारें खिंच गयी थीं। पिता को गुणीजनख़ाने से मिली थी ये जर्जर हवेली। छोटे-छोटे दो-दो कमरे और दालान सबके हिस्से आ गये थे। अब अम्मा चल बसी तो अब्बा उन्हीं के साथ रहते रहे, फिर कुछेक सालों में वो भी अल्लाह को प्यारे हो गये। जो मुहल्ला पहले उन पर हँसता था, वक़्त बीतते-बीतते उनकी इज़्ज़त करने लगा। सब जान गये थे, गफ़्फ़ार भाई, गफ़्फार बेटा, गफूरिया चाचा एक सोने का दिल रखते हैं। सबके सुख-दुख में शरीक रहते हैं। बाहर कोई भी भेस धरें, मुहल्ले में वे लुंगी-कुर्ते में नज़र आते।

रिक्शे पर बैठे वे वक़्त की करवट को महसूस कर रहे थे। जब से वह सुबह कलेक्टर साहब के दफ़्तर से लौटे हैं... 'तरक्क़ीपसन्द' शब्द उनके ज़ेहन में ऐसे जा अटका है जैसे गोश्त का रेशा दाँत में जा फँसता है और जीभ में उसे बार-बार छूकर निकालने की कोशिश में ऐंठन पड़ जाती है।

''हुँह, ख़ाक तरक्क़ीपसन्द हुए हैं लोग? यह तरक्क़ीपसन्द वक़्त पहले के वक़्त से कहीं सड़ा-गला है। पहले से ज़्यादा कट्टर हो गये हैं, आज के लोग। पहले दो

कट्टर झुंडों में दंगे हुए, मारकाट हुई... कर्फ़्यू लगा... जेलें भरीं, फिर सब शान्त। शान्ति होते ही सब कुछ वैसा का वैसा। आम आदमी के दिल में एक दरार नहीं पड़ती थी। हिन्दू वैसे ही ताज़ियों में सुनहरी पन्नियाँ टाँकते, मुसलमान कारीगर कृष्णदेव मन्दिर के राधा-कृष्ण के विग्रहों के लिए जरदोज़ी की उम्दा पोशाकें तैयार करते। नौजवान कलक्टर कहता था इस तरक़्क़ीपसन्द जुग में कला का क्या काम? हाँ, उनके कटखने हो चले धर्मों और उनकी कड़ियल रवायतों को मुलायम न कर देगी ये कला। कला से नहीं, ख़ुद के भीतर की मुलायम आस्थाओं से भाग रहे हैं ये लोग। कछुए हैं साले, धरम के कड़े खोल को सबकुछ मान बैठे हैं, जो मुलायम देह की परतों के बीच धड़क रहा है, वह मन-प्राण क्या कुछ नहीं? उसी कोमल प्राण की सुनहरी गोट-किनार है कला... जिसकी आज के तरक़्क़ीपसन्द जुग में जगह नहीं बची।''

रिक्शा मुहल्ले के क़रीब पहुँचने को था— पहले के मुक़ाबले उनका मुहल्ला भी बहुत बदल चुका है। पहले वहाँ से होकर कई गलियाँ दूसरे मुहल्लों को जोड़ती थीं। मगर अब यह मुहल्ला कटा-सा लगता है, दिन में भी दूसरी कौम के लोग मुश्किल ही इधर से गुज़रते हैं। मुहल्ले के इकलौते शिव मन्दिर का पुजारी जब से मरा है, वहाँ कोई चिराग़ भी नहीं जलाता, वे चुपचाप हर शाम, अपनी नमाज़ के बाद मंदिर की देहरी पर उगे पीपल के नीचे चिराग़ जला जाते हैं। बरसों से यह नियम जारी है। मुहल्ले के लौंडे हज़ार बार धमका चुके हैं पर उनका नियम नहीं टूटता। बस एक ज़रा-सी ग़लतफ़हमी, दस बरस पहले हुआ एक कौमी झगड़ा इतनी बड़ी दरार छोड़ गया है। वाईज़ (उपदेशक) वह कभी नहीं थे... न हो सकते हैं। वे एक सच्चे कलाकार हैं, अपनी कला से ही संदेश दे सकते हैं। कितनी बार तो वे आधे कृष्ण, आधे दरवेश का रूप धरते हैं। कभी गाँधी बनते हैं, कभी नेहरू तो कभी मौलाना आज़ाद। जब कोई नहीं समझता तो उनका मन बहुत छीजता है, जब उनकी औलादों ने नहीं सुनी तो दूसरों पे उनका क्या हक़? दोनों बेटे उनकी 'बहुरूपिया परछाईं' से जवान होते ही किनारा कर गये। बेटी का निक़ाह, बेगम की ज़िद के चलते उनके मायके की रिश्तेदारी में हुआ, तो वह भी सिर झुकाकर अपने पिता के बहुरूपियेपन के भद्दे मज़ाक सुनती हुई, नैहर से एकदम कट गयी। अब बेगम लाख पछताएँ, बेटी का मुँह टौंक जाकर ही देख पाती हैं। उसे यहाँ बहुत कम भेजा जाता है।

अचानक रिक्शा वाला रुक गया।

''आगे तक ले चल बेटा, वह जो गुलाबी हवेली है न, सरताज ख़ाँ की... वहीं तो जाना है।''

''क्या बात करते हो काका, कौन-सी गुलाबी हवेली... गुलाबी रंग कहाँ बचा है,पूरे शहर में वह मटमैला हो गया है। वैसे यहीं उतर जाते तो ठीक था। मैं तो ले चलता आगे तक, पर जहाँ घनी बस्ती है, मज्जिद है, वहाँ पहुँचते ही ईंट-भाटे पड़ते

हैं। किसी ने भाटा मारा तो आपकी ज़िम्मेवारी होगी। पैले भी मज़बूरी में एक बार यहाँ एक जनाना सवारी छोड़ी थी, पेट से थी। किसी छत से भाटा आकर गिरा, फेंका मुझ पर था पर लगा उस बिचारी के बाजू पे। मैंने तो कोई जनेऊ नहीं लगा रखी। न गेरू टीका, मैं ठहरा गरीब नीच जात का मजदूर, फिर वो कैसे मुझे हिन्दू समझ जाते हैं?''

''ये बात है, तो जाने दे बेटा। मैं पैदल ही चला जाऊँगा।'' उनका मन पीड़ा से पक गया था। वे थैला उठाकर रिक्शा से उतर पड़े। एक बूढ़ी सदी मन ही मन बुदबुदाते हुए आगे बढ़ी, ''क्या हो गया है, शहर को... लोग ज़माने में आगे बढ़ने की जगह पीछे को क्यों लौट रहे हैं? ये पत्थर नफ़रत के नहीं हो सकते। ये पत्थर शायद उस गुस्से के हों, जो हमारे हिन्दू भाइयों ने हमारी गलियों से ख़ुद को काटकर इन लड़कों के मन में बोया है। ये ईंटें उस डर की हों, जो शहर के बीचों-बीच रह कर, बाक़ी की दुनिया से कट जाने से उपजा है। बारह बरस पहले तलक हमारी तुम्हारी गलियों में लोग गंगा-जमुना के पानी की तरह मिल कर बहा करते थे। अब वे इधर से होकर नहीं गुज़रते हैं, हमने भी बाज़ार और शहर के बाहर जाने के लिए सुनसान रास्ते अपना लिये हैं, जो लम्बे पड़ते हैं। रास्ते लम्बे उनके भी हो गये होंगे बेशक़, वरना पहले कृष्ण मन्दिर का सबसे छोटा रास्ता हमारे मोहल्ले से ही होकर जाता था। अब पता नहीं... उन्होंने कौन-सी लम्बी नयी गलियाँ खोज ली होंगी।''

बुढ़िया बाहर ही खड़ी थी। अपनी मिचमिची आँखों से उन्हीं का रास्ता देख रही थी। उन्हें पैदल थैला लटकाये आता देखकर... खिल गयी।

''आ गये, दाढ़ी तो छील जाते, दीख रही है मेकअप की पपड़ियों में से। जवान थे तो दिन में तीन बार... बूढ़े हो गये हो, दाढ़ी-बाल सफेद हो रहे हैं, मगर तुमसे मरा यह स्वाँग नहीं छूटा।''

''स्वाँग नहीं, बहुरूपिया कला कहो...।''

''मेरे आला दर्ज़े के कलाकार, तुमने बात की, नये कलक्टर साब से, अपने इलाज़ की बाबत?'' अन्दर जाते ही उसने पूछा।

''हाँ, पहले उधर ही गया था।''

''फिर?''

फिर क्या, मिला उस नौजवान कलक्टर से भी। वो भाषण पिलाता रहा कि, इस शहर में आप जैसे हज़ारेक कलाकार होंगे, बूढ़े, पेंशनयाफ्ता। किस-किस की बीमारी का ठेका लेंगे। आपकी कला का वैसे भी कोई तो नामलेवा नहीं।

''फिर?''

एकबारगी हमारा मुँह छोटा-सा हो गया। फिर हमने भी सुना ही दी—''ठीक कहते हैं जनाब, कोई नहीं है हमारी कला का नामलेवा, क्योंकि वो भी आपकी तरह जो सोचते थे कि, अहमक थे उनके बुजुर्ग कि कला के लिए गलते, कला जो गले पड़ी

रखैल से ज़्यादे कुछ नहीं थी उनके लिए।''

''सुनाते रहे या पैसे-रुपये की सरकारी मदद की बात भी की?''

''की थी ना, कहीं कोई सरकारी मदद मिलती हो बुज़ुर्ग कलाकारों को तो दिलवा दें, मगर वो अपने दफ़्तर के लोगों से चन्दा दिलाने की बात करने लगे तो हम चुपचाप सलाम करके चले आये।''

''बड़ा, कमीना था मुआ। चन्दा, चन्दा तो भीख ही हुआ न।''

''छोड़ो न, ये सँभालो... पूरे चौदह सौ छप्पन हैं। ये चन्दे के नहीं है। स्वाँग भरने के मिले हैं। पैसों की एक छोटी-सी गड्डी उन्होंने बेगम की मुट्ठी में थमा दी।''

''हाय, तुमसे ये तुम्हारा स्वांग कब छूटेगा?'' बेगम झूठे-मीठे गुस्से से बोलीं।

''मरते दम तक तो नहीं।'' उन्हें उस्ताद की ख़ूबसूरत, कलाकाराना मौत याद आ गयी।

''कल ही तुम वर्मा डॉक्टर के क्लीनिक चलो, इन रुपयों से अपना इलाज करा लो।''

''पैंसठ के लपेटे में आ गयीं, पर रहीं बावली ही, कैंसर का इलाज इतने कम पैसे में होता है क्या?...''

''.........''

''अब हमारा मुँह न ताको। जाके चाय बनाओ, तब तलक हम नमाज़ पढ़ लें।''

□□□